朗读者

主编 董卿

3

人民文学出版社

图书在版编目（CIP）数据

朗读者.3 / 董卿主编. —北京：人民文学出版社，2017（2025.9重印）
ISBN 978-7-02-013072-6

Ⅰ.①朗… Ⅱ.①董… Ⅲ.①中国文学—当代文学—作品综合集 Ⅳ.①I217.1

中国版本图书馆CIP数据核字（2017）第152044号

责任编辑	付如初　曾少美　廉　萍　欧阳韬
装帧设计	陶　雷
责任校对	韩志慧　刘佳佳　王筱盈
责任印制	王重艺

出版发行	人民文学出版社
社　　址	北京市朝内大街166号
邮政编码	100705

印　　刷	北京中科印刷有限公司
经　　销	全国新华书店等

字　　数	234千字
开　　本	890毫米×1290毫米　1/32
印　　张	10.625
印　　数	729001—732000
版　　次	2017年8月北京第1版
印　　次	2025年9月第44次印刷

书　　号	978-7-02-013072-6
定　　价	52.00元

如有印装质量问题，请与本社图书销售中心调换。电话：010-59905336

序言一

这段时间,身边许多朋友都在谈论《朗读者》。他们中有些是文学界的同行,但大多数从事的工作与文学并无直接关联。他们有着各自不同、甚至罕有交集的身份,然而当谈论《朗读者》、谈论节目里那些经典篇章的时候,他们的眼睛里流露着相同的情感,那就是温柔与感动。我愿意相信,在这一刻,我与他们共享着同一个幸福的身份,那就是文学的阅读者、人类心灵的倾听者。

我同时注意到,由《朗读者》而起的诵读文学经典的热潮,并没有仅仅停留在媒体传播和好友热议的层面,它已经渗入了广大的人群,成为生活场景:许多城市都设置了"朗读亭",每一个经过的人都可以走入其中,朗读自己喜爱的篇章并进行录制,他们的声音和形象将有可能出现在《朗读者》节目的正片之中。听说许多城市的"朗读亭"外都排起了长队,也有读者为了录制三分钟的视频,在亭外耐心等待了足足九个小时。

《朗读者》已经成为了一道醒目的文化风景、一种引人深思的文化现象。它向我们证明,诚挚、深沉、优美、健康的内容,在今天依然能够获得普遍的关注,好的文学永远拥有直指人心的伟大力量。常有人说，我们生活在一个匆忙浮躁的时代，当代人的精神世界平庸而匮乏。对于这样的观点，我只能部分地认同。当下的生活固然匆忙，很多时候，我们也的确面临着浮躁的问题；但即使出于种种原因，我们同自己内心相处的时间相对有限，人们依然会本能地渴望着纯粹、辽阔、有质量的精神生活。近年来，以《朗读者》为代表的一批文学文化类节目广受欢迎，正是因为它们引导人们放慢生命节奏，倾听内心的声音，顺应和满足了人们对精神生活的渴望。

《朗读者》中出现的文本，很多是经过漫长时间检验的名篇佳作；即使是出于今人之手的篇章，此前也多已在读者间广为流传。它们中有相当一部分，都当得起"经典"二字。何为经典？答案可能有很多，但我想最直接的一条，就是它们拥有温暖而强劲的力量，能够长久不衰地体贴灵魂、拨动心弦，触碰到我们情感深处最柔软最深刻的部位。这种力量，并不会因时间流逝和年代更迭而减弱。《朗读者》里的许多篇章，都是我早年间的挚爱；那些熟悉的文字，关乎爱与恨、喜与悲、生与死、豪情与希望，曾经深刻地启示了、影响了我们这一代人。很多年过去了，我发现，今天的年轻读者依然会为之鼓舞、感动；其中有许多句子，我至今能够脱口背诵，它们在新一代读者心中同样激起了深沉的回响。好的文学就是这样，它能够跨越年龄和代际的鸿沟，陪伴一代又一代人成长，在情感体验和文化记忆的代代传承之中，把种种高贵和美好的品质传递给无尽的后来人。

朗读，就是朗声诵读，是倾听自己的声音，也是倾听他人的声音。通过口的诵读与耳的倾听，汉语和它内在的气质、精神，以焕然一新的方式进入了我们的心灵。古老而常新的汉语,具有抑扬顿挫的独特韵律,这韵律不仅是美的,而且包含着我们共同的文化记忆和我们共同的情感。正是在这个意义上,《朗读者》使阅读成为了认同的过程,一个人在朗读中寻求更为广大的联系——通过这美好的母语,我们不仅彼此看见,我们还得以彼此听见,我们得以完成彼此身份的响亮确证,由此结成血脉相连、情感相通的共同体。

现在,《朗读者》里的诵读篇目已被整理成书,由人民文学出版社出版,将有更多的读者阅读和朗读这些作品,从中感受真善美的力量,感受文学的力量。同时,这一切也是对包括我在内的写作者的提醒:一个人内心的声音在广大的人群中持久回响,这是世上最美好的事,这更是一份严肃庄重的责任。我们会更深刻地记住这份提醒,认真地写下去,把心交给读者,把更多的好作品献给我们的人民。

序言二

许渊冲

今年年初,我受邀参与录制了中央电视台《朗读者》节目。这个节目的创意与国家文化大格局相契合,激发人们对读书的热情,是一件功在当代、利在千秋的好事。

《朗读者》的同名图书由人民文学出版社出版,是再合适不过的事情。有国家级文学专业出版社为《朗读者》图书把关,是可以让读者放心的,也可以更好地推动全民阅读,提升读者的阅读品位。

我和人民文学出版社是老朋友了,五十九年前,他们就曾出版过我的译著《哥拉·布勒尼翁》。我对编辑认真负责的工作态度印象深刻。几十年来,人民文学出版社出版了众多中外文学经典,影响了中国几代人。

《朗读者》选择的文本大多是经典之作。作者既有莎士比亚、塞万提斯、约翰·多恩、雨果、梭罗、裴多菲、罗曼·罗兰、泰戈尔、吉卜林、海明威等外国名家,也有李白、杜甫、刘禹锡、苏轼、老舍、冰心、巴金等中国文学大家。《朗读者》的出版,以一种新的形式把人民文学出版社高质量的经典作品又传递给新的青年一代,让我国的文化传承生生不息。

听说青年人喜欢《朗读者》，我非常高兴。因为青年人能把宝贵的时间留给那些伟大的作品，我觉得是很好的事。我本人就深受经典作品的恩惠。小学时背诵的中国古典诗文让我爱上了中文的意美、音美和形美（鲁迅语）。中学时代，老师让我背诵的莎剧、欧文作品等的选段激发了我学英文的兴趣。在西南联大求学时，当时的课程可谓空前精彩，我阅读了很多中外名著，从中感受到美的乐趣，这也是我翻译工作的起点。我认为人生最大的乐趣是发现美、创造美，这个乐趣是用之不尽、取之不竭的，而美的乐趣来自阅读，阅读这些名篇佳作。

七十九年前，我进入大学校园。那时候，国家贫穷落后，凶残的日本帝国主义者侵略中国，人民在受苦受难。在那艰苦的环境下，西南联大师生排除万难，一心向学；有的投笔从戎，为民族复兴而流血牺牲。今天，中国的国势蒸蒸日上，希望青少年朋友们珍惜宝贵的时间，多多阅读中外名著，以人类文明的精华滋养我们的精神。也希望在你们之中能够涌现出更多传播优秀文化的使者和创造者，让中国文化走向世界，做出比我们这一代人更优异的成绩。

我衷心希望更多的人会爱上《朗读者》，爱上朗读，爱上阅读。

2017 年 7 月 7 日
于北大畅春园

目录

家

朗读者　王耀庆　5
读　本　少年Pi的奇幻漂流（节选）　[加拿大] 扬·马特尔　10

朗读者　梁晓声　19
读　本　母亲（节选）　梁晓声　26

朗读者　邹市明　冉莹颖　轩轩　皓皓　33
读　本　猜猜我有多爱你　[爱尔兰] 山姆·麦克布雷尼　39

朗读者　毕飞宇　41
读　本　推拿（节选）　毕飞宇　48

朗读者　赵文瑄　55
读　本　老猫　季羡林　61

朗读者　潘际銮　73
读　本　清华大学救国会告全国民众书　蒋南翔　81

味　道

朗读者　张小娴 89
读　本　爱情的餐桌　张小娴 94

朗读者　胡忠英 97
读　本　吃胆与口福　古龙 103

朗读者　张艾嘉 109
读　本　走出非洲 (节选)　[丹麦] 卡伦·布里克森 115

朗读者　吴　纯 125
读　本　贝多芬传 (节选)　[法] 罗曼·罗兰 131

朗读者　叶锦添 135
读　本　红楼梦 (节选)　〔清〕曹雪芹 141

朗读者　叶嘉莹 153
读　本　春晓　〔唐〕孟浩然 159
　　　　静夜思　〔唐〕李白 160
　　　　绝句　〔唐〕杜甫 160
　　　　出塞　〔唐〕王昌龄 161
　　　　咏莲　叶嘉莹 162

那一天

朗读者　刘慈欣　167
读　本　时间简史（普及版）（节选）
　　　　　[英] 史蒂芬·霍金　[英] 列纳德·蒙洛迪诺　174

朗读者　姚建中　177
读　本　失去的岁月　周国平　183

朗读者　安文彬　189
读　本　可爱的中国（节选）　方志敏　195

朗读者　金士杰　199
读　本　相约星期二（存目）　[美] 米奇·阿尔博姆　205

朗读者　江疏影　207
读　本　飘（节选）　[美] 玛格丽特·米切尔　212

朗读者　王　姬　219
读　本　秋天的怀念　史铁生　226

朗读者　郭　琨　229
读　本　献给我的同代人　舒婷　236
　　　　船　白桦　237

青 春

朗读者 老 狼 245
读 本 晃晃悠悠(节选) 石康 252

朗读者 余秀华 257
读 本 给你 余秀华 264

朗读者 冯小刚 267
读 本 当我真正开始爱自己 佚名 273

朗读者 徐和谊 277
读 本 时代 艾青 283

朗读者 郎 平 287
读 本 理想 流沙河 296
　　　人生 [丹麦] 勃兰兑斯 299

朗读者 王 源 303
读 本 牧羊少年奇幻之旅(节选) [巴西] 保罗·科尔贺 309
　　　当一切入睡 [法] 雨果 315
　　　成为你自己 周国平 316
　　　我所知道的康桥(节选) 徐志摩 319
　　　《青春万岁》序诗 王蒙 321

家

Family

家，简单一个字，能引起无数人的情感共鸣。因为家是每一个人最初的记忆，也是我们最终的归宿。说小了，它是两个人的结合；说大了，它是乡土中国的基座。

乔治·穆尔说，"走遍天涯觅不到你自己所想，回到家你发现它就在那里。"而中国古人则推崇"欲治其国者，先齐其家"。家是个人通向外界的重要纽带。

在"家"这个主题里，让我最有感触的是作家梁晓声的那句话："每一个人都有现实的家园，而书本可以构建一个精神家园。"家，真的是一个充满内涵，又充满象征意义的词。

家天然带有一种温度，它不仅是我们身体修行的地方，更是我们心灵停靠的港湾。倦鸟归林、落叶归根，这都是对家的渴望，也是生命在追寻着的一种归宿。它隐藏着一个人的缺点，包容着一个人的失败，同时更生发着无尽的爱，孕育着崭新的希望。

关于家，我们有太多复杂的情感，也有太多值得分享的故事。

家

Family

Readers

WANG
YAO
QING

朗读者
王耀庆

王耀庆 1974 年出生于台湾台北市。综艺主持、电视、电影，都有涉足。2008 年，他以《华丽上班族之生活与生存》等作品，在台湾话剧界占有一席之地。2011 年，第一次出演大陆电影《失恋 33 天》，并被提名为第 31 届大众电影百花奖"最佳男配角"。短短几年时间，凭借在《小爸爸》《毕业歌》《我是杜拉拉》《好先生》等影视作品中高密度的亮相，王耀庆在大陆人气陡升，被称为"荧屏第一金领"。

生活中的王耀庆，并未因"走红"而忽视家人。作为家族中的长孙，他自小便深谙责任的意义。他与妻子相伴几十年，关系始终如一。如今他已是两个孩子的父亲。随着工作的增多，王耀庆与家人聚少离多，但他的心始终朝着家的方向，倾注着自己的爱与责任。

朗读者 ❦ 访谈

董　卿：这是你今天带来的读本吗？《少年 Pi 的奇幻漂流》。
王耀庆：对。这个很有意思。因为它里面说到一件事情，非常重要，就是人应该珍惜当下，好好说再见。这让我想起我爷爷。我当时在看这部电影的时候，看到最后一个画面，极其感动。有那么多的观众希望看到老虎回头，但是导演和编剧就得扛住这个压力，它就是要用这样的结局告诉你：现实是残酷的，时间就是不等人的。
董　卿：那你说的这种珍惜当下、好好告别，是指你和爷爷之间的故事吗？
王耀庆：我爷爷是一个很可爱的人。他和我奶奶都是山东人，到台湾以后他们才认识的。在还没有开放探亲的时候，我奶奶就已经跟她的家人联络上了。我奶奶也顺便帮我爷爷打听，他的家人还在不在。然后通过大概半年多的时间，辗转找到了我爷爷的妈妈。然后我爷爷花了一年的时间准备，因为他已经那么久没有回去了，有点儿近乡情怯。但是等到他在第二年的 4 月份，鼓起勇气回到山东的时候，他妈妈在 2 月的时候已经走了。所以，他失去了一个跟他妈妈说再见的机会。
董　卿：那爷爷后来又去山东老家看过吗？
王耀庆：大概在我奶奶腿还能够比较自如的时候，他们是每年都要回山东的。
董　卿：因为还有兄弟姐妹是吗？
王耀庆：对。我觉得他们是想找回当年的亲情吧。虽然因为时代的关

系，大家分开了，中间相隔了三四十年，但是情感是不会断的。

董　卿：那每次回来待多长时间？

王耀庆：可以待够签注有效期，三个月。

董　卿：那一段时间他们会做些什么呢？

王耀庆：什么也不做啊。就包饺子，做馒头，打牌，打麻将。

董　卿：其实我觉得这样的一种相伴，真正的目的是为了未来告别的时候，可以有很多的记忆留在心底，不至于让自己是空白的。

王耀庆：对。如果真的要问我人生中有什么遗憾，那我爷爷去世的时候，全家人都在，但是我不在，大概算是。我从小是我爷爷奶奶带大的。

董　卿：那在你的记忆当中，爷爷是一个什么样的人呢？

王耀庆：他是一个……我们习惯叫他"小狐狸"，因为他有一些小聪明，他很"贼"。具体，我举不出来什么例子，但是他话确实不多。从他送走家人，然后自己走这件事，我觉得他应该是一个猫科动物，因为只有猫才这样。所以，当有人建议读这篇文章的时候，我觉得刚刚好。

董　　卿：那这篇朗读，是要送给爷爷吗？

王耀庆：我希望能送给爷爷，虽然他走了已经有五六年了，我觉得他偶尔还会回来看我。他会用一种奇妙的方式告诉我他来了。记得我连续两年拍戏，冬天的时候在酒店房间里面，整层楼只有我的房间会断电。第一年来检修的工人说，是因为我烧水的时候，水装太满了，一下就短路了。但是第二年的时候，我里面没有装太多的水，一样是短路的。于是我笑了。我们家人的关系就是这样子，他关心你他不告诉你。而且我们见了面会互相开玩笑，会用一种放肆或者是"损"人的方式。所以这篇文章希望献给我的爷爷，也献给所有希望从这一刻开始懂得珍惜，然后能够好好说再见的人。

朗读者 ❦ 读本

少年 Pi 的奇幻漂流（节选）

[加拿大] 扬·马特尔

第二天早上，我身上不那么湿了，也感觉自己强壮了些。考虑到我有多么紧张，过去几天里我吃得多么少，我想这是一件非常了不起的事。

这是个晴天。我决定试试钓鱼，这是我平生第一次。早饭吃了三块饼干，喝了一罐水之后，我读了求生指南中关于这件事是怎么说的。第一个问题出现了：鱼饵。我想了想。船上有死动物，但是从老虎鼻子底下偷食物，这可不是我能做到的事。他不会认识到这是一种投资，会给他带来高额的回报。我决定用自己的皮鞋。我还有一只鞋。另一只在船沉的时候弄丢了。

我爬到救生艇上，从锁柜里拿了一套钓鱼工具和刀，还拿了一只桶，用来装钓到的鱼。理查德·帕克侧身躺着。我到船头时，他的尾巴突然竖了起来，但他没有抬头。我把小筏子放了出去。

我把鱼钩系在金属丝导缆器上，再把导缆器系在鱼线上，然后加上铅坠。我挑了三只有着迷惑力的水雷形状的坠子。我把鞋脱下来，切成片。这很困难，因为皮很硬。我小心翼翼地把鱼钩穿进一块平展的皮里，不是穿过去，而是穿进去，这样钩尖就藏在了皮里面。我把鱼线放进深深的水里。前一天晚上鱼太多了，所以我以为很容易就能钓到。

我一条都没有钓到。整只鞋一点又一点地消失了，鱼线一次又一次地被轻轻拉动,来了一条又一条快乐的吃白食的鱼,鱼钩上一块又一块的饵被吃光了,最后我只剩下了橡胶鞋底和鞋带。当结果证明鞋带不能让鱼相信那是蚯蚓之后,完全出于绝望,我试了鞋底,整只鞋底都用上了。这是个好主意。我感到鱼线被很有希望地轻轻拉了一下,接着变得出乎意料地轻。我拉上来的只有鱼线。整套钓具都丢了。

这次损失并没有给我带来沉重的打击。那套钓鱼工具里还有其他的鱼钩、导缆金属丝和坠子,另外还有一整套钓鱼工具。而且我甚至不是在为自己钓鱼。我的食物储备还有很多。

虽然如此,我大脑的一个部分——说逆耳之言的那部分——却责备了我。"愚蠢是有代价的。下次你应该更小心些,更聪明些。"

那天上午,第二只海龟出现了。它径直游到了小筏子旁边。要是它愿意,它把头伸上来就可以咬我的屁股。它转过身去时,我伸手去抓它的后鳍,但刚一碰到,我就害怕地把手缩了回来,海龟游走了。

责备我钓鱼失败的那部分大脑又批评我了。"你究竟想用什么去喂你那只老虎?你以为他靠吃三只死动物能活多久?我是否需要提醒你,老虎不是腐食动物?就算是,当他濒临死亡的时候,也许他不会挑挑拣拣。但是难道你不认为他在甘愿吃肿胀腐烂的死斑马之前会先尝尝只要游几下就能到口的鲜美多汁的印度小伙子吗?还有,我们怎么解决水的问题呢?你知道老虎渴的时候是多么不耐烦地要喝水。最近你闻了他的口气了吗?相当糟糕。这是个不好的信号。也许你是在希望他会把太平洋的水都舔光,既解了他的渴,又能让你走到美洲去?松达班的老虎有了这种从身体里排出盐分的有限能力,真让人惊奇。我估计这种能力来自它们生活的潮汐林。但它毕竟是有限的。难道他们没有说过喝了太多的海水会让老虎吃人吗?噢,看哪。说到他,他就来了。他在打哈欠。天啊,天啊,一个多么巨大的粉红色岩洞啊。

看看那些长长的黄色的钟乳石和石笋。也许今天你就有机会进去参观了。"

理查德·帕克那条大小颜色都和橡胶热水瓶一样的舌头缩了回去，他的嘴合上了。他吞咽了一下。

那天接下来的时间里，我担心得要死。我一直远离救生艇。虽然我自己的预测十分悲惨，但是理查德·帕克却过得相当平静。他还有下雨的时候积的水，而且他似乎并不特别担心饥饿。但是他却发出了老虎会发出的各种声音——咆哮、呜咽以及诸如此类的声音——让我不能安心。这个谜题似乎无法解开：要钓鱼我就需要鱼饵，但是我只有有了鱼才能有鱼饵。我该怎么办呢？用我的一个脚趾？割下我的一只耳朵？

下午，一个解决办法以最出人意料的方式出现了。我扒上了救生艇。不仅如此：我爬到了船上，在锁柜里仔细翻找，发疯般地寻找着能够救命的主意。我把小筏子系在船上，让它离船有六英尺。我设想，只需一跳，或松开一个绳结，我就能把自己从理查德·帕克的口中救出来。绝望驱使我冒了这个险。

我什么也没找到，没有鱼饵也没有新的主意，于是我坐了起来——却发现他正目不转睛地凝视着我。他在救生艇的另一头，斑马原来待的地方，转身对着我，坐在那儿，看上去好像他一直在耐心地等着我注意到他。我怎么会没有听见他动呢？我以为自己比他聪明，这是什么样的错觉啊？突然，我脸上被重重打了一下。我大叫一声，闭上了眼睛。他用猫科动物的速度在救生艇上跃过，袭击了我。我的脸会被抓掉的——我会以这样令人厌恶的方式死去。痛得太厉害了，我什么都感觉不到了。感谢震惊。感谢保护我们、让我们免受太多痛苦悲伤的那个部分。生命的中心是一只保险丝盒。我抽泣着说："来吧，理查德·帕克,杀死我吧。但是我求你,无论你必须做什么,都请快一些。一根烧坏的保险丝不该被考验太多次。"

他不慌不忙。他就在我脚边,发出叫声。毫无疑问,他发现了锁柜和里面的宝物。我害怕地睁开一只眼睛。

是一条鱼。锁柜里有一条鱼。它像所有离开水的鱼一样拍打着身体。它大约有十五英寸长,长着翅膀一样的胸鳍。一条飞鱼。它的身体细长,颜色是深灰蓝色,没长羽毛的翅膀是干的,一双圆圆的发黄的眼睛一眨不眨。打在我脸上的是这条飞鱼,不是理查德·帕克。他离我还有十五英尺,肯定正在想我在干什么呢。但是他看见了那条鱼。我能在他脸上看见极度的好奇。他似乎要准备开始调查了。

我弯下腰,把鱼捡起来,朝他扔过去。这就是驯服他的方法!老鼠去的地方,飞鱼可以跟着去。不幸的是,飞鱼会飞。就在理查德·帕克张开的嘴面前,飞鱼在半空中突然转弯,掉进了水里。这一切就像闪电一样迅速发生了。理查德·帕克转过头,猛地咬过去,颈部垂肉晃荡着,但是鱼的速度太快了,他根本咬不到。他看上去很吃惊,很不高兴。他又转向我。"你请我吃的东西呢?"他脸上的表情似乎在问。恐惧和悲伤紧紧攫住了我。我半心半意地转过身去,心里半是希望在他跳起来扑向我之前我能跳到小筏子上去。

就在那一刻,空气一阵震动,我们遭到了一大群飞鱼的袭击。它们就像一群蝗虫一样拥来。说它们像蝗虫,不仅因为它们数量很多,而且因为它们的胸鳍发出像昆虫一样喀嚓喀嚓、嗡嗡嗡嗡的声音。它们猛地从水里冲出来,每次有几十条,其中有几条嗖嗖地迅速在空中飞出一百多码远。许多鱼就在船面前潜进了水里。不少鱼从船上飞了过去。有些鱼撞上了船舷,发出像燃放鞭炮一样的声音。有几条幸运的在油布上弹了一下,又回到了水里。另一些不那么幸运的直接落在了船上，开始拍打着舞动着身体，扑通扑通地蹦跳着，喧嚷不已。还有一些鱼就直接撞到了我们身上。我站在那儿，没有任何保护，感到自己像圣塞巴斯蒂安一样在乱棍下殉难。每一条鱼撞上我，都像一支箭射进我的身体。我一边抓起一条毯子保护自己，一边试图抓住一条鱼。我浑身都是伤口和青肿。

这场猛攻的原因很快就清楚了：很多鲯鳅正跃出水面，追赶它们。体型大得多的鲯鳅飞起来无法和它们相比，但却比它们游得快得多，而且近距离猛扑的动作十分有力。如果鲯鳅紧跟在飞鱼后面，与飞鱼同时从水里冲出来，朝同一方向冲过去，就能追上飞鱼。还有鲨鱼，它们也从水里跳出来，虽然跳得不高，但却给一些鲯鳅带来了灾难性的后果。水上的这种极端混乱的状态没有持续多长时间；但是在这期间，海水冒着泡泡翻滚着，鱼在跳，嘴在用力地咬。

理查德·帕克在这群鱼面前比我强硬得多，效率也高得多。他站立起来，开始阻挡、猛击、狠咬所有他能够到的鱼。许多鱼被活生生地整条吃了下去，胸鳍还在他嘴里挣扎着拍打着。这是力量和速度的表现，令人惊叹不已。实际上，给人深刻印象的不是速度，而是纯粹的动物所具有的信心,是那一刻的全神贯注。这种既轻松自在，又专心致志的状态，这种禅定①的状态，就连最高超的瑜伽大师也要羡慕。

……

我们到达陆地的时候，具体地说，是到达墨西哥的时候，我太虚弱了，简直连高兴的力气都没有了。靠岸非常困难。救生艇差点儿被

---

① 禅定，瑜伽三个内助阶段之一，指不间断地默想自己沉思的对象，超越任何自我的回忆。

海浪掀翻。我让海锚——剩下的那些——完全张开,让我们与海浪保持垂直,一开始往浪峰上冲,我就起锚。我们就这样不断地下锚和起锚,冲浪来到岸边。这很危险。但是我们正巧抓住了一个浪头,这个浪头将我们带了很远一段距离,带过了高高的、墙一般坍塌的海水。我最后一次起锚,剩下的路程我们是被海浪推着前进的。小船发出嘶嘶声,冲着海滩停了下来。

我从船舷爬了下来。我害怕松手,害怕在就要被解救的时候,自己会淹死在两英尺深的水里。我向前看看自己得走多远。那一瞥在我心里留下了对理查德·帕克的最后几个印象之一,因为就在那一刻他朝我扑了过来。我看见他的身体,充满了无限活力,在我身体上方的空中伸展开来,仿佛一道飞逝的毛茸茸的彩虹。他落进了水里,后腿展开,尾巴翘得高高的,只跳了几下,他就从那儿跳到了海滩上。他向左走去,爪子挖开了潮湿的沙滩,但是又改变了主意,转过身来。他向右走去时径直从我面前走过。他没有看我。他沿着海岸跑了大约一百码远,然后才掉转过来。他步态笨拙又不协调。他摔倒了好几次。在丛林边上,他停了下来。我肯定他会转身对着我。他会看我。他会耷拉下耳朵。他会咆哮。他会以某种诸如此类的方式为我们之间的关系做一个总结。他没有这么做。他只是目不转睛地看着丛林。然后,理查德·帕克,我忍受折磨时的伴侣,激起我求生意志的可怕猛兽,向前走去,永远从我的生活中消失了。

我挣扎着向岸边走去,倒在了海滩上。我四处张望。我真的是孤独一人,不仅被家人遗弃,并且现在被理查德·帕克遗弃,而且,我想,也被上帝遗弃了。当然,我并没有被遗弃。这座海滩如此柔软,坚实,广阔,就像上帝的胸膛,而且,在某个地方,有两只眼睛正闪着快乐的光,有一张嘴正因为有我在那儿而微笑着。

几个小时以后，我的一个同类发现了我。他离开了，又带了一群人回来。大约有六七个人。他们用手捂着鼻子和嘴朝我走过来。我不知道他们怎么了。他们用一种奇怪的语言对我说话。他们把救生艇拖到了沙滩上。他们把我抬走了。我手里抓着一块从船上带下来的海龟肉，他们把肉抠出来扔了。

我像个孩子一样哭起来。不是因为我对自己历尽磨难却生存下来而感到激动，虽然我的确感到激动。也不是因为我的兄弟姐妹就在我面前，虽然这也令我非常感动。我哭是因为理查德·帕克如此随便地离开了我。不能好好地告别是件多么可怕的事啊。我是一个相信形式、相信秩序和谐的人。只要可能，我们就应该赋予事物一个有意义的形式。比如说——我想知道——你能一章不多、一章不少，用正好一百章把我的杂乱的故事说出来吗？我告诉你，我讨厌自己外号的原因之一就是，那个数字会一直循环下去。事物应当恰当地结束，这在生活中很重要。只有在这时你才能放手。否则你的心里就会装满应该说却从不曾说的话，你的心就会因悔恨而沉重。那个没有说出的再见直到今天都让我伤心。我真希望自己在救生艇里看了他最后一眼，希望我稍稍激怒了他，这样他就会牵挂我。我希望自己当时对他说——是的，我知道，对一只老虎，但我还是要说——我希望自己说："理查德·帕克，一切都过去了。我们活了下来。你能相信吗？我对你的感谢无法用语言表达。如果没有你，我做不到这一点。我要正式地对你说：理查德·帕克，谢谢你。谢谢你救了我的命。现在到你要去的地方去吧。这大半辈子你已经了解了什么是动物园里有限的自由；现在你将会了解什么是丛林里有限的自由。我祝你好运。当心人类。他们不是你的朋友。但我希望你记住我是一个朋友。我不会忘记你的，这是肯定的。你会永远和我在一起，在我心里。那嘶嘶声是什么？啊，我们的小船触到沙滩了。那么，再见了，理查德·帕克，再见。上帝与你同在。"

发现我的人把我带到了他们村里，在那里，几个女人给我洗了个澡。她们擦洗得太用力了，我不知道她们是否意识到我是天生的棕色皮肤，而不是个非常脏的白人小伙子。我试图解释。她们点点头，笑了笑，然后继续擦洗，仿佛我是船甲板。我以为她们要把我活剥了。但是她们给了我食物。可口的食物。我一开始吃，就没办法停下来了。我想我永远也不会停止感到饥饿。

第二天，来了一辆警车，把我送进了医院。我的故事到此结束了。

救我的人慷慨大方，让我深受感动。穷人送给我衣服和食物。医生和护士照顾我，仿佛我是个早产的婴儿。墨西哥和加拿大官员为我敞开了所有大门，因此从墨西哥海滩到我养母家再到多伦多大学的课堂，我只需走过一道长长的通行方便的走廊。我要对所有这些人表示衷心的感谢。

(姚媛 译)
选自译林出版社《少年 Pi 的奇幻漂流》

扬·马特尔是一个非常有意思的作者，他去过很多国家，做过很多职业，从中他获得了可贵的创作资源，所以他写出的小说能够轰动世界。《少年 Pi 的奇幻漂流》讲的是一个少年在救生船上跟老虎共度了 227 天的故事。过程非常惊心动魄，但更加惊心动魄的是，少年历经劫

难后把这个故事讲给日本调查者听,他们不相信;于是他讲了另外一个更加惊悚的版本。小说的含义非常丰富:人如何面对困境和逆境、怎么战胜自我;真相的相对性;人与自然的关系等等。但最重要的一点,它揭示了信仰的危机,这种危机甚至会渗透在家庭中。书被李安改编成电影之后,影响力更大了,尤其是电影结尾那决绝而去的虎的背影,深深地留在了观众的心里。

北京大学世界传记研究中心主任　赵白生

LIANG XIAO SHENG

朗读者

梁晓声

对于大多数人来讲，回忆起自己的童年时光，都会觉得那是一段无忧无虑、无拘无束的日子，但梁晓声却说，"在我的童年，没有任何幸福的画面。"因为家境贫困，他甚至想过去死。如今，他已成为中国文坛的常青树。

四十多年来，他创作了一千多万字的小说、杂文和影视剧本，是当代作家中无可争议的高产作家。他开了知青文学创作的先河，以自己在北大荒的知青岁月为灵感，相继创作了一系列小说。他的《今夜有暴风雪》被视为"知青小说"中里程碑式的作品，在读者中引起强烈共鸣。后期的作品则将目光投向了社会最底层的平民生活。根据他的小说改编的影视剧如《雪城》《今夜有暴风雪》《年轮》《知青》等，总是能够成为大街小巷热议的话题。他仿佛是时代的书记员。

出身贫寒的梁晓声，始终在为社会底层的人们奋笔疾书，他一方面质询、批判着社会不公，"若穷人的孩子永远像父辈一样在穷困之中挣扎无望，这世界是该趁早毁掉的"，一方面又追寻、捕捉着人性之光。他曾引述托尔斯泰评论高尔基的话说："那样的生活足以将您变成贼、骗子或杀人犯，而您却成了作家。您使我无法不对您深怀敬意。"

朗读者 ❦ 访谈

董　卿：一说到家，您首先想到的是什么？

梁晓声：自从家产生了，就产生了最初的家庭伦理。全部人类文化的这棵大树都是在家这个块根之上生长起来的，然后结出宗教的果实、哲学的果实、文化的果实、科技的果实，因此没有家几乎就没有文化这一棵大树。

董　卿：所以在您看来，家是一个非常深远的话题。如果归结到个人的话，您自己的家给您带来的是什么样的影响？

梁晓声：谈到我自己的家的时候，它是关于贫穷、愁苦、无奈这些词汇的一种注脚。

董　卿：像这样的词语，用它来形容自己小时候成长的环境，可见当时的家真的是没有给您留下太多美好的记忆。

梁晓声：我的家最早是在哈尔滨市的一个叫"安"字片的地方，街道名叫安兴街、安化街等等。二十世纪二十年代的时候，是由从苏俄流亡到中国的最底层的侨民建立起来的。后来他们回国之后，中国闯关东的，我的父亲那一代山东的移民，就成了那个片区的主人。哈尔滨市像这样的片区至少有十几个。

　　我父亲是中国第一代建筑工人。六十年代初的时候，他就到大西北去了。之后，我的母亲为了挣十七元的工资，也参加了工作。我还有一个哥哥，哥哥有的时候睡在学校里。那么家里既没有哥哥，也没有父亲，还没有母亲，我也只有小学三年级，弟弟妹妹们那么小，像小猫、小狗一样看着我，然后我去上学，有时候真的做不到。因此，常常是我便逃学了。

董　卿：一个妈妈带着五个孩子，丈夫常年不在家，那是一种什么样的艰苦的生活场景！很早以前看过您写的一篇文章《过年》，说您最不喜欢的就是过节、过年，因为到那个时候总是会看到母亲鼓起勇气但是又实在没什么勇气的样子去借钱。

梁晓声：对。因为我父亲每个月只能给我们寄回家来三十元，但是随着我哥哥上学，我也上学，然后两个弟弟也先后上学了，就必须去借钱。学校里有的时候要组织同学看一场电影，然后要写观后感，我大抵是只能写读后感。那时候看一场电影只要五分钱，但这五分钱你是很难向母亲开口要的。因为五分钱可以买一小碟咸菜，够一家人吃两顿。

董　卿：您的母亲是一个目不识丁的人，那您对文学的热爱是从什么时候开始的？

梁晓声：我非常幸运。我的哥哥有一个同学，他们家里是开小人书铺的，我经常要求哥哥借来给我们看。还有就是我哥哥的中学课本，课本里居然有《孔雀东南飞》，有《希腊悲剧故事》，有闻一多的诗，还有鲁迅的杂文，还有《鲁提辖拳打镇关西》《岳飞枪挑小梁王》。

董　卿：您记得这么清楚，是不是因为当时这些文字为您打开了另外一个世界？

梁晓声：那是一个文艺生活内容非常匮乏的时代。人类只有在这个时候和书籍的亲情是最紧密的，因为书籍那时候成了一切文化的载体。

董　卿：它可能让你在一个很贫困的时代，无论是物质还是文化都很匮乏的时代，看到了一个不一样的世界。

梁晓声：当现实生活过于逼仄、物质过于贫乏、文化也过于板结、文艺内容过于单一的情况下，人本能地去寻求一个超现实的所在。但是，那时候我没有向母亲要过钱买书，而是捡钉子、捡鞋底、捡牙膏皮，捡一切可卖的东西去卖。只要凑足了一角钱，就可以买你想买的书。我们哈尔滨有的地方是坡地，脚夫拉车的时候非常吃力。我们那时候愿意做的事叫拉脚套——自己做一个钩子，拴很长的绳子，守在坡地的下边，看到脚夫上坡的时候帮着拉上去，人家可能会给你两分钱、三分钱，就这样攒下来买书。

董　卿：对于你喜欢看书，妈妈是怎么看的？

梁晓声：在读书这件事上，她对我们是绝对的好。比如我去买粮、买煤、买劈柴，只要剩下三四分钱，母亲总是说你留着。我就到小人书铺去看书。我父亲是反对看闲书的，但是我母亲本能地知道，闲书里一定是有做人的营养。

董　卿：从看连环画到看哥哥的课本，到后来建立了一个自己的精神家园。

梁晓声：我特别感谢书籍，使我在那个特殊的年代，所作所为跟别的青年不一样。比如说我从外地回到母校的时候，在楼道里看到我的语文老师，她已经被剥夺了教师的资格，在打扫厕所。那么我的第一个反应，就是这个教过我的女人，需要我比以往更郑重地叫她一声"老师"。我退后一步，很恭敬地给她鞠一躬，然后说上一句：我们全家都问您好。因为这个，我们语文老师到"文革"结束很久的时候，还一直记着这件事。

董　卿：我们应该为当年这个青年的举动鼓鼓掌。

梁晓声：是这样，董卿，当书改变了你的时候，你再看这个世界的眼光是不一样的。

董　卿：从您今天的讲话我有一个感受，其实所谓家，一个是现实的家园，一个是精神的家园。而当你从书籍当中获取力量，建设起了一个相对比较完整的精神家园的时候，你才可能比较成熟、比较正确地去对待这个世界，去对待幸福，或者苦难。那您今天是要为谁朗读？

梁晓声：我朗读的是我被收入课本的，关于母亲的一段文字。我个人觉得，我的母亲、我的父亲其实未尝不是我们这一代许多人的父亲和母亲。

董　卿：这里面最让我感动的就是妈妈冲着那些工友们说的那一句："我挺高兴他爱看书的。"

梁晓声：对，我非常感谢我母亲的这句话。下乡的时候我把我所有的书都放在一个小木箱里。我对母亲说，妈，这是我全部的财富，你要替我保管好。我母亲说，你放心儿子，即使家里着火了，我也要第一个把这箱子拖出来。我大学毕业之后再回到那个破家的时候，收拾屋子，从床底下拖出来那只发霉的箱子，把锁敲掉之后，发现所有的书都烂了，老鼠已经在里边絮了窝。那时我才知道，啊，那是我当年的精神世界，我妈妈精心呵护的精神世界。

董　卿：真好！就像您最喜欢的《悲惨世界》里，雨果也说过一句话：有了物质那是生存；有了精神，那才是生活。

母亲（节选）

梁晓声

我的家搬到光仁街，已经是1963年了。那地方，一条条小胡同仿佛烟鬼的黑牙缝。一片片低矮的破房子仿佛是一片片疥疮。饥饿对于普通的人们的严重威胁毕竟开始缓解。我是小学五年级的学生了。我已经有三十多本小人书。

"妈，剩的钱给你。"

"多少？"

"五毛二。"

"你留着吧。"

买粮、煤、劈柴回来，我总能得到几毛钱。母亲给我，因为知道我不会乱花，只会买小人书。每个月都要买粮买煤买劈柴，加上母亲平日给我的一些钢镚儿，渐渐积攒起来就很可观。积攒到一元多，就去买小人书。当年小人书便宜。厚的三毛几一本。薄的才一毛几一本。母亲从不反对我买小人书。

我还经常去租小人书。在电影院门口、公园里、火车站。有一次火车站派出所一位年轻的警察，没收了我全部的小人书。说我影响了站内秩序。

我一回到家就号啕大哭。我用头撞墙。我的小人书是我巨大的财富。我觉得我破产了。从绰绰富翁变成了一贫如洗的穷光蛋。我绝望得不想活。想死。我那种可怜的样子，使母亲为之动容。于是她带我去讨还我的小人书。

"不给！出去出去！"

车站派出所年轻的警察，大檐帽微微歪戴着，上唇留两撇小胡子，一副葛列高利那种桀骜不驯的样子。母亲代我向他承认错误，代我向他保证以后绝不再到火车站租小人书，话说了许多，他烦了，粗鲁地将母亲和我从派出所推出来。

母亲对他说："不给，我就坐台阶上不走。"

他说："谁管你！"砰的将门关上了。

"妈，咱们走吧，我不要了……"

我仰起脸望着母亲，心里一阵难过。亲眼见母亲因自己而被人呵斥，还有什么事比这更令一个儿子内疚的？

"不走。妈一定给你要回来！"

母亲说着，母亲就在台阶上坐了下去，并且扯我坐在她身旁，一条手臂搂着我。另外几位警察出出进进，连看也不看我们。

"葛列高利"也出来了一次。

"还坐这儿？"

母亲不说话，不瞧他。

"嘿，静坐示威……"

他冷笑着又进去了……

天渐黑了。派出所门外的红灯亮了，像一只充血的独眼，自上而下虎视眈眈地瞪着我们。我和母亲相依相偎的身影被台阶斜折为三折，怪诞地延长到水泥方砖广场，淹在一汪红晕里。我和母亲坐在那儿已经近四个小时。母亲始终用一手臂搂着我。我觉得母亲似乎一动也没动过，仿佛被一种持久的意念定在那儿了。

我想我不能再对母亲说——"妈，我们回家吧！"

那意味着我失去的是三十几本小人书，而母亲失去的是被极端轻蔑了的尊严。一个自尊的女人的尊严。

我不能够那样说……

几位警察走出来了。依然并不注意我们，纷纷骑上自行车回家去了。

终于"葛列高利"又走出来了。

"嗨，我说你们想睡在这儿呀？"

母亲不看他。不回答。望着远处的什么。

"给你们吧！……"

"葛列高利"将我的小人书连同书包扔在我怀里。

母亲低声对我说："数数。"语调很平静。

我数了一遍，告诉母亲："缺三本《水浒》。"

母亲这才抬起头来。仰望着"葛列高利"，清清楚楚地说："缺三本《水浒》。"

他笑了，从衣兜里掏出三本小人书扔给我，嘟哝道："哟哈，还跟我来这一套……"

母亲终于拉着我起身，昂然走下台阶。

"站住！"

"葛列高利"跑下了台阶，向我们走来。他走到母亲跟前，用一根手指将大檐帽往上捅了一下，接着抹他的一撇小胡子。

我不由得将我的"精神食粮"紧抱在怀中。

母亲则将我扯近她身旁，像刚才坐在台阶上一样，又用一条手臂搂着我。

"葛列高利"以将军命令两个士兵那种不容违抗的语气说："等在这儿，没有我的允许不准离开！"

我惴惴地仰起脸望着母亲。

"葛列高利"转身就走。

他却是去拦截了一辆小汽车，对司机大声说："把那个女人和孩子送回家去。要一直送到家门口！"

……

我买的第一本长篇小说是《青年近卫军》。一元多钱。母亲还从来没有一次给过我这么多钱。

我还从来没有向母亲一次要过这么多钱。

我的同代人们，当你们也像我一样，还是一个小学五年级学生的时候，如果你们也像我一样，生活在一个穷困的普通劳动者家庭的话，你们为我做证，有谁曾在决定开口向母亲要一元多钱的时候，内心里不缺少勇气？

当年的我们，视父母一天的工资是多么非同小可呵！

但我想有一本《青年近卫军》想得整天失魂落魄，无精打采。

我从同学家的收音机里听到过几次《青年近卫军》长篇小说连续广播。那时我家的破收音机已经卖了，被我和弟弟妹妹们吃进肚子里了。

直接吃进肚子里的东西当然不能取代"精神食粮"。

我那时还不知道什么叫"维他命"，更没从谁口中听说过"卡路里"，但头脑却喜欢吞"革命英雄主义"。一如今天的女孩子们喜欢嚼泡泡糖。

在自己对自己的怂恿之下，我去到母亲的工厂向母亲要钱。母亲那一年被铁路工厂辞退了，为了每月二十七元的收入，又在一个街道小厂上班。一个加工棉胶鞋帮的中世纪奴隶作坊式的街道小厂。

一排破窗，至少有三分之一埋在地下了。门也是。所以只能朝里开。窗玻璃脏得失去了透明度，乌玻璃一样。我不是迈进门而是跃进门去的。我没想到门里的地面比门外的地面低半米。一张踏脚的小条凳权作门里台阶。我踏翻了它，跌进门的情形如同掉进一个深坑。

那是我第一次到母亲为我们挣钱的那个地方。

空间非常低矮。低矮得使人感到心理压抑。不足二百平米的厂房，四壁潮湿颓败。七八十台破缝纫机一行行排列着，七八十个都不算年轻的女人忙碌在自己的缝纫机后。因为光线阴暗，每个女人头上方都吊着一只灯泡。正是酷暑炎夏，窗不能开，七八十个女人的身体和七八十只灯泡所散发的热量，使我感到犹如身在蒸笼。那些女人们热得只穿背心。有的背心肥大，有的背心瘦小，有的穿的还是男人的背心，暴露出相当一部分丰厚或者干瘪的胸脯。千奇百怪。毡絮如同褐色的重雾，如同漫漫的雪花，在女人们在母亲们之间纷纷扬扬地飘荡。而她们不得不一个个戴着口罩。女人们母亲们的口罩上，都有三个实心的褐色的圆。那是因为她们的鼻孔和嘴的呼吸将口罩濡湿了，毡絮附着在上面。女人们母亲们的头发、臂膀和背心也差不多都变成了褐色的。毛茸茸的褐色。我觉得自己恍如置身在山顶洞人时期的女人们母亲们之间。

我呆呆地将那些女人们母亲们扫视一遍，却发现不了我的母亲。

七八十台破缝纫机发出的噪声震耳欲聋。

"你找谁？"

一个用竹篾子拍打毡絮的老头对我大声嚷，却没停止拍打。

毛茸茸的褐色的那老头像一只老雄猿。

"找我妈！"

"你妈是谁？"

我大声说出了母亲的名字。

"那儿！"

老头朝最里边的一个角落一指。

我穿过一排排缝纫机，走到那个角落，看见一个极其瘦弱的毛茸茸的褐色的脊背弯曲着，头凑近在缝纫机板上。周围几只灯泡的电热烤我的脸。

"妈……"

"……"

"妈！……"

背直起来了，我的母亲。转过身来了，我的母亲。脏脏的毛茸茸的褐色的口罩上方，眼神儿疲竭的我熟悉的一双眼睛吃惊地望着我，我的母亲的眼睛……

母亲大声问："你来干什么？"

"我……"

"有事快说，别耽误妈干活！"

"我……要钱……"

我本已不想说出"要钱"两字，可是竟说出来了！

"要钱干什么？"

"买书……"

"多少钱？"

"一元五角就行……"

"……"

母亲掏衣兜。掏出一卷毛票，用指尖龟裂的手指点着。

旁边一个女人停止踏缝纫机，向母亲探过身，喊："大姐，别给！没你这么当妈的！供他们吃，供他们穿，供他们上学，还供他们看闲书哇！……"又对我喊："你看你妈这是在怎么挣钱？你忍心朝你妈要钱买书哇？……"

母亲却已将钱塞在我手心里了，大声回答那个女人："谁叫我们是当妈的啊！我挺高兴他爱看书的！"

母亲说完，立刻又坐了下去，立刻又弯曲了背，立刻又将头俯在缝纫机板上了，立刻又陷入手脚并用的机械忙碌状态……

那一天我第一次发现，我的母亲原来是那么瘦小，竟快是一个老女人了！那时刻我努力要回忆起一个年轻的母亲的形象，竟回忆不起母亲她何时年轻过。

那一天我第一次觉得我长大了，应该是一个大人了。并因自己十五岁了才意识到自己应该是一个大人了而感到羞愧难当，无地自容。

我鼻子一酸，攥着钱跑了出去……

那天我用那一元五毛钱给母亲买了一听水果罐头。

"你这孩子，谁叫你给我买水果罐头的？！不是你说买书，妈才舍得给你钱的么？！……"

那一天母亲数落了我一顿。数落完了我，又给我凑足了够买《青年近卫军》的钱……

我想我没有权利用那钱再买任何别的东西，无论为我自己还是为母亲。

从此我有了第一本长篇小说……

提起知青文学，梁晓声是一个绕不过去的名字。他以自己的亲身经历为蓝本，既写出了青春无悔，也写出了时代弄人。他的散文也是，真实的经历和苦难的生活都是这些文字的底色，由此他塑造出平凡的人物、抒发出质朴的情感。《母亲》是作家回忆母亲的长篇叙事散文，同时也记录了个人成长史和时代发展变迁。被节选收入课本之后，改名为《慈母情深》。梁晓声常被称为"平民的文学代言人"，他关注普通人的悲欢离合、弘扬小人物身上"活着"的坚韧和刚毅，因而他的作品也打动着无数的普通人。

ZOU SHI MING

RAN YING YING

朗读者

邹市明 舟莹颖

轩轩 皓皓

如果要用一个词来形容拳王邹市明的家，那应该就是"刚柔相济"。

邹市明是中国男子拳击队四十八公斤级拳击运动员。在国家队，他拿到过二十多个全国冠军。三次参加奥运会，他夺得两金一铜，由此成为历史上首位卫冕轻蝇量级奥运会冠军，也成为中国拳坛的传奇。2013年，三十二岁的邹市明正式进军职业拳坛。2016年，他成为WBO（世界拳击组织）蝇量级世界拳王金腰带得主，是继熊朝忠后中国第二位职业拳王。

冉莹颖是"拳王背后的女人"，她放弃了自己的工作，全力支持丈夫的事业。他们有两个可爱的孩子，轩轩和皓皓。邹市明常年在外拼搏，为了让丈夫没有后顾之忧，冉莹颖几乎独自撑起了全家的生活。有人说，推动摇篮的手，能够推动这个世界。一个女人，一个母亲，常常意味着不可思议的力量。

家，是永恒的牵挂，也是永恒的动力。拳击这种运动，赤膊相见，每一次拳头打在邹市明身上，也打在冉莹颖心头。而在邹市明心中，妻小全心全意的支持都转化成了力量，让他满是冲劲："要对得起家人的牺牲，也要对得起自己的付出。等真正胜利后，多回去陪陪家人孩子，弥补一些欢乐时光。"硬汉说起家人，也尽是柔情。

朗读者 ❦ 访谈

董　卿：你们一家子来到台上，一下子就让我们感到家的氛围。我觉得，你们其实是一个蛮特殊的家庭，特别是对于莹颖来说。

冉莹颖：市明是一名职业的拳击运动员。拳击运动，大家看到的就是这样，（播放拳击比赛中被对手攻击的画面）每次都会让我们的心……

董　卿：承受不了。

冉莹颖：（点头）

邹市明：给妈妈鼓掌。

冉莹颖：应该给爸爸鼓掌。

董　卿：我也注意到一个细节，只要是市明的比赛，你是场场必到的。

冉莹颖：对。其实我原来没有那么勇敢，也没觉得自己一定要去看他的比赛。但有一场比赛我真的缺席了之后，我就决定每一场都去。当时是我怀着邹明皓的时候，因为肚子太大了，不能坐飞机，我就通过电视转播来了解他的比赛。他是报喜不报忧的。过了很久以后我才知道，原来那场比赛结束以后，他马上就被送到了医院。所以我就想，与其让别人告诉我他怎么样了，我情愿自己亲眼看到发生了什么。当他在每个回合一扭头的时候，我还可以给他最大的鼓励。然后结束了之后，我可以冲上去第一个拥抱他。

董　卿：市明是不是一扭头看到莹颖在那儿，你就真的会获得力量。

邹市明：其实以前我真的很害怕她去看我的比赛，因为她每次看都会哭。但是就是那一次她没有在，我反而有点不习惯了。从那

一次以后，每场比赛我必须要让她坐在那个熟悉的位置。每个回合，我走回我的拳台坐下休息的那一分钟，我都会给她递个眼神：我很好，放心。然后在场的人都会欢呼：邹市明，好样的！唯独她的声音，会很清晰地传到我的耳朵中。

冉莹颖：每次去，我的前面可能坐的都是什么史泰龙、施瓦辛格，然后我到那儿的第一句话总是先说：对不起，我一会儿要大声叫。他们说没关系没关系，我们知道，因为之前见过你，你在后面不停地叫。（全场笑）

董　卿：这是一种特别直接的鼓励和力量。但是后来我发现，孩子们你也带着去看，这是为什么呢？

冉莹颖：其实因为市明在家的时间比较少，我想让孩子们知道，爸爸从事什么样的职业，爸爸为什么没有时间陪你们。你们血管里面流淌的，就是拳击手的血液。所以你们要知道，爸爸在怎么样做一个男子汉。

邹明轩：所以我现在也会打拳了。

董　卿：你会了吗？打给我看看。

邹市明：不可以打阿姨。

董　卿：来试试看。

邹明轩：不敢。（全场笑）

董　卿：这个是耳濡目染的，他看到你是什么样的，他们就会变成什么样的。

邹市明：对。

冉莹颖：让他们知道我们这个家庭是什么样的家庭，我们这个家族的基因是什么样的。

邹市明：我们从小教他们，你身上的力量，你的拳头是帮助人的，不是去欺负人的，对不对？

冉莹颖：去争得荣誉。

董　卿：你们也希望通过这样的方式让他们明白，什么东西是要靠自己的努力去赢得的，就像你们的生活，也是靠邹市明的努力去赢得的。

冉莹颖：对。也曾经有人问过我说，市明已经是在从事这个职业了，如果有一天，邹明轩或者邹明皓说：妈妈，我也想打拳，我也想成为职业的拳击手，你会怎么做？我以前的回答都是：那我要受不了，那我要崩溃的。我的心脏年轻时候受的刺激就够了，都到老年了还要这样刺激，估计够呛。可是慢慢的，我最近有一点变化，如同刚才董卿姐您看到的，我觉得轩轩他有这个基因，他有这个爱好，他的精力也非常强。还有就是，拳击其实是西洋人的运动，我们中国人在这个运动当中能够占有一席之地真的不容易。都说以前有霍元甲，有陈真，还有李小龙，可是我们中国在武术这个领域，在拳击这个领域，还有更大的空间。如果能让更多的人知道中国人的力量，如果我的儿子可以做到，有什么不可以的？所以我就想，将来尊重他们，如同我现在尊重市明一样。

董　　卿：你怎么评价自己的爱人。

邹市明：其实我觉得她是个非常强悍的女人。第一就是给我了两个宝宝。而且在怀皓皓八个月的时候，还在美国开车、买菜、做饭、洗衣服，所有我拳击以外的东西，她都在帮我处理。我所有的成绩里面都有她的一部分。

冉莹颖：其实我能做的很少，因为我不能代替他上去打。我就想，围绳以外的我来做，围绳以内的你去战，我们分工。

董　　卿：家是什么？家就是最坚强的后盾，最有力的支撑，家是军功章里有你的一半也有我的一半。那你们今天为大家带来的读本是什么？

冉莹颖：是《猜猜我有多爱你》。

董　　卿：真可爱。山姆·麦克布雷尼的一个绘本。它其实就是家庭的两只兔子，大兔子和小兔子之间一种爱的表达。为什么选择这个读本？

冉莹颖：因为这个小兔子用身体和语言，想要跟妈妈来比，究竟谁爱对方更多，但是比来比去，永远都是孩子的爱比不过妈妈的爱更深、更广。

董　　卿：这个朗读是要一家人来完成吗？

冉莹颖：对，我想邀请我的丈夫，还有我两个可爱的孩子，也把这个故事送给他们。我觉得，在家里，爱要常常表达出来。

猜猜我有多爱你

[爱尔兰] 山姆·麦克布雷尼

小栗色兔子该上床睡觉了,可是他紧紧地抓住大栗色兔子的长耳朵不放。他要大兔子好好听他说。

"猜猜我有多爱你。"他说。

大兔子说:"喔,这我可猜不出来。"

"这么多。"小兔子说。他把手臂张开,开得不能再开。

大兔子的手臂要长得多,"我爱你有这么多。"他说。

嗯,这真是很多。小兔子想。

"我的手举得有多高我就有多爱你。"小兔子说。

"我的手举得有多高我就有多爱你。"大兔子说。

这可真高。小兔子想,我要是有那么长的手臂就好了。

小兔子又有了一个好主意。他倒立起来,把脚撑在树干上。

"我爱你一直到我的脚趾头。"他说。

大兔子把小兔子抱起来,甩过自己的头顶:"我爱你一直到你的脚趾头。"

"我跳得多高就有多爱你!"小兔子笑着跳上跳下。

"我跳得多高就有多爱你。"大兔子也笑着跳起来,他跳得这么高,耳朵都碰到树枝了。

这真是跳得太棒了。小兔子想,我要是能跳得这么高就好了。

"我爱你,像这条小路伸到小河那么远。"小兔子喊起来。

"我爱你，远到跨过小河，再翻过山丘。"大兔子说。

这可真远，小兔子想。

他太困了，想不出更多的东西来了。

他望着灌木丛那边的夜空，没有什么比黑沉沉的天空更远了。

"我爱你一直到月亮那里。"说完，小兔子闭上了眼睛。

"哦，这真是很远，"大兔子说，"非常非常的远。"

大兔子把小兔子放到用叶子铺成的床上。

他低下头来，亲了亲小兔子，对他说晚安。

然后他躺在小兔子的身边，微笑着轻声地说："我爱你一直到月亮那里，再从月亮上回到这里来。"

（梅子涵 译）

选自明天出版社《猜猜我有多爱你》

在这部经典绘本里，大兔子和小兔子的猜谜游戏，不知道让多少父母和孩子过目不忘；那些经典的、让人耳目一新的比较，不知道曾让多少父母和孩子心领神会。也许，世界上最幸福的"比较"和"不服气"就是这种了。同时，整个文本的意象也非常美，随着小兔子沉沉睡去，以大兔子对着月亮的喃喃自语结束。我到底有多爱你，不可计数，不可评估。

BI FEI YU

朗读者

毕飞宇

毕飞宇是当代著名作家，曾获第四届英仕曼亚洲文学奖、第八届茅盾文学奖、第一届和第三届鲁迅文学奖。作品被译为英、法、德、西、韩等十多个语种在海外发行。而当董卿问起，你对家的印象是什么？他脱口而出两个字：漂泊。

他生在苏北的村子里，在河边和牛群里长大。后又随父母搬到中堡镇，再搬到兴化县城，最后去扬州读大学，"几乎把中国的行政区划由小到大住了一遍"。"童年经验是作家们在成长过程中形成的有关世界的原始'图谱'，深深地左右了作家自身的艺术创造。"毕飞宇的文学创作就受到童年经验的深刻影响。居无定所的漂泊、社会底层人物的冷暖悲喜、乡村世界的安静恬淡，都为他的创作积累下深厚的经验和素材，促使他在作品中呈现出小人物的生命力、在困境中开掘出美好的事物。

2014年，一部聚焦盲人的电影《推拿》走进观众视线，在电影斩获各项大奖的同时，同名原著小说及其作者毕飞宇也逐渐为大众熟知。事实上早在《推拿》之前，张艺谋导演的《摇啊摇，摇到外婆桥》、徐帆主演的《青衣》，其原著小说都出自毕飞宇之手。

朗读者 ❋ **访谈**

董　卿：你究竟经历了什么样的童年、少年时代，让你对家的印象是"漂泊"这两个字。

毕飞宇：第一，我没有根。第二，父母的工作移动性比较大。我的父亲是一个身世很不明朗的人，他不知道他的父亲是谁；即使后来有一个所谓的"养父"，在他很年轻的时候，也去世了。所以，我们家没有根。

董　卿：对于中国人来讲，所谓"有根"就是有一个在清明节可以磕头的地方。

毕飞宇：你说得特别好。你知道在我的童年时代，觉得最神秘和最羡慕别人的一件事是什么吗？是看我的小伙伴上坟。为什么到了一个特定的日子，下雨或不下雨，许多家庭排成小队伍，在父亲的带领之下，要去做这个事情？而当一个人代表一个家族对着泥土说话的时候，传统不仅赋予了他这个权利，而且成了他的责任。这一切我们家都没有。我父亲告诉我，那是迷信，一句话就把我给打发了。你知道我心目中什么是祖先？祖先是从哪儿来的？祖先不是从过去来的，是从地底下冒出来的。所以现在我要和父亲商量，你行行好，你必须要给我们做儿子、做孙子的人留一个和土地说话的机会和权利。你必须给我们留一个让我们高贵的膝盖可以跪的地方。

董　卿：从什么时候开始感觉到，你的家跟别的孩子的家有点不一样？

毕飞宇：1957年的时候，父亲就从县城里头被送到乡下去劳动。我始终觉得我父亲这一代的命运全在一张纸上。一纸调令，对

人的命运的改变是非常巨大的。

董　卿：你们家大概每隔多少年就要发生这样一次搬家？

毕飞宇：四到五年。男孩儿，在童年时代和少年时代，他一定是群居的。像我们乡村里面长大的孩子，跟鸟，跟鸭子，跟猪，跟牛，跟羊一样的，非得要十几个在一块儿。你想一堆一堆的人里面的某一个，那就是我，突然就要离开这一堆了，就会有一些复杂。还有就是一个村子里面要么全部姓王，要么全部姓张，唯一一个姓毕的就是我们家，它怎么可能一样！

董　卿：你是为这种不一样感到骄傲呢，还是感到不安或者自卑？

毕飞宇：不安是有的，骄傲也是有的。这个不安不是一个理性认识，不能像我现在向你表达的这样，它是一个很具体的感受。但是永远不会给我带来自卑感，相反，它会给我带来自豪感。村子里面那些目不识丁的农民，看到外地来的两个老师即将教他们的孩子识字，即将教他们的孩子加法、减法、打算盘、数豆子，每一个人见到我父亲都叫毕先生；见到我母亲，都叫陈先生。你想想，这样的情形给我带来的感觉是不一样的。

　　而且，你知道，在我们江苏，语言有个特点，有时候三四里路就有区别。如果说我有什么不适应的话，那就是语言。按说一个六七岁的孩子不懂什么叫语言。就是说话呗，但正是因为不停地搬家，让我很早就意识到了语言的存在。我想这也冥冥之中决定了我的职业。可以这样说，我的一生基本上全交给语言了。

董　卿：你跟父亲的关系是什么样的？

毕飞宇：我的父亲，在我看来完全是一个被命运所耽搁的人。那个时候他是绝望的。绝望的人会有一个标志，就是对日常生活彻底丧失了兴趣：他对物质彻底丧失了兴趣；他对人际彻底丧失了兴趣。那么他靠什么活着？他把那些他看不懂的数学书找来，把看不懂的物理书找来，然后在家里面研究。我始终觉得他不存在。为什么？因为他不说话，他跟你不亲。

　　我记得特别清楚，有一次我带我父亲去看病，因为不得已，他紧张，我就把手给了他，可是我一直没有告诉过他，那五六分钟对我来讲，难受至煎熬。那个时候我已经四十大几岁了，跟我爸爸的手握在一块儿，我太紧张了，身上都要冒汗的感觉。

董　卿：第一次吗？因为从小到大，没有养成这样的习惯，没有这种很亲密的接触。

毕飞宇：我跟我爸爸说，你几乎就不知道什么是爱；你也不知道怎么去关心孩子。他现在听得进去的。

董　卿：但是反过来讲，你就知道什么是爱了吗？你连他攥着你的手，你都想逃开。

毕飞宇：我也不知道。我觉得你的这个话问得特别对。爱的教育也好，好的生活形态也好，真的是需要好几代人一点一点地去建立。而我在这儿很轻松地说，我的父亲不懂得爱；也很有可能，二十年之后，我会听到我儿子这样说我，虽然我知道我很爱我的儿子。

董　卿：可能很多现在的年轻人在听你讲述的时候，会有一个疑问：漂泊不是只有你那一代人才有的，现在我们也在漂。很多大城市里都充满了从各地漂泊来的，来寻求更好的生活的人。

毕飞宇：当你离开家出去寻找生活的时候，那是你主动选择的。如果你根本就没有选择，命运让你四处漂散，那叫漂泊。所以我觉得这是有质的区别的。我们可以说浮萍是漂泊的，但不能说鸭子和鱼在漂泊。

董　卿：所以我明白你所说的小时候的种种体验，其实可能是在大的时代背景下个人的一种无力感。

毕飞宇：对。所以在过去的十多年里，有许多机会我可以离开南京，但我一直没走，重要的原因就是，无论如何，我要让南京成为我儿子的故乡。我曾在一本书里写，我是一个有故乡的人，只不过命运把它们切成了许多块，分别丢在了不同的地方。

董　卿：你带来了你的《推拿》这本书，是跟今天的朗读有关吗？

毕飞宇：对。《推拿》这个小说是我2008年5月10日写完的，5月12日，我的父亲看不见了，失明了。一个作家，他的父亲那么爱读书，他写了一个有关盲人的小说，命运却最后让他的爸爸成为了一个盲人，然后，他利用这么好的一个平台，读一段书给爸爸听听。

董　卿：那你觉得你的父亲要是听了之后，会有什么样的反应？
毕飞宇：我觉得我给我父亲读这个片段，对他的意义并不大，但对我的意义非常大。因为我是他的儿子，因为我还是我儿子的父亲，这个是人类最重要的一个主题，生生不息。所以，我要感谢你，让我有机会朗读。如果人类的生生不息伴随着阅读，这个生生不息将变得伟大、变得深刻、变得欢愉。

朗读者 ❧ 读本

推拿（节选）

毕飞宇

  小马还小，也就是二十出头。如果没有九岁时的那一场车祸，小马现在会在干什么呢？小马现在又是一副什么样子呢？这是一个假设。一个无聊、无用却又是缭绕不去的假设。闲来无事的时候，小马就喜欢这样假设，时间久了，他就陷进去了，一个人恍惚在自己的梦里。从表面上看，车祸并没有在小马的躯体上留下过多的痕迹，没有断肢，没有恐怖的、大面积的伤痕。车祸却摧毁了他的视觉神经。小马彻底瞎了，连最基本的光感都没有。

  小马的眼睛却又是好好的，看上去和一般的健全人并没有任何的区别。如果一定要找到一些区别，其实也有。眼珠子更活络一些。在他静思或动怒的时候，他的眼珠子习惯于移动，在左和右之间飘忽不定。一般的人是看不出来的。正因为看不出来，小马比一般的盲人又多出一分麻烦。举一个例子，坐公共汽车——盲人乘坐公共汽车向来可以免票，小马当然也可以免票。然而，没有一个司机相信他有残疾。这一来尴尬了。小马遇上过一次，刚刚上车，司机就不停地用小喇叭呼叮：乘客们注意了，请自觉补票。小马一听到"自觉"两个字就明白了，司机的话有所指。盯上他了。小马站在过道里，死死地拽着扶手，不想说什么。哪一个盲人愿意把"我是盲人"挂在嘴边？吃饱了撑的？小马不开口，不动。司机有意思了，偏偏就是个执着的人。他端起茶杯，开始喝水，十分悠闲地在那里等。引擎在空转，怠速匀和，也在那里等。等过来等过去，车厢里怪异了，有了令人冷齿的肃静。僵持了几十秒，小马到底没能扛住。补票是不可能的，他丢不起那个脸；那就只有下车了。小马最终还是下了车。引擎轰的一声，公共汽车把它温暖的尾气喷在小马的脚面上，像看不见的安慰，又像看不见的讥讽。小马在大庭广众之下受到了侮辱，极度地愤怒。他却笑了。他的微笑像一幅刺绣，挂在了脸上，针针线线都连着他脸上的皮。——我这个瞎子还做不成了，大众不答应。笑归笑，小马再也没有踏上过公共汽车。他学会了拒绝，他拒绝——其实是恐惧——一切与"公共"有关的事物。待在屋子里挺好。小马可不想向全世界庄严地宣布：先生们女士们，我是瞎子，我是一个真正的瞎子啊！

不过小马帅。所有见过小马的人都有一个共同的看法，他是个标准的小帅哥。一开始小马并不相信，生气了。认定了别人是在挖苦他。可是，这样说的人越来越多，小马于是平静下来了，第一次认可了别人的看法，他是帅的。小马的眼睛在九岁的那一年就瞎掉了，那时候自己是什么模样呢？小马真的想不起来。像一个梦。是遥不可及的样子。小马其实已经把自己的脸给忘了。很遗憾。现在好了，小马自己也确认了，他帅。Sh-u-ai-Shuai。一共有三个音节，整个发音的过程是复杂的，却紧凑，干脆。去声。很好听。

很帅的小马有一点帅中不足，在脖子上。他的脖子上有一块面积惊人的疤痕。那不是车祸的纪念，是他自己留下来的。车祸之后小马很快就能站立了，眼前却失去了应有的光明。小马很急。父亲向他保证，没事，很快就会好的。小马就此陷入了等待，其实是漫长的治疗历程。父亲带着小马，可以说马不停蹄。他们辗转于北京、上海、广州、西安、哈尔滨、成都，最远的一次甚至去了拉萨。他们在城市与城市之间辗转，在医院与医院之间辗转，年少的小马一直在路上，他抵达的从来就不是目的地,而是失望。可是,父亲却是热情洋溢的,他的热情是至死不渝的。他一次又一次向他的宝贝儿子保证,不要急,会好的,爸爸一定能够让你重见光明。小马尾随着父亲,希望,再希望。心里头却越来越急。他要"看"。他想"看"。该死的眼睛却怎么也睁不开。其实是睁开的。他的手就开始撕,他要把眼前的黑暗全撕了。可是,再怎么努力,他的双手也不能撕毁眼前的黑暗。他就抓住父亲,暴怒了,开始咬。他咬住了父亲的手,不松。这是发生在拉萨的事情。可父亲突然接到了一个天大的喜讯——在南京,他们漫长旅程的起点,一位眼科医生从德国回来了,就在南京市第一人民医院。小马知道德国,那是一个更加遥远的地方。小马的父亲把小马抱起来,大声地说:"孩子,咱们回南京,这一次一定会好的,我向你保证,会好的!"

"从德国回来的"医生不再遥远,他的手已经能够抚摸小马的脸庞了。九岁的小马顿时就有了极其不好的预感。他相信远方。他从来都不相信"身边"的人,他从来也不相信"身边"的事。既然"从德国回来的"手都能够抚摸他的脸庞,那么,这只手就不再遥远。后来的事实证明了小马的预感,令人震惊的事情到底发生了,父亲把医生摁在了地上,他动用了他的拳头。事情就发生在过道的那一头,离小马很远。照理说小马是不可能听见的,可是,小马就是听见了。他的耳朵创造了一个不可企及的奇迹,小马全听见了。父亲和那个医生一直鬼鬼祟祟的,在说着什么,父亲后来就下跪了。跪下去的父亲并没有打动"从德国回来的"医生,他扑了上去,一下就把医生摁在了地上。父亲在命令医生,让医生对他的儿子保证,再有一年他的眼睛就好了。医生拒绝了。小马听见医生清清楚楚地说:"这不可能。"父亲就动了拳头。

九岁的小马就是在这个时候爆炸的。小马的爆炸与任何爆炸都不相同，他的爆炸惊人的冷静。没有人相信那是一个九岁的孩子所完成的爆炸。他躺在病床上，耳朵的注意力已经挪移出去了。他听到了隔壁病房里有人在吃东西，有人在用勺子，有人在用碗。他听到了勺子与碗清脆的撞击声。多么的悦耳，多么的悠扬。

小马扶着墙，过去了。他扶着门框，笑着说："阿姨，能不能给我吃一口？"

小马把脸让过去，小声地说："不要你喂，我自己吃。"

阿姨把碗送到了小马的右手，勺子则塞在了小马的左手上。小马接过碗，接过勺，没有吃。咣当一声，他把碗砸在了门框上，手里却捏着一块瓷片。小马拿起瓷片就往脖子上捅，还割。没有人能够想到一个九岁的孩子会有如此骇人的举动。阿姨吓傻了，想喊，她的嘴巴张得太大了，反而失去了声音。小马的血像弹片，飞出来了。他成功地引爆了，心情无比的轻快。血真烫啊，飞飞扬扬。可小马毕竟只有九岁，他忘了，这不是大街，也不是公园。这里是医院。医院在第一时间就把小马救活了，他的脖子上就此留下了一块骇人的大疤。疤还和小马一起长，小马越长越高，疤痕则越长越宽，越长越长。

也许是太过惊心触目的缘故，不少散客一躺下来就能看到小马脖子上的疤。他们很好奇。想问。不方便，就绕着弯子做语言上的铺垫。小马是一个很闷的人，几乎不说话。碰到这样的时候小马反而把话挑明了，不挑明了反而要说更多的话。"你想知道这块疤吧？"小马说。客人只好惭愧地说："是。"小马就拖声拖气地解释说："眼睛看不见了嘛，看不见就着急了嘛，急到后来就不想活了嘛。我自己弄的。"

"噢——"客人不放心了，"现在呢？"

"现在？现在不着急了。现在还着什么急呢？"小马的这句话是微笑着说的。他的语气是安宁的，平和的。说完了，小马就再也不说什么了。

既然小马不喜欢开口，王大夫在推拿中心就尽可能避免和他说话。不过，回到宿舍，王大夫对小马还是保持了足够的礼貌。睡觉之前一般要和小马说上几句。话不多，都是短句，有时候只有几个字。也就是三四个回合。每一次都是王大夫首先把话题挑起来。不能小看了这几句话，要想融洽上下铺的关系，这些就都是必需的。从年龄上说，王大夫比小马大很多，他犯不着的。但是，王大夫坚持下来了。他这样做有他的理由。王大夫是盲人，先天的，小马也是盲人，却是后天的。同样是盲人，先天的和后天的有区别，这里头的区别也许是天和地的区别。不把这里头的区别弄清楚，你在江湖上肯定就没法混。

就说沉默。在公众面前，盲人大多都沉默。可沉默有多种多样。在先天的盲人这一头，他们的沉默与生俱来，如此这般罢了。后天的盲人不一样了，他们经历过两个世界。这两个世界的链接处有一个特殊的区域，也就是炼狱。并不是每一个后天的盲人都可以从炼狱当中穿越过去的。在炼狱的入口处，后天的盲人必须经历一次内心的大混乱、大崩溃。它是狂躁的、暴戾的、摧枯拉朽的和翻江倒海的，直至一片废墟。在记忆的深处，他并没有失去他原先的世界，他失去的只是他与这个世界的关系。因为关系的缺失，世界一下子变深了，变硬了，变远了，关键是，变得诡秘莫测，也许还变得防不胜防。为了应付，后天性的盲人必须要做一件事，杀人。他必须把自己杀死。这杀人不是用刀，不是用枪，是用火。必须在熊熊烈火中翻腾。他必须闻到自身烤肉的气味。什么叫凤凰涅槃？凤凰涅槃就是你得先用火把自己烧死。

光烧死是不够的。这里头有一个更大的考验，那就是重塑自我。他需要钢铁一样的坚韧和石头一样的耐心。他需要时间。他是雕塑家。

他不是艺术大师。他的工序是混乱的,这里一凿,那里一斧。当他再生的时候,很少有人知道自己是谁。他是一尊陌生的雕塑。通常,这尊雕塑离他最初的愿望会相距十万八千里。他不爱他自己。他就沉默了。

后天盲人的沉默才更像沉默。仿佛没有内容,其实容纳了太多的呼天抢地和艰苦卓绝。他的沉默是矫枉过正的。他的寂静是矫枉过正的。他的淡定也是矫枉过正的。他必须矫枉过正,并使矫枉过正上升到信仰的高度。在信仰的指引下,现在的"我"成了上帝,而过去的"我"只能是魔鬼。可魔鬼依然在体内,他只能时刻保持着高度的警觉与警惕:过去的"我"是三千年前的业障,是一条微笑并含英咀华的蛇。蛇是多么的生动啊,它妖娆,通身洋溢着蛊惑的力量,稍有不慎就可以让你万劫不复。在两个"我"之间,后天的盲人极不稳定。他易怒。他要克制他的易怒。

从这个意义上说,后天的盲人没有童年、少年、青年、中年和老年。在涅槃之后,他直接抵达了沧桑。他稚气未脱的表情全是炎凉的内容,那是活着的全部隐秘。他透彻,怀揣着没有来路的世故。他的肉体上没有瞳孔,因为他的肉体本身就是一直漆黑的瞳孔——装满了所有的人,唯独没有他自己。这瞳孔时而虎视眈眈,时而又温和缠绵。它懂得隔岸观火、将信将疑和若即若离。离地三尺有神灵。

小马的沉默里有雕塑一般的肃穆。那不是本色,也不是本能,那是一种炉火纯青的技能。只要没有特殊的情况,他可以几个小时、几个星期、几个月甚至几年保持这种肃穆。对他来说,生活就是控制并延续一种重复。

但生活究竟不可能重复。它不是流水线。任何人也无法使生活变成一座压模机,像生产肥皂或拖鞋那样,生产出一个又一个等边的、等质的、等重的日子。生活自有生活的加减法，今天多一点，明天少一点，后天又多一点。这加上的一点点和减去的一点点才是生活的本来面目，它让生活变得有趣、可爱，也让生活变得不可捉摸。

小马的生活里有了加法。日子过得好好的，王大夫加进来了，小孔也加进来了。

选自人民文学出版社《推拿》

《推拿》不是第一部以盲人为主角的小说。史铁生的《命若琴弦》，东西的《没有语言的生活》都是名篇。在黑暗的世界中，作家寻找这个群体内心的光亮，寻找他们命运的支点，更寻找他们面对日常的勇气和耐力。毕飞宇说："我跟我的盲人朋友交往的时候，没觉得他们苦兮兮的，所以我写这本书的目的是呈现他们的乐观、快乐、自食其力。"也许因为身体的障碍，他们的爱和生活反而显得更为卖力，更为执着。

ZHAO
WEN
XUAN

朗读者

赵文瑄

赵文瑄三十二岁开始演戏，在演员里算是极迟。但一出道就是李安电影的男主角，又算是极幸运。他演《喜宴》里为爱隐身的高伟同；演《红玫瑰白玫瑰》里徘徊于朱砂痣和白月间的佟振保；演《雷雨》里的周萍——都是文艺气息浓郁的人物，他因此常被冠以"儒雅"之名。

后来，当人们突然发现，这个电视里的"谦谦君子"，竟以"天涯体"书写博客纵横江湖，自封"赵蜀黍"和"国际瑄"时，不禁哗然。他蜕去斯文的外表，忽然露出嬉笑怒骂、伶牙俐齿、前卫风趣的一面。很多人觉得赵文瑄是分裂的：他温文尔雅的一面不像装出来的，他网络上狂放不羁的一面也是如此真实。

现实生活中的赵文瑄，并不觉得自己分裂。他一个人生活，热爱阅读、书写，热爱美食、宠物。"如果每个人到这个世界上有一个任务的话，我的任务就是来做天使。希望能够带给人间祥和、快乐。对人没有恶意，没有攻击性，无害。"赵文瑄这样归纳自己，"你可以不喜欢我、看不惯我或是有自己的意见，那对不起，你可能在辜负老天给这个世界的一份很好的礼物哦，你没有福气。"

朗读者 ❋ 访谈

董　卿：这个袋子太可爱了！
赵文瑄：这是我的猫，叫大咪，因为今天上节目要谈谈它，所以就找了一件纪念品送给你。
董　卿：谢谢！所以这就是你特殊的家人，是吗？
赵文瑄：对。是我的经纪人有一次在加油站加油，看到一只小猫在一个盒子里面，像死了一样。他看了觉得有点不忍心，就带回来了。我一看，当时就决定要把它好好养起来。
董　卿：但是当时其实你并没有想到未来会怎样，后来怎么慢慢地就离不开它了？
赵文瑄：主要是因为它开始太虚弱了，所以我就特别地上心。不拍戏的时候我在家里看书、看剧本、听音乐，都把它放在我身边，每隔几个小时就要喂它一点东西。它也挺争气的，慢慢长大了。大概三四个月的时候，有一次我帮它洗澡，洗完澡以后吹风，它就好像被吹蒙了似的。我抱着它真的觉得它的心跳跟我是连接的。我那时候才第一次体会到，原来心疼一个人，就是这种感觉。不只是我是主人，它是宠物，而是有一种家人的感觉，像是灵魂上有了联系。
董　卿：听说就是因为它，所以你更多地住在北京了？
赵文瑄：对。有了大咪以后，我回到台北，不到一天我就要想它（笑）。后来我就在北京安家了。
董　卿：大咪对你改变太大了，改变了你生活的环境，是不是也改变了你工作的节奏呢？

赵文瑄：是的。其实在遇到大咪之前，有一段时间我很想退休。主要原因是2006年的时候，我拍了一部电视剧叫《寒夜》。这个主人公到后来的境遇非常悲苦。演到后来，我去医院检查，说是得了肺炎。拍完那部戏以后，我消沉了好长一段时间，症状很接近忧郁症。但遇到大咪以后，心里的郁结就消解了，无论是戏里还是戏外。我这里要说一句诗词，就是李白的《清平调》。

董　卿：哪一首？"云想衣裳花想容"？

赵文瑄：不是，是第三首。

董　卿：名花倾国两相欢。

赵文瑄：长得君王带笑看。你看看大咪，会不会想笑出来？

董　卿：我觉得你说起它，真的比一般的父母说到孩子还要由衷地爱。你现在一共收养了几只？

赵文瑄：有五只猫。本来有六只，去年有一只白色的猫咪离我而去了。

董　　卿：有狗狗吗？

赵文瑄：有，四只。有一只叫豹豹，也叫小豹子，我送给朋友了。

董　　卿：为什么要送走它呢？

赵文瑄：我们有一个女演员的猫刚刚死了，她很想那只猫；然后看到我那么多只，她就说：赵老师，你可不可以给我一只，我们家有一个很大的院子，一定会好好对待它的。她开车带着猫咪的各种玩具、用具，向我证明会更好地待猫咪的时候，我就想到豹豹了，因为她有更大的院子嘛，应该比跟着我要好。那天他们来带豹豹的时候，我记得很清楚，豹豹在椅背上，我去抓它它居然也没有跑。它这样转头看着我，那眼神我到现在还记得。

董　　卿：好像知道你要把它送给别人的样子。

赵文瑄：惊惶不解的眼神。但是那时候我没有感觉，我就把它抱着送人了（哭）。第二天了，回家以后我开始点名：大咪、小奶牛、丫丫。哎，豹豹呢？我助手说，你把它送给莲儿了。我一想，哦，对了。我就走回房间，哭了半个钟头。我说我们把它要回来，我舍不得它。我说以后不要再做这样的事情了。

董　　卿：我在想，像你跟大咪的这样一种缘分，会不会因为你的父母都已经不在了？

赵文瑄：对，我父母他们生我的时候年纪比较大了，都四十出头了。所以等到我有能力回馈、反哺的时候，他们都走了。我有一次做梦，梦到我一直在算：我毕业，我服完兵役，我做事，大概要存多少年的钱，我要买个房子把爸妈接过来，怎么算都觉得报答不了几年了。我三十岁的话，我妈妈就七十岁了。醒来的时候才意识到她已经过世了，那时候就掉眼泪，枕头都湿了。后来，这方面我很少去想，但是自从大咪打开了我心里最柔软的部分以后，我开始常常想这些事情。我也没有子女，它们真的就像我的小孩一样。

董　　卿：那你有没有想过，如果它们去世了，怎么办呢？

赵文瑄：我拥有跟它们的回忆。我常常想到一个画面，听说人死了以后会经过一个隧道，然后前面一片光明。我常想，我通过长长的隧道的时候，看到我的大咪在门口等我。

董　　卿：在通往天国的道路上，你希望最后还是能够和它们一起。那你今天要为它读什么呢？

赵文瑄：本来我拿不定主意要读什么，想读我很喜欢的童话《快乐王子》，但是太长了。结果，有人帮我推荐了一篇季羡林先生的文章。他也是一个爱猫人，写了一篇文章纪念他的老猫。我在念的时候，发现里边有一段话，是我对大咪说过的。

董　　卿：真的吗？

赵文瑄：对。大咪八岁的时候，我已经开始有危机意识了：它老了，它有一天会离开我，联想到大咪好几年的时光跟我在一起，带给我这么多快乐，我获得这么多，我感谢它。然后我说，大咪，你现在八岁了，七八五十六；大咪你跟我是同龄人，我们两个一样大。我发现季老的文章里也有这么一段。

董　　卿：你还把今天要读的部分手抄下来了？字很漂亮，而且抄写非常工整。我觉得一方面体现了你对你们家大咪的感情；还有，当然是你对我们节目的尊重。非常感谢！而且，我觉得你选的真是一篇很能够表达你心情的文章。其实季先生到晚年的时候也曾说过一句话，他说：虽然这个世界上只剩下我一个孤家寡人，但是你又怎么能说我没有一个温暖的家呢？他指的就是他的那些猫。

朗读者 ❋ 读本

老 猫

季羡林

　　老猫虎子蜷曲在玻璃窗外窗台上一个角落里，缩着脖子，眯着眼睛，浑身一片寂寞、凄清、孤独、无助的神情。

　　外面正下着小雨，雨丝一缕一缕地向下飘落，像是珍珠帘子。时令虽已是初秋，但是隔着雨帘，还能看到紧靠窗子的小土山上丛草依然碧绿，毫无要变黄的样子。在万绿丛中赫然露出一朵鲜艳的红花。古诗"万绿丛中一点红"，大概就是这般光景吧。这一朵小花如火似燃，照亮了浑茫的雨天。

　　我从小就喜爱小动物。同小动物在一起，别有一番滋味。它们天真无邪，率性而行；有吃抢吃，有喝抢喝；不会说谎，不会推诿；受到惩罚，忍痛挨打；一转眼间，照偷不误。同它们在一起，我心里感到怡然，坦然，安然，欣然。不像同人在一起那样，应对进退、谨小慎微、斟酌词句、保持距离，感到异常别扭。

　　十四年前，我养的第一只猫，就是这个虎子。刚到我家来的时候，比老鼠大不了多少。蜷曲在窄狭的窗内窗台上，活动的空间好像富富有余。它并没有什么特点，仅只是一只最平常的狸猫，身上有虎皮斑纹，颜色不黑不黄，并不美观。但是异于常猫的地方也有，它有两只炯炯有神的眼睛，两眼一睁，还真虎虎有虎气，因此起名叫虎子。它脾气也确实暴烈如虎。它从来不怕任何人。谁要想打它，不管是用鸡毛掸子，还是用竹竿，它从不回避，而是向前进攻，声色俱厉。得罪过它的人，它永世不忘。我的外孙打过它一次，从此结仇。只要他到我家来，隔着玻璃窗子，一见人影，它就做好准备，向前进攻，爪牙并举，吼声震耳。他没有办法，在家中走动，都要手持竹竿，以防万一，否则寸步难行。有一次，一位老同志来看我，他显然是非常喜欢猫的。一见虎子，嘴里连声说着："我身上有猫味，猫不会咬我的。"他伸手想去抚摸它，可万万没有想到，我们虎子不懂什么猫味，回头就是一口。这位老同志大惊失色。总之，到了后来，虎子无人不咬，只有我们家三个主人除外，它的"咬声"颇能耸人听闻了。

但是，要说这就是虎子的全面，那也是不正确的。除了暴烈咬人以外，它还有另外一面，这就是温柔敦厚的一面。我举一个小例子。虎子来我们家以后的第三年，我又要了一只小猫。这是一只混种的波斯猫，浑身雪白，毛很长，但在额头上有一小片黑黄相间的花纹。我们家人管这只猫叫洋猫，起名咪咪；虎子则被尊为土猫。这只猫的脾气同虎子完全相反：胆小、怕人，从来没有咬过人。只有在外面跑的时候，才露出一点野性。它只要有机会溜出大门，但见它长毛尾巴一摆，像一溜烟似的立即窜入小山的树丛中，半天不回家。这两只猫并没有血缘关系。但是，不知道是由于什么原因，一进门，虎子就把咪咪看作是自己的亲生女儿。它自己本来没有什么奶，却坚决要给咪咪喂奶，把咪咪搂在怀里，让它咂自己的干奶头，它眯着眼睛，仿佛在享着天福。我在吃饭的时候，有时丢点鸡骨头、鱼刺，这等于猫们的燕窝、鱼翅。但是，虎子却只蹲在旁边，瞅着咪咪一只猫吃，从来不同它争食。有时还"咪噢"上两声，好像是在说："吃吧，孩子！安安静静地吃吧！"有时候，不管是春夏还是秋冬，虎子会从西边的小山上逮一些小动物，麻雀、蚱蜢、蝉、蛐蛐之类，用嘴叼着，蹲在家门口，嘴里发出一种怪声。这是猫语，屋里的咪咪，不管是睡还是醒，耸耳一听，立即跑到门后，馋涎欲滴，等着吃母亲带来的佳肴，大快朵颐。我们家人看到这样母子亲爱的情景，都由衷地感动，一致把虎子称作"义猫"。有一年，小咪咪生了两个小猫。大概是初做母亲，没有经验，正如我们圣人所说的那样"未有学养子而后嫁者也"，人们能很快学会，而猫们则不行。咪咪丢下小猫不管，虎子却大忙特忙起来，觉不睡，饭不吃，日日夜夜把小猫搂在怀里。但小猫是要吃奶的，而奶正是虎子所缺的。于是小猫暴躁不安，虎子眉头一皱，计上心来，叼起小猫，到处追着咪咪，要它给小猫喂奶。还真像一个姥姥样子，但是小咪咪并不领情，依旧不给小猫喂奶。有几天的时间，虎子不吃不喝，瞪着两只闪闪发光的眼睛，嘴里叼着小猫，从这屋赶到那屋；一转眼又赶了回来。小猫大概真是受不了啦，便辞别了这个世界。

我看了这一出猫家庭里的悲剧又是喜剧，实在是爱莫能助，惋惜了很久。

我同虎子和咪咪都有深厚的感情。每天晚上，它们俩抢着到我床上去睡觉。在冬天，我在棉被上面特别铺上了一块布，供它们躺卧。我有时候半夜里醒来，神志一清醒，觉得有什么东西重重地压在我身上，一股暖气仿佛透过了两层棉被，扑到我的双腿上。我知道，小猫睡得正香，即使我的双腿由于僵卧时间过久，又酸又痛，但我总是强忍着，决不动一动双腿，免得惊了小猫的轻梦。它此时也许正梦着捉住了一只耗子。只要我的腿一动，它这耗子就吃不成了，岂非大煞风景吗？

这样过了几年，小咪咪大概有八九岁了。虎子比它大三岁，十一二岁的光景。依然威风凛凛，脾气暴烈如故，见人就咬，大有死不改悔的神气。而小咪咪则出我意料地露出了下世的光景。常常到处小便，桌子上，椅子上，沙发上，无处不便。如果到医院里去检查的话,大夫在列举的病情中一定会有一条的:小便失禁。最让我心烦的是,它偏偏看上了我桌子上的稿纸。我正写着什么文章,然而它却根本不管这一套,跳上去,屁股往下一蹲,一泡猫尿流在上面,还闪着微弱的光。说我不急,那不是真的。我心里真急,但是,我谨遵我的一条戒律:决不打小猫一掌,在任何情况之下,也不打它。此时,我赶快把稿纸拿起来,抖掉了上面的猫尿,等它自己干。心里又好气,又好笑,真是哭笑不得。家人对我的嘲笑,我置若罔闻,"全等秋风过耳边"。

我不信任何宗教,也不皈依任何神灵。但是,此时我却有点想迷信一下。我期望会有奇迹出现,让咪咪的病情好转。可世界上是没有什么奇迹的,咪咪的病一天一天地严重起来。它不想回家,喜欢在房外荷塘边上石头缝里待着,或者藏在小山的树木丛里。它再也不在夜里睡在我的被子上了。每当我半夜里醒来,觉得棉被上轻飘飘的,我惘然若有所失,甚至有点悲伤了。我每天凌晨起来,第一件事情就是拿着手电到房外塘边山上去找咪咪。它浑身雪白,是很容易找到的。在薄暗中,我眼前白白地一闪,我就知道是咪咪。见了我,"咪噢"一声,起身向我走来。我把它抱回家,给它东西吃,它似乎根本没有胃口。我看了直想流泪。有一次,我拖着疲惫的身子,走几里路,到海淀的肉店里去买猪肝和牛肉。拿回来,喂给咪咪,它一闻,似乎有点想吃的样子;但肉一沾唇,它立即又把头缩回去,闭上眼睛,不闻不问了。

有一天傍晚,我看咪咪神情很不妙,我预感要发生什么事情。我唤它,它不肯进屋。我把它抱到篱笆以内,窗台下面。我端来两只碗,一只盛吃的,一只盛水。我拍了拍它的脑袋,它偎依着我,"咪噢"叫了两声,便闭上了眼睛。我放心进屋睡觉。第二天凌晨,我一睁眼,三步并作一步,手里拿着手电,到外面去看。哎呀不好!两碗全在,猫影顿杳。我心里非常难过,说不出是什么滋味。我手持手电找遍了塘边，山上，树后，草丛，深沟，石缝。有时候，眼前白光一闪。"是咪咪！"我狂喜。走近一看，是一张白纸。我嗒然若丧，心头仿佛被挖掉了点什么。"屋前屋后搜之遍，几处茫茫皆不见。"从此我就失掉了咪咪，它从我的生命中消逝了，永远永远地消逝了。我简直像是失掉了一个好友，一个亲人。至今回想起来，我内心里还颤抖不止。

在我心情最沉重的时候，有一些通达世事的好心人告诉我，猫们有一种特殊的本领，能知道自己什么时候寿终。到了此时此刻，它们决不待在主人家里，让主人看到死猫，感到心烦，或感到悲伤。它们总是逃了出去，到一个最僻静、最难找的角落里，地沟里，山洞里，树丛里，等候最后时刻的到来。因此，养猫的人大都在家里看不见死猫的尸体。只要自己的猫老了，病了，出去几天不回来，他们就知道，它已经离开了人世，不让举行遗体告别的仪式，永远永远不再回来了。

我听了以后，憬然若有所悟。我不是哲学家，也不是宗教家，但却读过不少哲学家和宗教家谈论生死大事的文章。这些文章多半有非常精辟的见解，闪耀着智慧的光芒，我也想努力从中学习一些有关生死的真理。结果却是毫无所得。那些文章中，除了说教以外，几乎没有什么有用的东西。大半都是老生常谈，不能解决什么实际问题，没能给我留下深刻的印象。现在看来，倒是猫们临终时的所作所为，即使仅仅是出于本能吧，却给了我很大的启发。人们难道就不应该向猫们学习这一点经验吗？有生必有死，这是自然规律，谁都逃不过。中国历史上的赫赫有名的人物，秦皇、汉武，还有唐宗，想方设法，千方百计，想求得长生不老。到头来仍然是竹篮子打水一场空，只落得黄土一抔，"西风残照，汉家陵阙。"我辈平民百姓又何必煞费苦心呢？一个人早死几个小时，或者晚死几个小时，甚至几天，实在是无所谓的小事，绝影响不了地球的转动，社会的前进。再退一步想，现在有些思想开明的人士,不想长生不死,不想在大地上再留黄土一抔;甚至开明到不要遗体告别,不要开追悼会。但是仍会给后人留下一些麻烦:登报,发讣告,还要打电话四处通知,总得忙上一阵。何不学一学猫们呢?它们这样处理生死大事,何等干净利索呀!一点痕迹也不留,走了,走了,永远地走了,让这花花世界的人们不见猫尸,用不着落泪,照旧做着花花世界的梦。

我忽然联想到我多次看过的敦煌壁画上的西方净土变。所谓"净土",指的就是我们常说的天堂、乐园。是许多宗教信徒烧香念佛,查经祷告,甚至实行苦行,折磨自己,梦寐以求想到达的地方。据说在那里可以享受天福,得到人世间万万得不到的快乐。我看了壁画上画的房子、街道、树木、花草,以及大人、小孩,林林总总,觉得十分热闹。可我觉得没有什么出奇之处。只有一件事给我留下了永不磨灭的印象,那就是,那里的人们都是笑口常开,没有一个人愁眉苦脸,他们的日子大概过得都很惬意。不像在我们人间有这样许多不如意的事情,有时候办点事,还要找后门,钻空子。在他们的商店里——净土里面还实行市场经济吗?他们还用得着商店吗?——售货员大概都很和气,不给人白眼,不训斥"上帝",不扎堆闲侃,不给人钉子碰。这样的天堂乐园,我也真是心向往之的。但是给我印象最深,使我最为吃惊或者羡慕的还是他们对待要死的人的态度。那里的人,大概同人世间的猫们差不多,能预先知道自己寿终的时刻。到了此时,要死的老嬷嬷或者老头,健步如飞地走在前面,身后簇拥着自己的子子孙孙、至亲好友,个个喜笑颜开,全无悲戚的神态,仿佛是去参加什么喜事一般,一直把老人送进坟墓。后事如何,壁画不是电影,是不能动的。然而画到这个程序,以后的事尽在不言中。如果一定要画上填土封坟,反而似乎是多此一举了。我觉得,净土中的人们给我们人类争了光。他们这一手比猫们又漂亮多了。知道必死,而又兴高采烈,多么豁达!多么聪明!猫们能做得到吗?这证明,净土里的人们真正参透了人生奥秘,真正参透了自然规律。人为万物之灵,他们为我们人类在同猫们对比之下真真增了光!真不愧是净土!

上面我胡思乱想得太远了,还是回到我们人世间来吧。我坦白承认,我对人生的奥秘参透得还不够,我对自然规律参透得也还不够。我仍然十分怀念我的咪咪。我心里仿佛有一个空白,非填起来不行。我一定要找一只同咪咪一模一样的白色波斯猫。后来果然朋友又送来了一只,浑身长毛,洁白如雪,两只眼睛全是绿的,亮晶晶像两块绿宝石。为了纪念死去的咪咪,我仍然为它命名"咪咪",见了它,就像见到老咪咪一样。过了大约又有一年的光景,友人又送了我一只据说是纯种的波斯猫,两只眼睛颜色不同,一黄一蓝。在太阳光下,黄的特别黄,蓝的特别蓝,像两颗黄蓝宝石,闪闪发光,竞妍争艳。这只猫特别调皮,简直是胆大无边,然而也因此就更加可爱。这一下子又忙坏了虎子,它认为这两只小猫都是自己的亲生女儿,硬逼着它们吮吸自己那干瘪的奶头。只要它走出去,不知在什么地方弄到了小鸟、蚱蜢之类,就带回家来,给两只小猫吃。好久没有听到的"咪噢"唤小猫的声音,现在又听到了。我心里漾起了一丝丝甜意。这大大地减轻了我对老咪咪的怀念。

可是岁月不饶人,也不会饶猫的。这一只"土猫"虎子已经活到十四岁。据通达世情的人们说,猫的十四岁,就等于人的八九十岁。这样一来,我自己不是成了虎子的同龄"人"了吗?这个虎子却也真怪。有时候,颇现出一些老相。两只炯炯有神的眼睛里忽然被一层薄膜蒙了起来。嘴里流出了哈喇子,胡子上都沾得亮晶晶的。不大想往屋里来,日日夜夜趴在阳台上蜂窝煤堆上,不吃,不喝。我有了老咪咪的经验，知道它快不行了。我也跑到海淀，去买来牛肉和猪肝，想让它不要饿着肚子离开这个世界。我随时准备着：第二天早晨一睁眼，虎子不见了。结果虎子并没有这样干。我天天凌晨第一件事就是来看虎子，隔着窗子，依然黑糊糊的一团，卧在那里。我心里感到安慰。有时候，它也起来走动了。我在本文开头时写的就是去年深秋一个下雨天我隔窗看到的虎子的情况。

到了今天，半年又过去了。虎子不但没有走，而且顽健胜昔，仍然是天天出去。有时候在晚上，窗外的布帘子的一角蓦地被掀了起来，一个丑角似的三花脸一闪。我便知道，这是虎子回来了，连忙开门，放它进来。大概同某一些老年人一样——不是所有的老年人——到了暮年就改恶向善，虎子的脾气大大地改变了。几乎再也不咬人了。我早晨摸黑起床，写作看书累了，常常到门外湖边山下去走一走。此时，我冷不防脚下忽然踢着了一团软乎乎的东西。这是虎子。它在夜里不知道在什么地方待了一夜，现在看到了我，一下子蹿了出来，用身子蹭我的腿，在我身前和身后转悠。它跟着我，亦步亦趋，我走到哪里，它就跟到哪里，寸步不离。我有时故意爬上小山，以为它不会跟来了，然而一回头，虎子正跟在身后。猫是从来不跟人散步的，只有狗才这样干。有时候碰到过路的人，他们见了这情景，都大为吃惊。"你看猫跟着主人散步哩！"他们说，露出满脸惊奇的神色。最近一个时期，虎子似乎更精力旺盛了，它返老还童了。有时候竟带一个它重孙辈的小公猫到我们家阳台上来。"今夜我们相识。"虎子用不着介绍就相识了。看样子，虎子一去不复返的日子遥遥无期了。我成了拥有三只猫的家庭的主人。

我养了十几年猫，前后共有四只。猫们向人们学习什么，我不通猫语，无法询问。我作为一个人却确实向猫学习了一些有用的东西。

上面讲过的对处理死亡的办法，就是一个例子。我自己毕竟年纪已经很大了，常常想到死的问题。鲁迅五十多岁就想到了，我真是瞠乎后矣。人生必有死，这是无法抗御的。而且我还认为，死也是好事情。如果世界上的人都不死，连我们的轩辕老祖和孔老夫子今天依然峨冠博带，坐着奔驰车，到天安门去遛弯，你想人类世界会成一个什么样子！人是百代的过客，总是要走过去的，这决不会影响地球的转动和人类社会的进步。每一代人都只是一场没有终点的长途接力赛的一环。前不见古人，后不见来者，是宇宙常规。人老了要死，像在净土里那样，应该算是一件喜事。老人跑完了自己的一棒，把棒交给后人，自己要休息了，这是正常的。不管快慢，他们总算跑完了一棒，总算对人类的进步做出了贡献，总算尽了自己的天职。年老了要退休，这是身体精神状况所决定的，不是哪个人能改变的。老人们会不会感到寂寞呢？我认为，会的。但是我却觉得，这寂寞是顺乎自然的，从伦理的高度来看，甚至是应该的。我始终主张，老年人应该为青年人活着，而不是相反。青年人有接力棒在手，世界是他们的，未来是他们的，希望是他们的。吾辈老年人的天职是尽自己仅存的精力，帮助他们前进，必要时要躺在地上，让他们踏着自己的躯体前进，前进。如果由于害怕寂寞而学习《红楼梦》里的贾母，让一家人都围着自己转，这不但是办不到的，而且从人类前途利益来看是犯罪的行为。我说这些话，也许有人怀疑，我是不是碰到了什么不如意的事，才说出这样令某些人骇怪的话来。不，不，决不。我现在身体顽健，家庭和睦，在社会上广有朋友，每天照样读书、写作、会客、开会不辍。我没有不如意的事情，也没有感到寂寞。不过自己毕竟已逾耄耋之年，面前的路有限了。不免有时候胡思乱想。而且，我同猫们相处久了，觉得它们有些东西确实值得我们学习，我们这些万物之灵应该屈尊一下，学习学习。即使只学到猫们处理死亡大事这一手,我们社会上会减少多少麻烦呀!

"那么,你是不是准备学习呢?"我仿佛听到有人这样质问了。是的,我心里是想学习的。不过也还有些困难。我没有猫的本能,我不知道自己的大限何时来到。而且我还有点担心。如果我真正学习了猫,有一天忽然偷偷地溜出了家门,到一个旮旯里、树丛里、山洞里、河沟里,一头钻进去,藏了起来,这样一来,我们人类社会可不像猫社会那样平静,有些人必然认为这是特大新闻,指手画脚,喊喊喳喳。如果是在旧社会里或者在今天的香港等地的话,这必将成为头版头条的爆炸性新闻,不亚于当年的杨乃武和小白菜。我的亲属和朋友也必将派人出去寻找,派的人也许比寻找彭加木的人还要多。这是多么可怕的事呀!因此我就迟疑起来。至于最后究竟何去何从?我正在考虑、推敲、研究。

选自人民文学出版社《季羡林散文新编·睁一只眼闭一只眼》

从徐悲鸿到徐志摩,从梁实秋到夏衍,从杨绛到季羡林,现代画家、作家、文人学者爱猫养猫者甚众。作为与人类关系最为亲近的动物,猫频频出现在现代文人的笔下。

当人遇上猫会发生什么呢?围绕猫与人的关系会生发出很多隽永的故事。胡适曾经养过一只名叫"狮子"的猫。1931年11月19日,著名诗人徐志摩飞机失事遇难;

同年 12 月 14 日，胡适在天津大公报上发表了一首诗悼念挚友，名字就叫《狮子》，而这首诗最后有一个注，"狮子是志摩住在我家时最喜欢的猫"。

夏衍先生非常喜欢猫，"文革"当中他被隔离审查，他养的一只老黄猫也不知去向。"文革"后期夏衍出狱回到家里，这只猫突然出现了，像心有灵犀一样，不知道从哪里冒出来了。此时这只猫已经非常衰老。夏衍抱着它，相对无言，第二天这只老猫就去世了。

对于文人来说，养猫也常常成为他们反省自身的契机，比如季羡林先生的这篇《老猫》，就将猫喜欢寻找隐秘处安静地死去升华到哲学层面。从猫身上，他们思考人与动物的关系，人与自然的关系。文人笔下的猫，和其他的象征物一样，成为了历史中某个瞬间的折射。

华东师范大学教授　陈子善

PAN JI LUAN

朗读者

潘际銮

对于绝大多数人来讲，潘际銮这个名字很陌生，但其实我们的生活与他有着千丝万缕的关系。他是我国第一条高铁的铁轨焊接顾问，也是我国第一座自行建设的核电站——秦山核电站的焊接顾问。他还参与筹办了哈尔滨工业大学、清华大学的焊接专业，是我们国家焊接科学技术发展的奠基人之一。他开创的高铁钢轨焊接技术，为中国高铁的迅速崛起、发展和走向世界奠定了坚实基础。

有人说，潘际銮的人生本身就是一部中国焊接史。潘际銮的国家级科研成果不在少数，但是他的成就却一直不为大众所知。他坦言，很多国家科研项目具有保密色彩，不能以论文形式发表，所以他的学术论文数量并不多。但他觉得，为国家创造价值是应当的，他并不在意自己能否因此受益，他"终身陷在这个事业里了"。年届九十的潘际銮，至今每天还要工作十个小时左右。

这位泰斗级院士，科研项目价值上千亿，他和老伴儿的生活却相当简朴。他们身居斗室，潘际銮每天蹬着电动自行车去办公室干活，傍晚又蹬回家。而他的办公室更是简陋不堪。潘际銮总说自己是一个过时的老派学者，可正是他这种淡泊名利、治学严谨的作风，才让中国乃至世界焊接技术发展的历程上，都深深刻上了他的印迹。

朗读者 ❋ 访谈

董　卿：您九十岁高龄了，好精神呢！

潘际銮：也不精神了，老了。

董　卿：说话也那么清楚，真好！咱们今天这期节目的主题词是"家"，所以先说说潘老的家。潘老家里可不只出了他这么一个科学家。潘老有两个哥哥，一个姐姐，一个妹妹。潘老自己毕业于清华大学，他的哥哥，大哥潘锡圭毕业于浙江大学机电系；二哥潘际炎毕业于清华大学土木工程系。姐姐毕业于天津大学；妹妹毕业于北京大学医学院。用我们现在年轻人的话说，一家的学霸。您到底是生长在一个什么样的家庭？

潘际銮：我的家在九江，父亲是清朝末代的秀才，考取的时候只有十四岁，这说明他非常聪明。我母亲是农民的女儿，实际上没有上过学。

董　卿：但是你们全家兄弟姐妹都很爱读书。

潘际銮：对，非常自强，非常爱学习。

董　卿：1937年，也就是潘老十岁的时候，发生了卢沟桥事变，日本开始全面侵华，十岁的小小少年看到了整个家乡的摧毁。

潘际銮：对，我是经历了抗日战争的全部过程，而且是苦难的过程。日本人的飞机天天轰炸我们的家乡，飞机一来，我们就坐着船划到湖中间去，因为那个地方很安全。但有一次，炸弹正好掉到水里，差点把我们的船搞翻了，全家差点淹死了。不久，日本人又进攻我们的家乡，当时伤兵、难民很多，我父亲很果断，就让我们全家背一个铺盖卷，变成了难民。

董　卿：您的这些经历，现在的年轻人可能已经很难想象了。但难能可贵的是，在这样的经历中，您仍然没有放弃学业。潘老十六岁那年，以云南省状元的成绩考入了西南联大。

潘际銮：发榜是一个很大很大的红喜报，张贴在昆明最繁华的街道的墙上，第一名就是我的名字。但是那个时候，说实在话，并不觉得这很稀奇，我父亲母亲也没有怎么特殊奖励我。我们那时候念书的目的就是抗日、救国、回家。

董　卿：1938年，因为时局动荡，所以南京国民政府决定把清华大学、北京大学、南开大学迁到昆明，成立了国立西南联合大学，校长是清华大学的校长梅贻琦先生。当时学校的教授一个个名字也是如雷贯耳，像陈寅恪、闻一多、沈从文、金岳霖、朱自清、冯友兰，包括林徽因。

潘际銮：对。都是中国顶级的专家。当时梅贻琦有一个思想：大学好不好，不在于有没有大楼，而在于有没有大师，所以就把全国顶级的专家请到西南联大。

董　卿：您对哪个教授的记忆特别深？

潘际銮：我选了冯友兰先生的"哲学概论"，选了陈岱孙先生的"经济学概论"。但对我影响最大的一个教授是物理系的霍秉权。因为我高考物理是第一名，但是一到西南联大却给了我一个不及格，这对我来讲是一生从来没有的事情。

董　卿：西南联大的考核严格是出了名的。

潘际銮：因为它考的范围很宽，题目很难。当时西南联大，像物理、数学，有三分之一的人是不及格的，能考到七八十分的学生是最好的学生了。所以西南联大当时招生招了八千人，毕业只有四千人。一部分人参军了，一部分人是考试不及格。不及格不能补考，只能重修，重修不行再重修，一直重修到你坚持不住了，走掉了。

董　卿：那您后来物理不及格怎么办？也要重修？

潘际銮：后来，我根据情况，改变学习方式了，找所有的参考书来学，做笔记，融会贯通，后来我就考得很好了。（观众鼓掌）

董　卿：我知道当时西南联大进校的时候不是马上就分专业，它是通识教育。

潘际銮：对。通识教育是什么意思呢？你除了本科的必修课以外，像我学工学，我还要学人文科学，要学社会科学。而且，我们那时候是全英文授课的，教材也全部都是英文。英文不懂，书都念不下去，所以英文也进步得很快。

董　卿：我知道您还是西南联大校友会的会长呢！

潘际銮：是的。现在我们西南联大的校友平均年龄九十岁以上，我现在九十岁，差不多是最年轻的，而且能够主持工作，所以只好选到我了。我是西南联大末代会长,再也没有人接班了。

董　卿:您这么一说我突然想起来,我们第一期节目,也坐在您这个位置的是许渊冲先生,他也是西南联大毕业的。

潘际銮:对,是我们学长。

董　卿:他当时说到,他为了追求一个女同学,去翻译了林徽因的诗。

潘际銮:他呀,我跟你说,是文科的学生,他们很浪漫的。(全场笑)我们工科的学生,一来就不及格,功课紧张得不得了。而且说来也很奇怪,没有女同学上我们工学院,所以也没法谈恋爱。我大学毕业还没有找对象。

董　卿:把时间都用在学习上了。1945年抗战胜利,1946年西南联大的工科部分就回到清华本部了,那个时候,您怎么选择了焊接这个很冷门的学术方向?

潘际銮:我有一个老师叫李辑祥,他是美国回来的,开了一门课叫作焊接工程,我觉得这个学科很有意义。但社会上不懂,认为焊接就是焊洋铁壶的。我给大家讲一个例子,就是这个核电站,如果没有焊接根本没法做。因为一个核电站必须全部都是密封的,任何一点泄漏,哪怕几个原子泄漏出来,都是不行的。高铁为什么重要?因为大家都知道,铁路的钢轨,过去是有接头的,走不快的。现在要一小时走三百公里或者是四百公里,焊得不好,一断,车就翻了,所以焊很重要,焊的质量也很重要。现在我们中国钢轨焊接的水平超过世界任何国家。我们国家现在,我认为有两个项目可以走出国门:一个是高铁,一个是核电。因为我们做得出来,别人做不出来。

跟着我的一个团队,就是干这个事情的。差不多有二十人,有四个八十岁的老头,还有一些年轻的博士。

董　卿：您怎么会到现在这个年龄说起自己工作的时候，还有这么浓厚的兴趣和充沛的精力？

潘际銮：对，我一辈子都在我的工作上。技术上的工作，我什么都清楚的，其他事就不清楚了，家务事绝对不清楚。

董　卿：家务事儿，您不清楚，有人清楚。

潘际銮：有我老伴，她做我的后盾；我主外，她主内。也就是有了她，我一辈子全心全意扑在事业上，扑在为国家做贡献上。她确实是有功劳的。

董　卿：潘老的老伴可是北大的才女，今天也来到了我们的现场，我们掌声欢迎李老师。师母好！师母好看不好看？

观　众：好看。

董　卿：您是北大的，潘老是清华的，你们俩是怎么认识的？

李世豫：我是1950年到北京考大学，没有地方住，我一个老乡跟他同屋，他们就把房间让给我了，然后他就辅导我的功课。

董　卿：您那个辅导有没有点别的想法？

潘际銮：我因为喜欢她，就辅导她了。（笑）

董　卿：您是"别有用心"啊。

潘际銮：我认识她三个月就到哈尔滨去了。两个人也没有订婚，也没有什么山盟海誓，就分开了。但她也没有变心，我也没有变心，过了五年以后才结婚的。

董　卿：刚才潘老也说了，家里的事务都交给您了。

李世豫：对，我自己也要工作，然后他爸爸，还有三个孩子，都是我管的。

潘际銮：我没有管。

董　卿：知道您没有管。（笑，对潘老的夫人）您在分担着生活重担的时候，其实也分享着他创造的一些科研成果。您第一次坐上高铁是什么心情？

李世豫：我挺高兴，因为我正好坐在司机的旁边，那个车是相当快。2008年的奥运会，从北京到天津，运动员必须坐高铁，必须一点问题都没有，所以他的责任非常重大，因为他是顾问。

董　卿：是啊，他是焊接技术在中国的奠基人之一。

李世豫：嗯，第一人。

董　卿：老太太多自豪啊，第一人！（观众笑）他们俩一直到现在感情都特别好，就在两三年前，潘老还骑着一个电动车载着李老师上下班，在清华的校园里成了一个风景了，很美。

李世豫：我是可以跳上去，也可以跳下来的。

董　卿：您下次还是别跳了。

李世豫：我现在不跳了，我摔了还可以，他摔了不可以。

董　卿：其实这样一种令人羡慕的生活是付出、牺牲和包容换来的。再次谢谢师母。今天潘老要在现场完成一段很特殊的朗读。

潘际銮：我从小离开了家乡，日本人投降以后再回去，家没有了。所以现在我无论走到哪儿，清华都是我的根。我要朗读的是在"一二·九"时期，蒋南翔先生写的《清华大学救国会告全国民众书》。

董　卿：很有意义。1935年的时候，日本侵略者企图把华北变成第二个满洲国，这引起了青年学生极大的忧患和愤怒，所以清华大学的学生救国会就发起写下了这样一篇檄文，叫《清华大学救国会告全国民众书》。今年恰好也是清华大学一百零六年的校庆，所以我觉得由我们清华的老院士、清华功勋级的校友们来朗读这样一篇文章，也算是给学校献上的一份很特殊的生日礼物吧。

朗读者 ❋ 读本

清华大学救国会告全国民众书

蒋南翔

亲爱的全国同胞：

华北自古是中原之地，现在，眼见华北的主权，也要继东三省热河之后而断送了！

这是明明白白的事实，目前我们友邦所要求于我们的，更要比二十一条厉害百倍；而举国上下，对此却不见动静。回看一下十六年前伟大的五四运动，我们真惭愧：在危机日见严重的关头，不能为时代负起应负的使命，轻信了领导着现社会的一些名流、学者、要人们的甜言蜜语，误认为学生的本分仅在死读书，迷信着当国者的"自有办法"，几年以来，只被安排在"读经"、"尊孔"、"礼义廉耻"的空气下摸索，痴待着"民族复兴"的"奇迹"！现在，一切幻想，都给铁的事实粉碎了！"安心读书"吗？华北之大，已经安放不得一张平静的书桌了！

亲爱的全国同胞父老，急迫的华北丧钟声响，惊醒了若干名流学者的迷梦，也更坚决地使我们认清了我们唯一的出路。最近胡适之先生曾慨然说，他过去为"九一八"的不抵抗辩护，为"一·二八"的上海协定辩护，为热河失陷后的塘沽协定辩护，现在却再不能为华北的自治政府辩护了。他已觉悟了过去主张"委曲求全"的完全错误，相信唯一的道路，只有抵抗。因此胡先生是希望负有守土之责的华北长官能尽力抵抗不要屈服妥洽。亲爱的同胞，我们却还要比胡先生更进一步说：武力抵抗，不但是依赖负有守土之责的长官，尤其希望全体民众，也都能一致奋起，统一步伐，组织起来，实行武装自卫。事实告诉我们：在目前反帝自卫的斗争中，民众的地位是更为重要，民众的力量是更为伟大，也只有民众自己，更为忠诚而可靠。看吧，曾煊赫一时的民族英雄，抗日将军，都可化为"神龙"了；唯有山海关外，英勇的民众自己组成的义勇军，始终不屈不挠，在用鲜血写着中国民族的光荣斗争史。

亲爱的全国同胞，中国民族的危机，已到最后五分钟。我们，窒息在古文化城里上着"最后一课"的青年，实已切身感受到难堪的亡国惨痛。惨痛的经验教训了我们：在目前，"安心读书"只是一帖安眠药，我们决再不盲然地服下这剂毒药；为了民族，我们愿意暂时丢开书本，尽力之所及，为国家民族做一点实际工作。我们要高振血喉，向全国民众大声疾呼：中国是全国民众的中国，全国民众，人人都应负起保卫中华民族的责任！起来吧，水深火热中的关东同胞和登俎就割的华北大众，我们已是被遗弃了的无依无靠的难民，只有抗争是我们死里逃生的唯一出路，我们的目标是同一的：自己起来保卫自己的民族。我们的胸怀是光明的：要以血肉头颅换取我们的自由。起来吧，亡国奴前夕的全国同胞！中国没有几个华北和东北，是经不起几回"退让"和"屈服"的！唇亡齿寒，亡国的惨痛，不久又要临头了！挣扎在死亡线上的全国大众，大家赶快联合起来！我们的目标是同一的：自己起来保卫自己的民族！我们的胸怀是光明的：要以血肉头颅换取我们的自由！

清华大学救国会

廿四年十二月九日

〔此文由潘际銮及其他清华大学、西南联大老一辈校友共同朗读。朗读者包括茅沅（91岁），1946年考入清华大学土木工程系；胡邦定（95岁），1942年考入西南联大历史学系；郑敏（97岁），1939年考入西南联大哲学心理学系；林宗棠（91岁），1945年考入西南联大航空工程学系；钱易（81岁），1957年考入清华大学土木与环境工程系；傅珵（90岁），1946年考入清华大学外国语文学系；方堃（95岁），1944年考入西南联大电机工程学系；彭珮云（88岁），1945年考入西南联大社会学系；王希季（95岁），1938年考入西南联大机械工程学系；郭世康（100岁），1936年考入清华大学机械工程学系；王继明（101岁），1936年考入清华大学土木工程学系；吴大昌（99岁），1936年考入清华大学机械工程学系。十三位老人的年龄加在一起超过1200岁。〕

1935年，"一二·九运动"前夕，清华、燕京两校响应北平学联号召，准备组织大规模游行请愿。蒋南翔躲进清华学堂地下室的印刷车间，花了两三个晚上，写出了《清华大学救国会告全国民众书》。这篇文章在12月9日的游行队伍中变成了传单，贴满了北平的大街小巷。"华北之大，已经安放不得一张平静的书桌了"，这句话后来传遍大江南北，点燃了全国学生的爱国热情。而很多文学作品都曾涉及这段历史，最为著名的当属杨沫的《青春之歌》和韦君宜的《思痛录》。

味　道
Taste

味道，当然不仅仅是指舌尖上能够感受到的那些味道。我们常说"人生百味"，随着年龄的增长，我们所听到、看到、遇到、想到的，慢慢都会积累成一种特殊的味道。气质是一种味道，"腹有诗书气自华"；品格也是一种味道，"出淤泥而不染，濯清涟而不妖"；心情有时候也是一种味道，"此情可待成追忆，只是当时已惘然"。

味　道

Taste

如果有人问，最有味道的一部文学作品是什么？我们可能会想到《红楼梦》。因为在《红楼梦》里既有让刘姥姥百思不得其解的，要用十来只鸡配着烧的茄鲞；也有元春省亲的时候，派专人赏了宝玉的糖蒸酥酪。这些都是能够在饭桌边尝到的味道。

　　但是《红楼梦》里最触动人心的还是字里行间的人生况味。《好了歌》的"好便是了，了便是好"，那是一份心酸和无奈。"世事洞明皆学问，人情练达即文章"，这是为人处世的一份智慧。"一个枉自嗟呀，一个空劳牵挂"，这是贾宝玉和林黛玉命中注定的爱断情殇。

　　味道落到笔上就成了风格，吃进胃里就成了乡愁，刻在心上就成了一辈子都解不开的一个结。就像法国作家法朗士曾经说的："让我们尽情地去享受生活的滋味吧！我们感受到的越多，我们便生活得越长久。"

Readers

ZHANG XIAO XIAN

朗读者

张小娴

世界上有很多优秀的爱情小说都是出自女作家之手，比如《简·爱》《飘》《傲慢与偏见》等等。在中国的女作家当中，张爱玲笔下的爱情有些苦涩，琼瑶笔下的爱情有些缠绵。张小娴也是一位擅长写爱情的女作家，她被称为继亦舒之后香港最受欢迎的畅销爱情小说家。

1994年，张小娴因连载第一部长篇小说《面包树上的女人》而走红。1997年，她的《荷包里的单人床》，除位列香港畅销书排行榜榜首之外，还在新加坡和马来西亚广受关注。之后，张小娴的《再见野鼬鼠》《不如，你送我一场春雨》等系列作品相继问世。迄今为止，她已出版六十多部小说和散文集，笔下的爱情故事感动了无数读者，很多语句被奉为爱情箴言。

很多读者喜欢张小娴对爱的诠释，她平实的文字让人温暖，透彻的观察力和精辟的分析又显得异常犀利。她倡导爱情中的平等和独立，她说：在现代生活中，每个人都渴望得到爱情和安全感，但我们应该明白，这种爱和安全感，并不来源于别人的馈赠，而来源于自己的创造。

朗读者 ❈ 访谈

董　卿：我们这期的主题词是"味道"，爱情的味道自然是一言难尽了。所以可能很多人会好奇，那么擅长写爱情小说的女作家，她自己的爱情是什么样的？

张小娴：写作跟现实生活当然有密切的关系，但是写作毕竟是创作。我想我不是一个特别浪漫的人吧。我的想象、我的浪漫都留给作品了；我的感情生活是一种挺平静的生活。现在的女性都是比较独立，也比较自我，我觉得现在的男士要跟一个女生在一起也不容易。其实最美好的爱情，就是两个自我都可以相互包容。

董　卿：你跟现在的男友认识也很久了对吗？超过二十年的时间了吧？

张小娴：对。在一个爱情里面，两个人的自我都得到保全，我做我自己，你做你自己，这样的感情关系比较健康一点吧。我们都喜欢美食，我记得以前我不懂得怎么吃鱼，然后他就会把鱼的脸颊的那一小块肉给我吃，说最好吃的就是那个地方。这么多年来，都是如此。所以，我觉得每次吃饭好像都有一点甜甜的味道。

董　卿：超过二十年的爱情，怎么样来保鲜呢？

张小娴：我觉得所有的爱情要保鲜，其实都不是你要对方做些什么，你希望对方改变什么；最重要还是你自己，你不停地进步，不停地让自己变得优秀一点，这个就是为爱情保鲜。

董　卿：爱情的味道一定不止是甜蜜的，还有很多苦一些的味道。比

如说求而不得。你在很年轻的时候，是不是也被伤害过，离开过某个人？

张小娴：现在回想起来，当时有一点不太了解爱情。那应该是在二十几岁的时候，分手肯定让人很不开心。但是现在回想起来，不适合的人早一点分开也挺好的。

当你年轻的时候，你觉得爱情可能是人生的全部。但是慢慢就会发现，其实爱情不是人生的全部。它可能让我们流最多的眼泪，让我们花很多的青春，但是它终究不是人生的全部。我觉得如果很多女孩用她花在爱情上的时间，努力去做事情，去工作，去改变她自己的人生，可能成就更大一点。

董　卿：你没有把婚姻看作是自己最后的归宿，是吗？

张小娴：我觉得其实我们从小到大，听长辈说得最多的都是女人最后要找一个归宿；但是我常常想，归宿是不是一定是婚姻，或者是一个男人的怀抱？人生的归宿其实是我要找到人生的意义是什么。这个归宿最后还是由你自己决定。有一天当你老了，你回望人生走过的路，归宿可以是很多的事情。

董　卿：你写了六十多本书，每一本都和爱情有关，那你能跟我们说说，你心里的爱情到底是什么样的味道吗？

张小娴：我觉得从年轻到老，爱情的味道一直在变。比方说我爸爸妈妈年轻的时候，常常吵架。原因可能是爸爸常常在外面喝酒啊什么的，我妈妈不开心。但是到老了之后，他们的感情也挺好的。医生宣布我妈妈癌症差不多到了末期的时候，我爸爸当场就哭了。后来做手术，都是我爸爸亲自去照顾她。他煮饭给她，挺迁就她的。我妈妈脾气其实也挺大的，尤其是生病的时候。后来每一年去拜祭我妈妈的时候，我爸爸在她的墓前还是会哭。从我父母身上，我觉得爱情慢慢变成了一种恩情，一种长久的感情。

董　卿：说到底爱情是我们向人生做的一个讨教，而婚姻是我们向人生做的一个妥协。那你今天要为谁朗读呢？

张小娴：今天我要读给我爱的那个人。是《谢谢你离开我》的散文集里的一篇文章，叫《爱情的餐桌》。

董　卿：既有吃的味道，又有爱的味道。

张小娴：对，跟今天的主题也蛮契合的。其实我在准备的时候想到更多的是爸爸妈妈的故事，因为我爸爸去年也走了；我刚好陪他吃了最后一顿饭。我希望每个人，当你拥有的时候，懂得去珍惜吧。

朗读者 ❦ 读本

爱情的餐桌

张小娴

爱情从餐桌开始,也在餐桌上消逝。

第一次约会,总是离不开餐桌。也许是两个人一起吃的一顿晚饭,也许是一杯咖啡,也许是喧闹酒吧里的一杯鸡尾酒。

这样的第一次,我们总是努力展现自己最美好的一面。

从此以后,我们在餐桌上共度无数时光。

当然并不是每一次都快乐,有时我们会吵嘴,然后鼓着气,一句话也不说。

我记得我在餐桌边流过不少眼泪。但是,明天的明天,我们还是会一起吃饭;忘了流过的眼泪,忘了上一次为什么吵架。

直到一天,我们不再相爱了,一起吃的最后一顿饭变成了最后晚餐。

要是我们无可避免要吃最后的晚餐,喝最后一瓶酒,我们会吃什么?又会在什么地方吃?

每个人总是一点一点地死去。

有人说,只要把活着的每一天都当成最后一天来活,便会快乐许多。可是,当你爱着一个人的时候,根本就不可能把和他一起吃的每一顿饭都当成是最后晚餐。

我们总是希望永远没有最后晚餐。

要是可以,我要一直跟你吃到永远,看着我们彼此在餐桌上渐渐凋零。眼睛老了，看不到账单上的小字；胃口小了，只能吃那么一点点；牙齿终于也掉光光了。

我爱的人终究会跟我一样，在餐桌边一点一点地老去。到了那一天，我但愿我是首先倒下去的那一个。就像认识你以后我们一起吃的每顿饭那样，我喝不完的酒，这一天，你也替我干了吧。

  如果爱情离开文学，恐怕再难找到最合适的载体；如果文学离开爱情，也不知道会丧失多少丰富的味道。一个时代有一个时代的爱情文学，因而一个时代就会有一个时代的爱情畅销书作家。琼瑶、亦舒、三毛、张小娴，这些港台作家用自己的如花妙笔，捕捉爱情感觉，触碰爱情激发的心理律动，抚慰爱情创伤。或许，《爱情的餐桌》上，最不能被忽略的是人生的底色和生命的质感，否则就会变得轻飘飘的。

HU ZHONG YING

朗读者

胡忠英

从《红楼梦》里的"万艳同杯",到《追忆似水年华》中的"玛德琳蛋糕",自古以来,文人墨客对珍馐美馔都不吝笔墨。胡忠英是一位大师级的名厨,从业已经有五十年的时间。在 2016 年的 G20 杭州峰会上,他为来自世界各地的几十位政要献上了令人惊艳的中国味道。

据说,可以让杭帮菜名厨们心服口服称为"大师"的人,在杭州屈指可数,胡忠英便是其中之一。胡忠英十九岁进入杭州望海楼酒家工作,在那里学会了所有的基本功。他说,第一个十年用来打基础,第二个十年用来触类旁通,后面二十年就可以大展宏图了。的确如此。1988 年,从业二十年的胡忠英在全国第二届烹饪大赛上夺得一金一银二铜四枚奖牌;1990 年在布拉格举办的国际烹饪大赛上,又夺得两枚金牌。1992 年在中国菜国际烹饪比赛上,再获金牌。

面对这么多荣誉,胡忠英并没有停止在行业中的探索。二十世纪九十年代,他创立下"迷宗菜"。"迷"人万变,不离其"宗"。迷宗菜以杭帮菜的传统精华为"体",以博采众长为"用",结合外来的食材和烹饪方法,创造出了和谐融合的新口味。迷宗菜在杭帮菜系引起了巨大反响,丰富了杭帮菜系的发展思路,也让我们看到了大师永不满足、与时俱进的敬业精神。

朗读者 ❖ 访谈

董　卿：大家可能不了解，胡师傅穿的衣服可不是普通的衣服，全国可以穿得上这身衣服的人少之又少。
胡忠英：二十来个人。我们是中国顶尖厨师联谊会发的衣服。
董　卿：跟我们说说去年G20杭州峰会吧，当时您是怎么接到这个任务的？
胡忠英：G20是9月份，我们杭州市政府成立了几个专家小组，当时任命我是餐饮文化专家小组组长。这个小组是2015年9月份成立的。
董　卿：您为这事儿整整准备了一年的时间？
胡忠英：一年多。
董　卿：您这个餐饮文化组要做些什么准备？
胡忠英：就是接待的菜，要我们来定。我们当时评了二十道G20峰菜，要求五十家负责接待的宾馆必须把这二十道菜学会。有东坡肉、龙井虾仁、荷香鸡、蟹酿橙、炸响铃、抹茶虾、烤鲳鱼。
董　卿：对您来说，这二十道峰菜难度最大的地方在哪里？
胡忠英：难度在于标准。应该吃什么味道，做什么形状，取什么料。而且，三十六个总统有十九个人有忌口的，有的蒜泥不吃，有的料酒不吃，所以每样东西都分得很细。
董　卿：那不吃猪肉的，东坡肉用什么来替代呢？
胡忠英：用牛肉，后来叫东坡牛肉。
董　卿：到实际宴会那一天，操作中是不是还有很多的讲究？
胡忠英：对。我们说三个七十秒：七十秒把三十六道菜都分好；七十

秒从备菜间送到餐桌边上，七十秒放到桌上。保温箱里面都是八十五度，盘子也要八十五度，菜是八十五度，所以每一个细节都要考虑到。

董　卿：我听说像您这个级别的大厨，已经是"动口不动手"了是吗？不用您再自己去掌勺了。

胡忠英：对。因为一个，从身体上来讲，要有体力，我已经七十岁了，不适应了。再一个，这时候我们是凭智力了，菜都在脑子里面。考虑的是你怎么带徒，怎么教他们，给他们一个标准，然后他们朝着这个标准去做。

董　卿："万丈高楼平地起"，其实对于您来说，这五十年从业，也是从最最基础的学徒开始做起的。

胡忠英：对。我们学徒都必须从最基本的刀工开始。我认真练了十来年。

董　卿：练刀工就要练十来年？

胡忠英：对。五个手指头全部都切到过。现在还有创可贴，以前没有的，就是拿火柴纸贴一下。我当时最快的速度，一分钟切一斤肉丝，二十五秒切一斤肉片。

董　卿：佩服，听着都觉得很神奇。

胡忠英：我师父刀工也很好的。他的刀工我们很多学生都学不会，我到现在，还没像他这么好。

董　卿：那您是他带的徒弟当中最好的一个吗？

胡忠英：应该说是最好之一了。

董　卿：您又谦虚。那他是把自己的真传都传授给你了吗？

胡忠英：对。因为又是师傅，又是朋友，后来成了岳父。（掌声）

董　卿：我说您怎么得了真传了呢，师傅都变成岳父了。（观众笑）我特别好奇，您自己是名厨，您的师傅更是了不得的师傅，那您跟他的闺女结婚，婚宴得摆成什么样啊？

胡忠英：我结婚在1979年，办了十六桌。当时的十六桌相当于现在的一百桌。为了体现跟别人不一样，我们三个人足足雕了两天，雕了二十个雕刻。

董　卿：雕的什么？

胡忠英：萝卜。雕的凤、龙、孔雀、喜鹊什么的，十六桌一桌一个雕刻，主桌有五个。客人进来都说，从来没有看到过。我有一个朋友是香港的，还拿了个喇叭，放邓丽君的歌。后来我们上菜以后，把这些东西放在窗台上，然后发现马路上都站满了人，影响很大。

董　卿：您这婚宴太隆重了。

胡忠英：当时我们办这个酒席，价格不高，但是标准很高、档次很高。吃过的人说，后来从来没有吃到过。

董　卿：李安早期有一部电影叫《饮食男女》，我特别喜欢。它讲一个大厨退休了之后，每天最快乐的事情，就是给邻居家的小女孩做便当，给她带到学校去。那个便当盒一打开，所有的同学都惊呆了。这样他就觉得他很荣耀。

胡忠英：以前我女儿早餐我管，每天两个鸡蛋，变着花样吃。我做番茄炒蛋是把番茄在油里慢慢小火煸，煸透，红油出来，然后再把鸡蛋淋下去，接着用铲子慢慢翻，蛋还是会凝固起来的，很香，我女儿爱吃。现在她有小孩了，她也每天烧东西给她小孩吃，也每天给她吃鸡蛋，每天变花样。

董　卿：把从您这儿学来的延续下去了。我想问问胡师傅，"味道"两个字，您怎么理解？

胡忠英：味道我是分开来看的，"味"就是酸甜苦辣，味咸了，味淡了。但是，"道"是一个方法。没有方法，做不好菜的。味道要一起说，但要分开来理解。我们有一句话叫"有味使之出，无味使之入"，烧菜讲究厨艺，也要讲究厨德。到一定境界了，就会知道：菜无定味，适口者珍；博采众长，兼收并蓄，融会贯通。这是我们做菜的最高境界。

董　卿：所以您是餐饮文化组组长，到一定境界，味道就是文化了。

胡忠英：对。

董　卿：您今天想要为大家读点什么呢？

胡忠英：今天我想把古龙的一篇《吃胆与口福》，送给我的师傅。

董　卿：其实古龙笔下写到的"精于饮馔的前辈"还真有不少，像张大千、梁实秋、高逸鸿、唐鲁孙，都是美食家。就像文中最后所说的，不是吃得多好，而是吃得有趣；对食物的热爱，对朋友的热情，真的让我们感受到了生活的美好。

朗读者 ❈ 读本

吃胆与口福

古龙

一 吃得是福

我从小就听人说"吃得是福",长大后也常常在一些酒楼饭馆里看到这四个字,现在我真的长大了,才真的明白这四个字的意思。

吃得真是福气。

唯一令人不愉快的是,现在能有这种福气的人已经越来越少了。

社会越进步,医学越发达,人类的寿命越来越长,对于吃的顾虑也越来越多,心脏、血压、肥胖、胆固醇,这些我们的祖先以前连听都没有听到过的名词,现在都已经变成了吃客的死敌。

在这种情况下,要做一个真正的吃客,实在很不容易。

吃得是福。能吃的人不但自己有了口福,别人看着他开怀大嚼,吃得痛快淋漓,也会觉得过瘾之至。

可是能吃还不行,还得要好吃、会吃、敢吃,才算具备了一个吃客的条件。

一听到什么地方有好吃的东西可吃,立刻食兴大发,眉飞色舞,恨不得插翅飞去吃个痛快,就是吃得塌在椅子上动弹不得,也在所不惜。别的事都不妨暂时放到一边去。

这种人实在值得大家羡慕。

有些人虽然在美食当前时,也打不起精神来,不管吃多好吃的东西,也好像有毒药一样,让别人的食欲也受到影响,这种人当然是不够资格做吃客的。

够资格做吃客的人并不多,我的老师高逸鸿先生,我的挚友倪匡都够资格。一看到他们坐在桌子上,拿起筷子,我就感觉得精神一振,觉得人生毕竟还是美好的,能活着毕竟还不错。

他们虽然也有些不能吃不敢吃的顾忌,可是好友在座,美食在案,他们也从来不甘后人。

二 吃的学问

"会吃"无疑是种很大的学问,"三代为官,才懂得穿衣吃饭",这不是夸张,袁子才的《随园食谱》有时都不免被人讥为纸上谈兵的书生之见。

大千居士的吃和他的画一样名满天下,那是倪匡所说:"用复杂的方法做出来的菜。"

做菜是种艺术。从古人茹毛饮血进化到现在,有很多佳肴名菜都已经成为了艺术的结晶,一位像大千居士这样的艺术家,对于做一样菜的选料配料刀法火功的挑剔之严,当然是可以想象得到的。

可是倪匡说得也很妙。

菜肴之中,的确也有不少是要用最简单的做法才能保持它的原色与真味。所以白煮肉、白切鸡、生鱼片、满台飞的活虾,也依旧可以保存它们在吃客心目中的价值。

可是要做谭厨的"畏公豆腐",大风堂的"干烧鳇翅"这一类的菜,学问就大了。

据说大风堂发鲍翅的法子,就像是武侠小说中的某一门某一派的家传武功绝技一样,传媳不传女,以免落入外姓之手。

名厨们在治理拿手绝活时,也是门禁森严,不许外人越雷池一步,就像是江湖上帮派练武一样,谨防外人与后生小子们偷学。

奇怪的是,真正会做菜而且常做菜的人自己却不一定讲究吃。

"谭派"名厨彭老爹就是一例。他在台北时,我去跟他吃饭,如果喝多了酒,他几乎从不动筷子,平时也只不过用些清汤泡碗白饭,再胡乱吃些泡菜豆豉辣椒而已,我看他吃饭,常常觉得他是在虐待自己。

三 吃 胆

会吃已经很不容易,敢吃更难。

有的人硬是有吃胆,不管是蜗牛也好,老鼠也好,壁虎也好,蝗虫也好,一律照吃不误,而且,吃得津津有味。

我有个朋友是武侠电影的明星,非常有名气的明星,温文儒雅,英俊潇洒,也不知道是多少少女心目中的白马王子。一剑在手时,虽千万人,亦无惧色。

他也真有吃胆。

我就看见过他把一条活生生的大蟒蛇用两只手一抓,一口就咬了下去,从从容容,面不改色,就把这条蛇的血吸了个干干净净。

他甚至还曾经把一只活生生的老鼠吞到肚子里。

唐人话本中还有段记载,说是深州有位诸葛大侠,名动天下,渤海的另一位大豪高瓒乃闻而访之,两人互斗豪侈的结果,诸葛昂居然将一个侍酒失态的女妾"蒸之坐银盘,于奶房间撮肥嫩食之",连高瓒都不禁看得面无人色,要落荒而逃了。

这种吃法，不吓得人落荒而逃才怪。

四　吃的情趣

当代的名人中，有很精于饮馔的前辈都是我仰慕已久的，高师逸鸿、陈公定山、大风堂主、陈子和先生、唐鲁孙先生、梁实秋先生、夏元瑜先生，他们谈的吃，我非但见所未见，而且闻所未闻，只要一看到经由他们那些生动的文字所介绍出来的吃，我就会觉得饥肠辘辘，食欲大振，半夜里都要到厨房里去找点残菜余肉来打打馋虫。

后生小子如我，在诸君子先辈面前，怎么敢谈吃，怎么配谈？

我最多也不过能领略到一点吃的情趣而已。

有高朋满座，吃一桌由陈子和先生提调的乳猪席，固然是一种不可多得的享受。

在夜雨潇潇，夜半无人，和三五好友，提一瓶大家都喜欢喝的酒，找一个还没有打烊的小馆子，吃两样也不知道是什么滋味的小菜，大家天南地北地一聊，就算是胡说八道，也没有人生气，然后大家扶醉而归，明天早上也许连自己说过什么话都忘了，但是那种酒后的豪情和快乐，却是永远忘不了的。

这岂非也是一种情趣？

我总觉得，在所有做菜的作料中，情趣是最好的一种，而且不像别的作料一样，要把分量拿捏得恰到好处，因为这种作料总是越多越好的。

在有情趣的时候，和一些有情趣的人在一起，不管吃什么都好吃。

有一天晚上，一个薄醉微醒后的晚上，我陪两个都很有意思的朋友，一个男朋友，一个女朋友，我问他们：

"现在你最想吃什么？"

他们两个人的两种回答都很绝。

一个人说："我最想吃江南的春泥。"另外一个人说："我想吃你。"

　　古龙写吃，与他的武侠一样，点到即止，豪气多于细腻，奇招妙式胜于食物本身。古往今来，有太多关于"吃"的名篇，但每一篇又都是"吃如其人"。或许我们不会忘记梁实秋雅舍谈吃的细致精雅，不会忘记汪曾祺谈吃的宽容杂博，不会忘记陆文夫谈吃谈出时代变幻。无论如何，"吃"中都自有中国味道和中国气韵，至于因吃而结的缘、生的情、得的趣，则更是不可尽述了。无怪乎博大精深的中国文化中，"饮食文化"是如此不可忽略的一部分。

ZHANG
AI
JIA

朗读者

张艾嘉

"年轻时，她像一朵花；现在的她，像一棵树，让很多人在树荫下乘凉。"这是林奕华眼中的张艾嘉。张艾嘉曾经导演过一部电影叫作《20 30 40》，讲述的是不同阶段的女性对生活、对感情的不同理解。而她本人，早已过了二十岁的风风火火，三十岁的轰轰烈烈，但她依然用执着在续写传奇。

1972年，张艾嘉在香港初涉影坛，入行四年后，从没受过表演科班训练的她凭借《碧云天》获得了台湾金马奖最佳女配角。1981年是张艾嘉的新起点，这一年，她凭借《我的爷爷》首获金马奖最佳女主角，并初执导筒，拍摄了《旧梦不须记》。1986年，张艾嘉的事业出现了第一个高峰，她自编自导自演的《最爱》为她赢得金马、金像奖最佳女主角，还获得了金马奖最佳导演的提名。

从影四十余年，张艾嘉以演员、电影制作人、导演、编剧等多重身份活跃于华语电影圈，堪称全能。六十四岁，似乎应该到了坐看花开花落的年纪，但对张艾嘉来说，"好多故事还没有说完"，好多人生的味道还没有品尽。

朗读者 ❦ **访谈**

董　　卿：很多女性在三十岁或者三十五岁之后，就开始避讳谈自己的年龄，您好像没有这样的顾虑。

张艾嘉：我不觉得有什么要去躲躲藏藏的。只要自己能够面对，美好的或者是不好的事情，就不需要避讳。而且我还蛮满意，自己到了这个年纪，还可以继续工作，还可以享受很多事情。

董　　卿：所以你觉得一个女人如果可以自信地去谈年龄，那这种自信来自于哪里呢？

张艾嘉：应该是来自于自己的付出吧。没有付出过，就得不到的；世界上没有什么免费的午餐。

董　　卿：谁都曾经年轻过，谁也都会步入中年，步入老年，这是一个自然规律。

张艾嘉：对。四十岁时，我发觉吃饭的时候，饭粒突然间变得很模糊，我必须把饭碗拿远一点，才能够看清我在吃什么。我就想，噢，一定是我眼睛出了问题。所以四十岁那天，我就非常乖地走进眼镜铺，果然这就是我老花的开始。

　　　　　我的毛发花白是从眉毛开始的，突然之间，奇怪，眉毛上怎么好像有一些空的地方。再仔细一看，原来是有白眉毛了。

董　　卿：我记得你在1992年的时候，唱过一首歌《爱的代价》，很多人都喜欢，前两年又重新翻唱了这首歌。

张艾嘉：是。李宗盛写给我的时候，我说名字好像有点土了。但前两年我重唱的时候，突然发觉是我的心在唱这首歌。这颗心是

经历过更多的事情的。我觉得几乎每一句都是一个画面，都是一个故事，所以特别感伤。

董　　卿：好多人听了都哭了。

张艾嘉：我自己唱的时候都哭了。很多事情都过去了，我们都还需要继续往前走，所以每次一唱到"走吧走吧"的时候，感伤来得特别强烈。它是一种勇气。

董　　卿：因为你的确曾经轰轰烈烈地爱过。年轻的时候，你特别喜欢有才华的男人。

张艾嘉：我现在还是喜欢。（全场笑）

董　　卿：那么轰轰烈烈的恋爱，那么优秀的人，为什么最终没有能够结婚？

张艾嘉：慢慢地，到某一个时候，就会觉得，原来我们也只能走这么远，再往下走，你们的路就分岔了。

董　　卿：其中的选择有差异吗？爱的人和结婚的人。

张艾嘉：很多东西是注定的，不会多一分，不会少一分。他可能不是你当初年轻的时候想象中的白马王子，可他就是出现了。我先生当初娶我的时候，跟我说了一句名言。他说："我们两个千万不要黏在一起。"我觉得他这句话实在是太有道理了。我相信每一个人都永远是一个人来，一个人去，都是孤独的。所以你就必须要懂得，我就是我，你就是你，我们不应该把所有的幸福都依赖在对方给你什么。

董　卿：你在六十岁之后写了自己的第一本书，叫《轻描淡写》。书名我觉得有一点意外，因为你作为导演、编剧、演员，应该是很会讲故事的人，可以用很浓墨重彩的语言去讲自己精彩的过往，可是你选择了云淡风轻。这是现在的一种心境和状态吗？

张艾嘉：有这样的感觉。不刻意去加太多的色彩，是希望看的人有空间。我喜欢把复杂的事情变得非常简单，这是我处理事情的方式。

董　卿：而且到了一定的年龄，人开始具有一种智慧，就是用最简单的语言、最简洁的文字来表达自己的感情。

张艾嘉：我也希望年轻人能够看得懂，有耐心看。现在的人不太喜欢看很厚的书或者是很深奥的文字、太难理解的内容。

董　卿：其实我很想听听张姐现在再来重新对一些事情下定义，比如幸福。

张艾嘉：幸福是因痛苦而来的。我相信每一个人经历过痛苦的时刻，才会发觉自己的潜力有多不可捉摸。我相信任何一个好的艺术家，绝对是一个懂得享受痛苦的人。痛苦其实真的就是带你走上进步的路径。

董　卿：如果完全没有痛苦，也是不能忍受的。真的，如果有人说这一辈子没有痛苦，那我想这个日子白活了。那你怎么样来定义母女关系？

张艾嘉：那才是一个最难解释的关系。小的时候，你是女；母亲年纪大的时候，你是母。

董　卿：怎样来看女人的味道？

张艾嘉：味道是要被品尝的。我相信味道来自于自己的人生态度，好好走过自己的这条路，那就是你自己的味道。

董　卿：那你今天要为我们读些什么呢？

张艾嘉：我要读的是《走出非洲》。这本小说是一个丹麦的女作家写的，她在非洲住了很长时间，在肯尼亚独居。我在一九八几年的时候去了一次非洲，肯尼亚也是我去的第一个国家。回来以后，我就有了一段时间的"非洲症候群"，就是我走不出去，一直会想非洲。它是一个非常奇特的地方，它的一切都让你回归到一个最开始、最原始的地方，你每天接触的都是大自然。你去看野兽的时候，是你坐在车子里边不能出来，是野兽在看你。这跟我们城市是完全相反的东西，所以你突然之间完全调换了心境。

董　卿：而且它其实也是女主人公自我成长的过程。非洲那片土地，给了她很多的思考，让她最后能够变成一个很勇敢、很独立的人。那你要献给谁呢？

张艾嘉：我觉得不论是谁，只要他听得到，或者是他喜欢听、他愿意听，我都希望为他朗读。

朗读者 ❦ 读本

走出非洲（节选）

[丹麦] 卡伦·布里克森

祸不单行。这一年蝗虫又飞临庄园。据说它们是从阿比西尼亚[①]飞来的。那里一连两年大旱，蝗群便开始南迁，将途中的庄稼一扫而尽。蝗虫还未见到，那些遭灾的地方便开始流传种种奇异的传说——在北方，蝗虫一过，玉米地、小麦田、菜园子都一下变成大荒漠。移民们派出信使向南方的邻居们通报蝗虫来了。可是，即使得到了预报，你对蝗虫也无可奈何。所有的庄园，人们都准备好一堆堆高高的木柴垛、玉米秆垛，蝗虫一到，立即点火。庄园里所有的工人都被派往田间，拿着空油桶、空罐头，一边敲打，一边哄叫着，不让蝗虫降落。但这仅仅能暂缓一阵，不管农民怎样惊吓，蝗虫不可能永远在空中停留。每个农民唯一的希望就是把蝗虫往南轰赶到下一个庄园。蝗虫飞越的庄园越多，落下的时候就越饥饿、越疯狂。我在马赛依保护区的北侧有一大片草原，我寄希望于蝗虫越过草原，越过河岸，向马赛依那儿飞去。

从邻近的移民那里，我得到三四次关于蝗虫的通报，但没有更多的情况发生，我便自信一切都是子虚乌有的。一天下午，我骑马到庄园杂货店去——此店由法拉赫的弟弟阿卜杜拉经营，专为庄园工人、佃农供应日用品。小店设在路边，一个印度人正在店铺外摆弄骡车车套，抬头见我，忙从车套中站起来，跟我打招呼。

---

① 阿比西尼亚，东非埃塞俄比亚旧称。

"蝗虫来了，太太，请小心，别让它飞到你的田里。"我到他跟前时，他说。

"蝗虫来了，蝗虫来了，我听到多少回了，可一个影子也没见到。也许事情并不像你们传说的那么严重。"我说。

"太太，请你往四周看看。"印度人说。

我四下里打量，只见北方的地平线上，天空中有一片阴影，犹如一道长长的烟雾，俨若一座城市在着火。百万人口的城市在明亮的空气中喷烟吐雾，我心想。

"那是什么？"我止不住问。

"蝗虫！"印度人回答。

我策马返回庄园，在草原小道上，我发现二十来只蝗虫。我经过庄园经理的房子，吩咐他做好一切准备，对付蝗虫。我们俩一起北望，空中的那道黑色烟雾升得更高了。我们眺望的当儿，空中偶尔有一两只蝗虫从我们面前掠过，飞落到地上爬行。

翌晨，我推开房门向外望去，旷野里一片低沉、单调的褐黄色。树木、草坪、车道，我所见到的一切都覆盖着褐黄色，仿佛夜间土地上落了一层厚厚的褐黄色的大雪。蝗虫麇集旷野。我伫立着、凝望着，那景观开始振荡、破碎，蝗虫活动起来，向上飞腾，没几分钟，周围全是扇动的蝗翅，它们飞离了。

这一回，它们对庄园的破坏不算厉害，它们只是与我们一起度过一夜。我们见到了蝗虫的模样，长约一英寸半，灰褐色中带点粉红，摸上去有点黏手。它们仅仅是停落在树上，就把车道上的几棵大树压断了。你打量着这些树木，想起每只蝗虫不过十分之一盎司，就不难想象它们有多少万只了。

蝗虫去而复归。在两三个月里，我们的庄园连续遭到它们的袭击。

我们很快放弃了恫吓、轰赶它们的尝试,那纯粹于事无补,是悲剧般的举动。有时,一小群蝗虫飞来,那是脱离大队人马的自由小分队,匆匆掠过。但有时,蝗虫铺天盖地而来,整天持续不断地在空中横冲直撞,足足折腾几天才飞去。当蝗灾达到最高潮时,恰似北欧的暴风雪,呼啸着,打着呼哨。你的四周、你的头上,都是那小小的坚硬的蝗翅在扇动着翅膀。在阳光下,蝗翅犹如薄薄的钢片闪着光亮,但太阳终于被它们遮掩,变得暗淡昏黄。蝗虫的队列保持常态,从地面到树顶,蝗虫带的后面,天色明净。它们呼呼地迎面向你飞来,钻进你的衣领、袖口和鞋子。它们在你周身上下乱舞,你眼花缭乱,胸中奔涌着一股特殊的病态的狂热与绝望,你充满对蝗虫的恐惧。它们当中的一只两只无足轻重,打死了也无关大局。蝗群越过庄园,飞向遥远的地平线,就像一道细长的烟雾。它们飞走了,可你的脸,你的手,那被它们爬过的恶心感,将久久缠扰着你。

紧随着蝗虫袭击的,是大群飞禽。它们在蝗虫上空盘旋,一旦蝗虫停留在田里,它们也随之降落,大模大样地漫步其间。它们是鹳与鹤——高贵自负。

蝗虫有时栖息在庄园里,对咖啡树危害不大。咖啡叶如同桂树叶,很坚韧,蝗虫咬不动。它们只是把田间各处的咖啡树压断。

可是蝗虫洗劫过的玉米田却是另一番悲惨景象。折断了的玉米秆上挂着几片干枯的叶子。我河畔的花园,原先一直精心浇灌,常年青翠,而今却像一堆灰土——鲜花、蔬菜和草药都被席卷一空。佃农的"夏姆巴"——农田就像燃烧过的荒凉的旷野,那高高低低的垄沟,已被爬行的蝗虫填平。尘土中,随处可见到几只死蝗虫。佃农们伫立着,注视着蝗虫。亲手翻耕、播种"夏姆巴"的老妇人,踩着蝗虫的脑袋,朝着天空中最后一道正在消逝的淡淡的阴影挥舞着她们的拳头。

蝗虫大队人马过后，死蝗虫触目皆是。在公路上，它们曾经栖息的地方，牛车、马车碾着蝗虫而过。此时，蝗群已远去，车辙明显可见，就像跑火车的轨道，铺满死蝗虫的小小尸体。

蝗虫在土里产卵。第二年大雨季过后，小小的黑褐色生灵就出现了——这是蝗虫生命的第一阶段，虽然还不会飞，但四处乱爬，见什么吃什么，一路扫荡。

我一没有更多的资金，二赚不来钱，便只好变卖庄园。内罗毕的一家大公司买下了我的庄园。他们认为那地方太高，不宜种植咖啡，就不打算再搞农业。但他们决意把所有的咖啡树都作为抵押品收受，将土地重新规划，并修筑道路。待到内罗毕向西部扩展时，他们就出售地产。变卖庄园的事宜忙完，已近年尾。

即使在那时，要不是为了一件大事，我并不认为我内心深处已放弃了这个庄园。庄园的咖啡树属于它的旧主人，或者说产权归了银行——它是庄园第一受押的。要到来年五月后，咖啡才能采摘、加工、出售。在此期间，我将留下照管庄园，一切一如既往，不管他人如何认为。我想，在这段时间，可能会发生变化，局面或许全然改观也未可知，因为世界毕竟不是一个有规则的或可以预料的舞台。

在这样的情况下，我进入了庄园生活的奇异时代。从根本上讲，各方面的事实都表明，庄园不再属于我。但尽管如此，无力认识真理的人，仍可以忽视真理，这对于日常事务来说是无足轻重的。这期间的每一个小时我都是在学习生活的艺术——现实生活或永恒的艺术，至于现实生活中所发生的事情，只能产生极小的影响。

说来真稀奇，在那时候，连我自己都不相信我会放弃庄园或离开非洲。我周围的人们对我说，我必须这么办。他们都是一些有理智的人。从丹麦来的信，都在证实这一点，日常生活中的一切事实，都在指明这一点。然而，我的思想毫不动摇，我始终相信自己必须葬身于非洲。基于这一坚定的信念，我没有其他理由或原则去想象此外的任何事情。

在这几个月里，我心中筹划着我的计划或战略来对抗命运，对抗我周围的人们——命运的同盟者。我思忖，自今往后，事无巨细，我都将认真对待，避免一切不必要的麻烦。我要让我的对手无论书面上，还是口头上，日复一日地陷于他们的事务，因为最终我仍将胜利而出，保有我的庄园及庄园里的人们。失去这一切，我想，我不能。连想象都不可能的事，怎么会发生呢？

就这样，我成了最后一个意识到自己不得不离开庄园的人。当我回首在非洲的最后岁月，我依稀感到那些没有生命的东西都远远先于我感知到我的离别。那一座座山峦，那一片片森林，那一处处草原，那一道道河流，以及旷野里的风，都知道我们即将分手。当我开始与命运达成协议，当变卖庄园的谈判拉开序幕，大地的景观对我的态度也开始变化了。在那之前，我一直是其中一部分：大地干旱，我就感到自己发烧；草原鲜花怒放，我就感到自己披上了新的盛装。而这会儿，大地从我这里分开，往后退着，以便我能看得更清晰，看到它的全貌。

山峦在下雨前的一周里，会做出同样的表示。在一个傍晚，你凝望着它们时，它们会突然剧烈运动，卸去一切遮盖，变得豁然开朗，无论造型还是色彩，都格外清晰，格外生动，仿佛它们决心将蕴含的一切都向你和盘托出，仿佛你能从你坐着的地方一直步行到绿油油的山坡上。你会想：如果一头野猪从空旷地冒了出来，我可以在它转动脑袋时，看见它的眼睛，看到它耳朵在动；如果一只小鸟停落在树杈上，我能听到它婉转歌唱。在三月，山峦间这种惜别的景象意味着雨水将至，而现在，对我却意味着分离。

我以前也曾在其他地方有过类似的经历。当即将离别之际，大地的一切向你袒露，但其中含义，我已淡忘了。我只是想，我从来没有见到过如此可爱的国土，似乎仅仅凝视着它，就足以使你终生欢乐。光与影将大地交织，彩虹耸立于天际。

……

庄园里的人们中，对我的离别最伤感的，我想，莫过于那些老太太们了。吉库尤老妇们的生平都是坎坷艰难的，在生活的重压下，她们变得十分倔强，就像老骡子，惹急了会咬你一口。在给她们治病的实践中，我体会到，她们要比男人更能抵抗病魔的纠缠。她们比男人更为犷放，更不崇拜他人。她们生儿育女，眼睁睁看到许多儿女夭亡。她们无所畏惧。她们头顶沉沉的木柴——前额盘有一圈绳索，用以固定木柴——在三百多磅木柴的重负下，她们摇摇晃晃，却从不退却，她们在自己"夏姆巴"的硬地上埋首劳作，从清早到夜晚。"此后，她寻求猎物，她的双目远眺。她的心坚如磐石，硬似磨盘。她嘲笑胆小。她升入空中，傲视马匹及其驭手。她难道会向你哀怜乞求么？难道会对你喁喁细语么？"庄园老妇精神充沛，活力横溢。庄园里发生的每一件事，她们都有浓厚的兴趣。她们会步行十英里，去观赏年轻人的恩戈马。一个笑话，一杯土酒，能令她们皱纹纵横的脸和牙齿脱落的嘴都舒展于开怀的笑声之中。这种生气，这种对生活的热爱，在我看来，不仅令人肃然起敬，而且是一种荣耀、一种魅力。

我与庄园里的老妇一直是很好的朋友。她们亲昵地叫我叶丽埃，男人与孩子们——除了年纪很小的以外，从不如此称呼我。叶丽埃是吉库尤妇女的名字，具有特殊的内涵——在吉库尤家庭里，最小的女孩，且与其哥哥姐姐的年龄差一大截的，才取这个名字。我估计，这名字里蕴含着丰富的情感。

老妇们此时都舍不得我离开。在临行前夕，我的脑海里仍然闪现出一位吉库尤妇女的形象，我不知道她的名字，我跟她不熟。我想，她大概是卡赛戈村的，是卡赛戈的一个儿媳妇或正在守寡。在草原的一条小路上，她朝我走来，背着一大捆长长的细竿子——吉库尤人用来搭屋顶的——这是妇女的活计。这些竿子可能有十五英尺长，背之前，将一端绑住，人就背着这种圆锥体的重物，行走在野外，整个背影恰似史前动物或一只长颈鹿。这位妇女背的竿子都是又黑又焦，那是被茅屋里多年的柴火烟熏的。看来她拆除了旧屋，正将这些材料运往新的屋址。我们相遇时，她愣在那里，堵住我的去路，目不转睛地看着我。那神情宛若你在旷野里见到的长颈鹿，其生活、饮食、思维的方式都不得而知。过了一会儿，她突然哭泣起来，泪水从脸上淌下来，就像草原上的一头母牛伫立在你的面前。我与她相对无言。几分钟后，她让开路，我们分手，各奔东西。我庆幸她总算有材料可以开始营造新屋，我想象着她怎样开工，怎样捆扎竿子，自己搭屋顶。

庄园里的小牧童，在他们的生活中，还没有过我不住在这幢房子里的时候，一想到我要远行了，他们就情绪波动，坐立不安的。也许，对于他们来说，要想象没有我的世界是十分困难、极需勇气的，似乎唯有天意才令人退位。当我在草原上经过时，他们会突然从草丛里冒出来，叫喊着问我："姆沙布，你什么时候离开我们？还有几天？"

这一天终于来了——离别庄园。我学到了一种奇异的经验，事情总会发生的，而我们自己不可能想象到，无论在事情发生前、发生中，还是在发生后我们回顾的时候。环境具有一种动力，凭借这一动力，它们造成事件，无须借助人类的想象或明悟。在这些情形中，你自己时时刻刻与正在进行的一切保持接触，恰似盲人被别人引着，一只脚跨到另一只脚前面，小心翼翼，却又心中无数。事情在你面前发生了，你感觉到它的发生，但除此之外，你与事情没有什么联系，你也没有钥匙来解开其根因与内涵。马戏团里做表演的野兽，我认为也是以同样的方式完成它们的动作的。那些经历过这类事件的人，在某种程度上可以说，他们经历了死亡——想象力范围以外的渠道，但仍在人的经验范围之内。

古斯塔夫·莫尔一大早便驱车来庄园，陪我去车站。这是一个清冷的早晨，天空、大地只有淡淡的一层色彩。莫尔心猿意马，显得脸色苍白。我想起在南非德班的一位挪威捕鲸船老船长告诉我的，挪威人在任何风暴中都镇定自若，可他们的神经系统就是忍受不了平静。我与莫尔一起在磨盘石桌上喝茶，以前我们经常在这里喝茶。西面，山峦耸立，一小片灰色的雾浮动在狭狭的山道上。千百年来青山巍巍，风采依旧。我感到很冷，仿佛自己刚刚从山巅下来。

我的仆人们都在空空的房子里，不过，他们的生存空间已移往别处，他们的家庭、财物都迁往新居。法拉赫家的妇女们，连同莎乌菲在前一天已坐卡车到内罗毕的索马里村去了，法拉赫本人一直陪我到蒙巴萨。朱玛的小儿子杜姆波也送我到那里，这是他最向往的，作为临别的馈赠，我让他选择：要一头牛还是到蒙巴萨送我。他选择了后者。

我向每一个仆人道别。我谆谆叮嘱他们把所有的门都关上，可当我走出屋子时，他们在后面却大门洞开。这是典型的土著作风，仿佛预示我将重返庄园，或者，他们这么做是想强调，房子里已空空如也，再不必紧闭门户，敞开天门，迎接八面来风。法拉赫为我开车，车走得慢极了，就像骑骆驼似的，缓缓地沿着车道绕行。渐渐地，我的屋舍从视野里消失了。

车到池塘近旁时，我问莫尔有没有时间稍稍停留一会儿。我们下了车，在岸边点支香烟，水中游鱼往来，啊，这些鱼将要被那些不认识老克努森的人们捕捞、吃掉了。在池边，我见到了佃农卡尼努的小孙子西龙加——患有癫痫病,他向我最后道别。在我临行的那几天里,他老是在我房子周围转悠。我们上车继续赶路,他紧随车后,竭尽全力地飞跑,俨若被风卷进尘土中。他的个头太小了,恍如从我的火堆中飞溅出的最后一点火星。他一直跑着,跑到了庄园便道与公路的交接处。我担心他还会在公路上追着我们奔跑,仿佛整个庄园已被旋风刮得七零八落,犹如玉米那一层层外皮一般。可是,西龙加在拐弯处停了下来,不管怎么样,他依旧属于庄园。他呆立在那里,目送着我们,一直到便道上的那个拐弯处从我们眼中消失。

赴内罗毕途中,我们在草丛、路旁见到一群蝗虫。有几次被风兜进车内,蝗虫好像要再一次光临这个国家。

许多朋友来车站为我送行。修斯·马丁来了,体态臃肿,神情淡漠。他上前与我话别时,我又见到了"邦葛罗斯博士",他是一个孤独者,一个英雄人物。他倾家荡产,换来的只是孤独。他简直成了非洲的象征。我们友好地分手,谈笑风生,话锋充满智慧。迪莱米亚勋爵,比起战争爆发之初,我带着运输队进入马赛依保护区,与他一起喝茶那个时候,显然更老、更白、头发理得更短,但依旧是那么彬彬有礼、和蔼可亲。内罗毕大部分的索马里人也来站台送行。牲口商老阿卜达拉赶来,送我一枚银戒指,上嵌绿松石,祝愿我交好运。贝里亚——戴尼斯的仆人,很认真地请我转达他对在英国的戴尼斯兄弟的问候。他以前曾在戴尼斯家里住过。法拉赫在上火车时告诉我,索马里妇女们乘着人力车赶到车站,可一见到站台上那么多的索马里男人,又失去了勇气,怏怏地回去了。

我从车厢里伸出手,与古斯塔夫·莫尔握别。现在火车即将启动,已经往前挪动了,他的心灵才恢复平衡。他多么希望我鼓起勇气,直面人生。他激动得满脸通红,仿佛在燃烧,那双明亮的眸子冲着我闪光。

在中途的沙布鲁车站,机车加水时,我下了火车,与法拉赫在站台上徜徉。

从站台向西南方遥望，我又见到了恩戈山。巍巍的山峰，像波涛起伏在平展展的大地环抱之中，一切都呈现出天蓝色。它们是那么遥远。四座峰巅显得那么渺茫，令人难以分辨。这景象与我从庄园里见到的迥然不一。迢迢旅途，犹如一只神手，将恩戈山的线条磨圆了，磨平了。

（周国勇　张鹤　译）

选自华东师范大学出版社《走出非洲》

1914年，二十九岁的卡伦·布里克森旅居肯尼亚，在恩戈山下的农场经营咖啡种植园。十七年后，卡伦离开非洲返回丹麦，写下了这段奇妙的经历。很快，这本书成为全世界读者着迷的小说。非洲大陆迷人的风光、疾病与贫穷交织的现状，以及"我"经营种植园的失败等交织在一起，共同构成了非洲大地庞杂、茂盛又宽广、浩茫的底色，在这底色中，人不能被致命的悲观打败，而只能昂扬自我更新的精神力量。卡伦用充满哲理的文笔，用磅礴的格局，为人类留下了一部歌咏永恒的大地和永恒的生命力的文学经典。1954年10月，当美国著名作家海明威上台接受诺贝尔文学奖时，他说：如果《走出非洲》的作者，美丽的卡伦·布里克森得过此奖，我今天会更高兴。

WU CHUN

吴纯 朗读者

我们常说人生百味，那就意味着很多种味道是我们不可避免会品尝到的，比如说苦涩的味道、苦痛的味道。吴纯是目前国内唯一一位有三个博士学位的青年钢琴家。他四岁学琴，十六岁留学乌克兰，累计获得十八项国际钢琴演奏大奖，被誉为"闪耀在欧洲的中国钢琴之星"。但他却说，这一切都是从贫困之苦、分离之苦开始的。

吴纯 1982 年生于湖北武汉，长于单亲家庭，幼时住在八平米的房子里。他没有音乐家学，但幼儿园的老师认为吴纯在音乐的接受能力、反应能力、表达能力方面皆有天赋，母亲便把老师的话放在心上，排除万难全力培养他。吴纯也没有辜负母亲的期望，从八岁起便多次获得省市钢琴比赛第一名。1998 年，吴纯收到了卡琳娜·波波娃教授的通知，前往乌克兰敖德萨国立音乐学院深造。

留学期间，吴纯在国际钢琴演奏大赛上屡获桂冠，并于 2001 年底收到乌克兰前总统库奇马的亲笔贺信。2003 年 3 月，他应邀担任李赫特（Richter）国际钢琴比赛的评委，成为最年轻的国际比赛评委。儿时的特殊经历让他对穷困的生活感同身受，留学期间曾为二十多个偏远山区爱钢琴的孩子无偿提供远程帮助。如今的他，是国内外多所知名音乐学院的客座教授。

朗读者 ✤ 访谈

董　卿：音乐家应该会在音乐当中感受到很多的情绪，包括痛苦。你在自己的人生当中，最早开始觉得品尝到了苦，是什么时候？

吴　纯：母亲一个人带着我。父亲在我九岁的时候，把我们家里所有的财产，包括家具，全部拿走了。那个家呢，什么都没有。母亲每天一个人做五份工或者六份工，洗盘子啊，去裁缝店扦裤边啊，缝衣服扣子啊，然后去书店做一些杂活啊，包括去小卖店去做售货员啊那些工作。

董　卿：她一天有那么多的时间吗？

吴　纯：她每天就睡两三个小时。有时候她连吃饭的时间都没有。一天十块钱，是我们两个人的生活费。她说，以后你就是我们家的小管家，所以我放了学以后，直接拿打饭的饭盒，去食堂；打了饭以后，直奔办公室给妈妈送饭。

董　卿：她当时这么拼命地去打工，就是为了能够多挣钱，首先要把这个家重新建起来。

吴　纯：对。

董　卿：我想可能还有一个原因。因为你在学钢琴，这是一个很大的开销。

吴　纯：对，您说得对。我记得在1997年的时候，我去参加一个香港回归的钢琴比赛。参赛费、住宿费、机票那些全部加一起，大概要五六千块钱。这个数字对于我们来说非常庞大。她把她的所有的工资，加上打工的费用，全部凑在一起，还不到五千块钱，只好又找别人借了一两千。结果呢，由于紧张，

我发挥特别失常，也没有拿到奖。我走之前是拍了胸脯的：妈，您放心，我一定会拿奖回来，拿奖金回来，把这钱还给您。结果天不遂人愿。

董　卿：你当时的心情一定很糟糕。

吴　纯：我特别害怕。走的时候我答应了母亲要给她打电话的，但这个电话我没有打。母亲觉得可能是有问题，就主动给带队老师打了一个电话。带队老师就跟她说了，您的孩子没有发挥好。当时放下电话以后，妈妈就有一个念头——要去接我。从家里可以打的去（机场），但是的士费是一百二十块钱，她很难承受，所以她坐公交车，坐到了离天河机场最近的一个民航小区，到那里她看到一个牌子，机场高速。箭头指着天河机场。她就走上了高速公路。走了几公里以后，环卫工人问她，你知道这里是不能走的吗？你赶快下去。然后母亲就绕过围栏，走辅路。辅路都是泥泞的，当时天气也不好，就这样一脚深一脚浅的,她走了四五个小时,终于到了机场。

董　卿：接到你了吗？

吴　纯：我是最后一个从飞机上下来的。看到她,我非常非常惊讶。她拼命地向我挥手,然后叫我的名字。她说,妈妈来接你了。

董　卿：你十五六岁的时候就出国去留学了。我想那对你来讲,是又一个艰苦的开始。

吴　纯：我拿了家里所有的积蓄,当时是三千美金。只有三千美金。一千五百美金的学费,还有一千五百美金要过生活。第二年的钱我还不知道在哪里。我就这样走了,要做好六年都不能回来的准备。

董　卿：从那个时候开始,你妈妈在国内打工,你在乌克兰打工。

吴　纯：对,她是五份工作;我在那边从刚开始一两份,然后慢慢加,也有四五份工作这个样子。我一般都四点半起,五点钟要去送牛奶,六点钟音乐学院开门,我去练琴。我需要闹钟,但是会吵到别人。到第三天,室友把闹钟关了。然后那一天我就没有起来去送牛奶。

董　卿：他们都不需要打工吗？

吴　纯：他们还买了电视、游戏机呢。所以我就尽量晚回宿舍,他们在玩的时候,我就尽量多去练练琴。

董　卿：那你跟妈妈之间最多的联系方式是什么,通信还是电话？

吴　纯：写信。我们的信有一个最大的特点——报喜不报忧。

董　卿：在你给她写的信里,有什么是你原本想说,但最终没有说的事情吗？

吴　纯：我们的信里永远差一个主题——想念。不敢去触碰,真的不敢。我从来没有说过：妈妈,儿子特别想您,我特别想回来。

因为我知道这是一个非常柔软的地方，不能去触碰。一旦触碰以后，就很难把自己再拉回来。因为我没有退路，我必须要完成学业。我当时想的就是尽快完成学业，回到妈妈身边，用我所学到的技能，给她一个幸福的生活。

董　卿：可是你并没有尽快地回来，你一待待了二十年。

吴　纯：接近二十年。2006年的时候，我拿到了演奏博士，就是演奏家文凭。2013年的时候，拿的音乐学理论博士。2014年我拿到的是德国汉诺威音乐学院的博士，也是演奏家文凭。

董　卿：你现在再回想，你觉得苦难对你最大的馈赠是什么？

吴　纯：我觉得是一种坚毅、沉着、从容。遇到任何事情，想想那个时候的自己，就会觉得没有什么，都可以过去的。

董　卿：那你今天要为大家朗读什么呢？

吴　纯：我要朗读的是罗曼·罗兰的《贝多芬传》。

董　卿：由你来朗读，再合适不过了。首先你曾在德国留学，其次你是一个钢琴家，然后贝多芬身上的那种精神，如同巨人般的光芒，可以照耀到所有人的身上。那你想把它献给谁呢？

吴　纯：献给曾经经历苦难的母亲和我。

朗读者 ❧ 读本

贝多芬传（节选）

[法] 罗曼·罗兰

然而死终于来了。一八二六年十一月，他得着肋膜炎性的感冒；为侄子奔走前程而旅行回来，他在维也纳病倒了①。朋友都在远方。他打发侄儿去找医生。据说这麻木不仁的家伙竟忘记了使命，两天之后才重新想起来。医生来得太迟，而且治疗得很恶劣。三个月内，他以运动家般的体格和病魔挣扎着。一八二七年一月三日，他把至爱的侄儿立为正式的承继人。他想到莱茵河畔的亲爱的友人；写信给韦格勒说："我多想和你谈谈！但我身体太弱了，除了在心里拥抱你和你的洛亨以外，我什么都无能为力了。"②要不是几个豪侠的英国朋友，贫穷的苦难几乎笼罩到他生命的最后一刻。他变得非常柔和，非常忍耐③。一八二七年二月十七日，躺在弥留的床上，经过了三次手术以后，等

---

① 贝多芬的病有两个阶段：（一）肺部的感染，那是六天就结束的。"第七天上，他觉得好了一些，从床上起来，走路，看书，写作。"（二）消化器病，外加循环系病。医生说："第八天，我发现他脱了衣服，身体发黄色。剧烈地泄泻，外加呕吐，几乎使他那天晚上送命。"从那时起，水肿病开始加剧。这一次的复病还有我们迄今不甚清楚的精神上的原因。华洛赫医生说："一件使他愤慨的事，使他大发雷霆，非常苦恼，这就促成了病的爆发。打着寒噤，浑身颤抖，因内脏的痛楚而起拘挛。"关于贝多芬最后一次的病情，从一八四二年起就有医生详细的叙述公开发表。

② 译者按：洛亨即韦格勒夫人埃莱奥诺雷的亲密的称呼。

③ 一个名叫路德维希·克拉莫利尼的歌唱家，说他看见最后一次病中的贝多芬，觉得他心地宁静，慈祥恺恻，达于极点。

待着第四次，他在等待期间还安详地说："我耐着性子，想道：一切灾难都带来几分善。"①

这个善，是解脱，是像他临终时所说的"喜剧的终场"——我们却说是他一生悲剧的终场。

他在大风雨中，大风雪中，一声响雷中，咽了最后一口气。一只陌生的手替他阖上了眼睛（一八二七年三月二十六日）。②

亲爱的贝多芬！多少人已颂赞过他艺术上的伟大。但他远不止是音乐家中的第一人，而是近代艺术的最英勇的力。对于一般受苦而奋斗的人，他是最大而最好的朋友。当我们对着世界的劫难感到忧伤时，他会到我们身旁来，好似坐在一个穿着丧服的母亲旁边，一言不发，在琴上唱着他隐忍的悲歌，安慰那哭泣的人。当我们对德与善的庸俗斗争到疲惫的辰光，到此意志与信仰的海洋中浸润一下，将获得无可言喻的裨益。他分赠我们的是一股勇气，一种奋斗的欢乐③，一种感到与神同在的醉意。仿佛在他和大自然不息的沟通之下，他竟感染了自然的深邃的力④。格里尔巴策对贝多芬是钦佩之中含有惧意的，在

---

① 据格哈得·冯·布罗伊宁的信，说他在弥留时，在床上受着臭虫的骚扰。——他的四次手术是一八二六年十二月二十日，一八二七年正月八日、二月二日和二月二十七日。

② 这陌生人是青年音乐家安塞尔姆·许滕布伦纳。布罗伊宁写道："感谢上帝！感谢他结束了这长时期悲惨的苦难。"贝多芬的手稿、书籍、家具，全部拍卖掉，代价不过一百七十五弗洛令。拍卖目录上登记着二五二件音乐手稿和音乐书籍，共售九八二弗洛令。谈话手册只售一弗洛令二十。

③ 他致"不朽的爱人"信中有言："当我有所克服的时候，我总是快乐的。"一八〇一年十一月十六日致韦格勒信中又言："我愿把生命活上千百次……我非生来过恬静的日子的。"

④ 申德勒有言："贝多芬教了我大自然的学问，在这方面的研究，他给我的指导和在音乐方面没有分别。使他陶醉的并非自然的律令，而是自然的基本威力。"

提及他时说:"他所到达的那种境界,艺术竟和犷野与古怪的原素混合为一。"舒曼提到《第五交响曲》时也说:"尽管你时常听到它,它对你始终有一股不变的威力,有如自然界的现象,虽然时时发生,总教人充满着恐惧与惊异。"他的密友申德勒说:"他抓住了大自然的精神。"——这是不错的:贝多芬是自然界的一股力;一种原始的力和大自然其余的部分接战之下,便产生了《荷马史诗》般的壮观。

他的一生宛如一天雷雨的日子——先是一个明净如水的早晨。仅仅有几阵懒懒的微风。但在静止的空气中,已经有隐隐的威胁,沉重的预感。然后,突然之间巨大的阴影卷过,悲壮的雷吼,充满着声响的可怖的静默,一阵复一阵的狂风,《英雄交响曲》与《第五交响曲》。然而白日的清纯之气尚未受到损害。欢乐依然是欢乐,悲哀永远保存着一缕希望。但自一八一○年后,心灵的均衡丧失了。日光变得异样。最清楚的思想,也看来似乎水汽一般在升华:忽而四散,忽而凝聚,它们又凄凉又古怪的骚动,罩住了心;往往乐思在薄雾之中浮沉了一二次以后,完全消失了、淹没了,直到曲终才在一阵狂飙中重新出现。快乐本身也蒙上苦涩与犷野的性质。所有的情操里都混合着一种热病,一种毒素①。黄昏将临,雷雨也随着酝酿。随后是沉重的云,饱蓄着闪电,给黑夜染成乌黑,挟带着大风雨,那是《第九交响曲》的开始——突然当风狂雨骤之际,黑暗裂了缝,夜在天空给赶走,由于意志之力,白日的清明重又还给了我们。

什么胜利可和这场胜利相比?波拿巴的哪一场战争,奥斯特利茨②哪一天的阳光,曾经达到这种超人的努力的光荣?曾经获得这种

---

① 贝多芬一八一○年五月二日致韦格勒书中有言:"噢,人生多美,但我的是永远受着毒害……"

② 译者按:系拿破仑一八○五年十二月大获胜利之地。

心灵从未获得的凯旋？一个不幸的人，贫穷，残废，孤独，由痛苦造成的人，世界不给他欢乐，他却创造了欢乐来给予世界！他用他的苦难来铸成欢乐，好似他用那句豪语来说明的——那是可以总结他一生，可以成为一切英勇心灵的箴言的：

"用痛苦换来欢乐。"①

（傅雷 译）

  罗曼·罗兰是享誉世界的作家，也是著名的社会活动家，他用戏剧写法国大革命，用名人传记写英雄主义，用小说张扬理想主义。他反对战争和暴力，倡导个人精神独立。"五四"运动以后，中国曾经出现过崇拜罗曼·罗兰的狂热期，鲁迅、茅盾、郑振铎都曾向中国读者介绍过他；而他去世之后，宋庆龄、郭沫若、萧军、艾青、焦菊隐等都曾写过悼念文章。他的《约翰·克利斯朵夫》《贝多芬传》因傅雷充满激情的译笔影响了几代中国人。那"扼住命运咽喉"的诗意表达，至今都是强人意志和理想主义的代名词。1915年，诺贝尔文学奖的颁奖词这么评价罗曼·罗兰："我们颂扬他文学作品中高尚的理想主义，以及他在描述不同类型的人们中表达出的怜悯心和真理之爱。"

---

① 一八一五年十月十日贝多芬致埃尔德迪夫人书。

YE
JIN
TIAN

叶锦添 朗读者

他在红尘百戏的繁华锦绣中思考，他在江湖笑傲的云烟飞舞中游荡，他用自己能够发现美，更能够创造美的心灵，为一个个人物穿上了如梦如幻的衣裳，一出出戏里都有他的奇思妙想。他就是获得奥斯卡最佳艺术指导奖的唯一的华人——叶锦添。

2001年的奥斯卡颁奖典礼，让从事电影艺术指导工作达十五年的叶锦添从幕后走到了台前。《卧虎藏龙》的飘逸，《大明宫词》的浪漫，《赤壁》的恢宏，《夜宴》的华丽，《风声》的压抑，都通过叶锦添设计的造型及色彩呈现出来。叶锦添是最早在全世界推行"新东方主义"美学理念的艺术家，他的设计中，无一不包含着对于东方元素的坚持。

毕业于香港理工学院高级摄影专业的叶锦添，最早是以摄影师的身份与电影结缘的，之后才在电影、舞台、服装设计等领域展露才华。他自认还是"更像摄影师"。2013年，叶锦添的摄影个展"梦·渡·间"在北京开展。

朗读者 ❈ 访谈

董　卿：您是不是特别爱《红楼梦》？十年前，您为电视剧《红楼梦》做了艺术造型；前几年，又为歌剧《红楼梦》做了艺术造型。
叶锦添：我自己很喜欢中国文化，所以《红楼梦》当然是一个很重要的读本。
董　卿：歌剧《红楼梦》里的黛玉造型是出于什么样的设计理念？
叶锦添：林黛玉是整个戏里面的灵魂。在中国的文人世界里，竹子代表文人的清高、傲骨，是人向往自由、向往理想世界的一种象征。那么林黛玉应该是属于向往理想世界的代表，所以我把她的服装做成绿色，也跟她住潇湘馆有直接的关系。

你知道，大观园里面的颜色是非常丰富的。曹雪芹收藏了非常多很漂亮的风筝，它的颜色系统都是清朝的。我把这些元素都混到那个戏里面。然后把中国很重要的两个颜色分给了黛玉和宝玉。宝玉的是红色。
董　卿：一部戏里有那么多的人物，您对每一个人都要有自己的理解和判断。就像您获得奥斯卡奖的《卧虎藏龙》里边，玉娇龙不同的服装让人印象都很深刻。
叶锦添：玉娇龙是戏里面的动线，所以她一直在变造型。也是想通过变化来表达她的人格是很多层的，她有这一面，又有那一面。
董　卿：您给各种人物穿上了那么丰富多彩的服装，但是您自己好像只穿黑色和灰色，是吗？
叶锦添：黑色为主。我是一个艺术家，我确实要把心灵打开，把我看到的东西呈现出来，但最好我自己不要给人看见。我刚开始

创作的时候，穿白衬衫。冬天是黑的，夏天是白的。黑色跟白色对我来讲是很神秘的颜色。

董　卿：有没有人评价过您，觉得您做的古装造型要比您做的现代造型更美？

叶锦添：没有，因为我做时装也很厉害。（笑）

董　卿：您古典美的启蒙是从什么时候开始的？

叶锦添：我很早就在一个书店里买到一本梅兰芳的画册，让我很惊艳。他的手一摆，马上就会让人感觉到另外一个世界，另外一个时空。那个时候我就觉得，我们要跟以前连接起来，不能断掉。有人觉得做不到，但我就能把它连起来。

董　卿：传统文化对您来讲意味着什么？

叶锦添：意味着未来，而且会越来越丰富。没有问题。

董　卿：因为你，我们看到了过去；而你把它看作是未来。

叶锦添：我觉得中国人一直都有一种美感，只是现在好像是失去记忆了，对自己的气度，对自己掌握形的能力，掌握声音、掌握空间的能力，掌握表达的能力……所以我们需要很大的力气去把它找回来。

董　卿：我注意到一个细节，就是在2001年奥斯卡颁奖典礼的现场，您在做致谢词的时候，手上有一张卡片。但是最后您只是说了句"感谢我的父母"，是因为他们对您的影响吗？

叶锦添：我觉得我自己一直都是很沉迷在我的创作里面，忽略了好多东西。包括喜欢我的人，我喜欢的人，我的亲人，到最后就变成了一直在逃离他们。

董　卿：他们是一直很支持你的学习吗？很支持你的工作吗？

叶锦添：我爸爸不要我画，所以我每次都躲在洗手间画。

董　卿：他们会打击你吗？

叶锦添：会。把我的东西烧掉、丢掉，还有皮鞭。

董　卿：这不是打击，这是直接打啊。（笑）

叶锦添：我在他们心目中一直很穷，不会赚钱。也不是我没有能力，就是我不做，很多戏找我我就不拍，我就一直等。我是一个非常麻烦的孩子。后来，我就发觉欧洲是我向往的地方，但没钱去什么？父亲就反对。但到第二天早上，我就看到桌上有两万多港币。我就拿着走了。

董　卿：是爸爸给你准备的？

叶锦添：妈妈。

董　卿：有点遗憾的是，他们没有能够看到你在这条路上成功了。

叶锦添：应该是吧。那个时候他们已经过世了。所以后来我一直都有一种流放的感觉。也可能是一种自由吧。因为他们在，我可能就走不了。

董　卿：人生的味道本来就很复杂。
叶锦添：是。
董　卿：您今天要读《红楼梦》当中的哪一段呢？
叶锦添：《葬花吟》，用粤语读。
董　卿：好多人都说是百看不厌的《红楼梦》，因为往浅了读是一个院子里的儿女情长，往深了读是一个朝代的盛衰兴亡。所以，每每读罢，掩卷长叹，也只有四个字可以感叹："真有味道"。那您要送给谁呢？
叶锦添：我一向对林黛玉更珍重，我想送给像她一样纯真的人。
董　卿：您是吗？
叶锦添：我绝对是。

朗读者 ❀ 读本

红楼梦（节选）

〔清〕曹雪芹

且说黛玉自那日弃舟登岸时，便有荣国府打发了轿子并拉行李的车辆久候了。这林黛玉常听得母亲说过，他外祖母家与别家不同。他近日所见的这几个三等仆妇，吃穿用度，已是不凡了，何况今至其家。因此步步留心，时时在意，不肯轻易多说一句话，多行一步路，惟恐被人耻笑了他去。

自上了轿，进入城中，从纱窗向外瞧了一瞧，其街市之繁华，人烟之阜盛，自与别处不同。又行了半日，忽见街北蹲着两个大石狮子，三间兽头大门，门前列坐着十来个华冠丽服之人。正门却不开，只有东西两角门有人出入。正门之上有一匾，匾上大书"敕造宁国府"五个大字。黛玉想道："这必是外祖之长房了。"想着，又往西行，不多远，照样也是三间大门，方是荣国府了。却不进正门，只进了西边角门。那轿夫抬进去，走了一射之地，将转弯时，便歇下退出去了。后面的婆子们已都下了轿，赶上前来。另换了三四个衣帽周全十七八岁的小厮上来，复抬起轿子。众婆子步下围随至一垂花门前落下。众小厮退出，众婆子上来打起轿帘，扶黛玉下轿。林黛玉扶着婆子的手，进了垂花门，两边是抄手游廊，当中是穿堂，当地放着一个紫檀架子大理石的大插屏。转过插屏，小小的三间厅，厅后就是后面的正房大院。正面五间上房，皆雕梁画栋，两边穿山游廊厢房，挂着各色鹦鹉、画眉等鸟雀。台矶之上，坐着几个穿红着绿的丫头，一见他们来了，便忙都笑迎上来，说："刚才老太太还念呢，可巧就来了。"于是三四人争着打起帘笼，一面听得人回话："林姑娘到了。"

黛玉方进入房时，只见两个人搀着一位鬓发如银的老母迎上来，黛玉便知是他外祖母。方欲拜见时，早被他外祖母一把搂入怀中，心肝儿肉叫着大哭起来。当下地下侍立之人，无不掩面涕泣，黛玉也哭个不住。一时众人慢慢解劝住了，黛玉方拜见了外祖母。——此即冷子兴所云之史氏太君，贾赦贾政之母也。当下贾母一一指与黛玉："这是你大舅母；这是你二舅母；这是你先珠大哥的媳妇珠大嫂子。"黛玉一一拜见过。贾母又说："请姑娘们来。今日远客才来，可以不必上学去了。"众人答应了一声，便去了两个。

不一时，只见三个奶嬷嬷并五六个丫鬟，簇拥着三个姊妹来了。第一个肌肤微丰，合中身材，腮凝新荔，鼻腻鹅脂，温柔沉默，观之可亲。第二个削肩细腰，长挑身材，鸭蛋脸面，俊眼修眉，顾盼神飞，文彩精华，见之忘俗。第三个身量未足，形容尚小。其钗环裙袄，三人皆是一样的妆饰。黛玉忙起身迎上来见礼，互相厮认过，大家归了坐。丫鬟们斟上茶来。不过说些黛玉之母如何得病，如何请医服药，如何送死发丧。不免贾母又伤感起来，因说："我这些儿女，所疼者独有你母，今日一旦先舍我而去，连面也不能一见，今见了你，我怎不伤心！"说着，搂了黛玉在怀，又呜咽起来。众人忙都宽慰解释，方略略止住。

众人见黛玉年貌虽小，其举止言谈不俗，身体面庞虽怯弱不胜，却有一段自然的风流态度，便知他有不足之症。因问："常服何药，如何不急为疗治？"黛玉道："我自来是如此，从会吃饮食时便吃药，到今日未断，请了多少名医修方配药，皆不见效。那一年我三岁时，听得说来了一个癞头和尚，说要化我去出家，我父母固是不从。他又说：'既舍不得他，只怕他的病一生也不能好的了。若要好时，除非从此以后总不许见哭声；除父母之外，凡有外姓亲友之人，一概不见，方可平安了此一世。'疯疯癫癫，说了这些不经之谈，也没人理他。如今还是吃人参养荣丸。"贾母道："正好，我这里正配丸药呢。叫他们多配一料就是了。"

一语未了，只听后院中有人笑声，说："我来迟了，不曾迎接远客！"黛玉纳罕道："这些人个个皆敛声屏气，恭肃严整如此，这来者系谁，这样放诞无礼？"心下想时，只见一群媳妇丫鬟围拥着一个人从后房门进来。这个人打扮与众姑娘不同：彩绣辉煌，恍若神妃仙子。头上戴着金丝八宝攒珠髻，绾着朝阳五凤挂珠钗；项上带着赤金盘螭璎珞圈；裙边系着豆绿宫绦，双衡比目玫瑰珮；身上穿着缕金百蝶穿花大红洋缎窄裉袄，外罩五彩刻丝石青银鼠褂；下着翡翠撒花洋绉裙。一双丹凤三角眼，两弯柳叶吊梢眉，身量苗条，体格风骚。粉面含春威不露，丹唇未启笑先闻。黛玉连忙起身接见。贾母笑道："你不认得他，他是我们这里有名的一个泼皮破落户儿，南省俗谓作'辣子'，你只叫他'凤辣子'就是了。"

黛玉正不知以何称呼，只见众姊妹都忙告诉他道："这是琏嫂子。"黛玉虽不识，也曾听见母亲说过，大舅贾赦之子贾琏，娶的就是二舅母王氏之内侄女，自幼假充男儿教养的，学名王熙凤。黛玉忙陪笑见礼，以"嫂"呼之。

这熙凤携着黛玉的手，上下细细打谅了一回，仍送至贾母身边坐下，因笑道："天下真有这样标致的人物，我今儿才算见了！况且这通身的气派，竟不像老祖宗的外孙女儿，竟是个嫡亲的孙女，怨不得老祖宗天天口头心头一时不忘。只可怜我这妹妹这样命苦，怎么姑妈偏就去世了！"说着，便用帕拭泪。贾母笑道："我才好了，你倒来招我。你妹妹远路才来，身子又弱，也才劝住了，快再休提前话。"

这熙凤听了，忙转悲为喜道："正是呢！我一见了妹妹，一心都在他身上了，又是喜欢，又是伤心，竟忘记了老祖宗。该打，该打！"又忙携黛玉之手，问："妹妹几岁了？可也上过学？现吃什么药？在这里不要想家，想要什么吃的、什么玩的，只管告诉我；丫头老婆们不好了，也只管告诉我。"一面又问婆子们："林姑娘的行李东西可搬进来了？带了几个人来？你们赶早打扫两间下房，让他们去歇歇。"

说话时，已摆了茶果上来。熙凤亲为捧茶捧果。又见二舅母问他："月钱放过了不曾？"熙凤道："月钱已放完了。才刚带着人到后楼上找缎子，找了这半日，也并没有见昨日太太说的那样的，想是太太记错了？"王夫人道："有没有，什么要紧。"因又说道："该随手拿出两个来给你这妹妹去裁衣裳的，等晚上想着叫人再去拿罢，可别忘了。"熙凤道："这倒是我先料着了，知道妹妹不过这两日到的，我已预备下了，等太太回去过了目好送来。"王夫人一笑，点头不语。

当下茶果已撤，贾母命两个老嬷嬷带了黛玉去见两个母舅。时贾赦之妻邢氏忙亦起身，笑回道："我带了外甥女过去，倒也便宜。"贾母笑道："正是呢，你也去罢，不必过来了。"邢夫人答应了一声"是"字，遂带了黛玉与王夫人作辞。大家送至穿堂前。

出了垂花门，早有众小厮们拉过一辆翠幄青绸车，邢夫人携了黛玉，坐在上面，众婆子们放下车帘，方命小厮们抬起，拉至宽处，方驾上驯骡，亦出了西角门，往东过荣府正门，便入一黑油大门中，至仪门前方下来。众小厮退出，方打起车帘，邢夫人搀着黛玉的手，进入院中。黛玉度其房屋院宇，必是荣府中花园隔断过来的。进入三层仪门，果见正房厢庑游廊，悉皆小巧别致，不似方才那边轩峻壮丽；且院中随处之树木山石皆在。一时进入正室，早有许多盛妆丽服之姬妾丫鬟迎着，邢夫人让黛玉坐了，一面命人到外面书房去请贾赦。一时人来回话说："老爷说了：'连日身上不好，见了姑娘彼此倒伤心，暂且不忍相见。劝姑娘不要伤心想家，跟着老太太和舅母，即同家里一样。姊妹们虽拙，大家一处伴着，亦可以解些烦闷。或有委屈之处，只管说得，不要外道才是。'"黛玉忙站起来，一一听了。再坐一刻，便告辞。

邢夫人苦留吃过晚饭去，黛玉笑回道："舅母爱惜赐饭，原不应辞，只是还要过去拜见二舅舅，恐领了赐迟去不恭，异日再领，未为不可。望舅母容谅。"邢夫人听说，笑道："这倒是了。"遂令两三个嬷嬷用方才的车好生送了姑娘过去。于是黛玉告辞。邢夫人送至仪门前，又嘱咐了众人几句，眼看着车去了方回来。

一时黛玉进了荣府，下了车。众嬷嬷引着，便往东转弯，穿过一个东西的穿堂，向南大厅之后，仪门内大院落，上面五间大正房，两边厢房鹿顶耳房钻山，四通八达，轩昂壮丽，比贾母处不同。黛玉便知这方是正经正内室，一条大甬路，直接出大门的。进入堂屋中，抬头迎面先看见一个赤金九龙青地大匾，匾上写着斗大的三个大字，是"荣禧堂"，后有一行小字："某年月日，书赐荣国公贾源"，又有"万几宸翰之宝"。大紫檀雕螭案上，设着三尺来高青绿古铜鼎，悬着待漏随朝墨龙大画，一边是金蜼彝，一边是玻璃盒。地下两溜十六张楠木交椅，又有一副对联，乃乌木联牌，镶着錾银的字迹，道是：

　　座上珠玑昭日月，堂前黼黻焕烟霞。

下面一行小字，道是："同乡世教弟勋袭东安郡王穆莳拜手书"。

原来王夫人时常居坐宴息，亦不在这正室，只在这正室东边的三间耳房内。于是老嬷嬷引黛玉进东房门来。临窗大炕上铺着猩红洋罽，正面设着大红金钱蟒靠背，石青金钱蟒引枕，秋香色金钱蟒大条褥。两边设一对梅花式洋漆小几。左边几上文王鼎匙箸香盒；右边几上汝窑美人觚——觚内插着时鲜花卉，并茗碗痰盒等物。地下面西一溜四张椅上，都搭着银红撒花椅搭，底下四副脚踏。椅之两边，也有一对高几，几上茗碗瓶花俱备。其馀陈设，自不必细说。

老嬷嬷们让黛玉炕上坐，炕沿上却有两个锦褥对设，黛玉度其位次，便不上炕，只向东边椅子上坐了。本房内的丫鬟忙捧上茶来。黛玉一面吃茶，一面打谅这些丫鬟们，妆饰衣裙，举止行动，果亦与别家不同。茶未吃了，只见一个穿红绫袄青缎掐牙背心的丫鬟走来笑说道："太太说，请林姑娘到那边坐罢。"老嬷嬷听了，于是又引黛玉出来，到了东廊三间小正房内。

正面炕上横设一张炕桌，桌上磊着书籍茶具，靠东壁面西设着半旧的青缎靠背引枕。王夫人却坐在西边下首，亦是半旧的青缎靠背坐褥。见黛玉来了，便往东让。黛玉心中料定这是贾政之位。因见挨炕一溜三张椅子上，也搭着半旧的弹墨椅袱，黛玉便向椅上坐了。王夫人再四携他上炕，他方挨王夫人坐了。王夫人因说："你舅舅今日斋戒去了，再见罢。只是有一句话嘱咐你：你三个姊妹倒都极好，以后一处念书认字学针线，或是偶一顽笑，都有尽让的。但我不放心的最是一件：我有一个孽根祸胎，是家里的'混世魔王'，今日因庙里还愿去了，尚未回来，晚间你看见便知了。你只以后不要睬他，你这些姊妹都不敢沾惹他的。"

黛玉亦常听得母亲说过，二舅母生的有个表兄，乃衔玉而诞，顽劣异常，极恶读书，最喜在内帏厮混；外祖母又极溺爱，无人敢管。今见王夫人如此说，便知说的是这表兄了。因陪笑道："舅母说的，可是衔玉所生的这位哥哥？在家时亦曾听见母亲常说，这位哥哥比我大一岁,小名就唤宝玉,虽极憨顽,说在姊妹情中极好的。况我来了,自然只和姊妹同处,兄弟们自是别院另室的,岂得去沾惹之理?"王夫人笑道:"你不知道原故:他与别人不同,自幼因老太太疼爱,原系同姊妹们一处娇养惯了的。若姊妹们有日不理他,他倒还安静些,纵然他没趣,不过出了二门,背地里拿着他两个小幺儿出气,咕唧一会子就完了。若这一日姊妹们和他多说一句话,他心里一乐,便生出多少事来。所以嘱咐你别睬他。他嘴里一时甜言蜜语,一时有天无日,一时又疯疯傻傻,只休信他。"

黛玉一一的都答应着。只见一个丫鬟来回:"老太太那里传晚饭了。"王夫人忙携黛玉从后房门由后廊往西,出了角门,是一条南北宽夹道。南边是倒座三间小小的抱厦厅,北边立着一个粉油大影壁,后有一半大门,小小一所房室。王夫人笑指向黛玉道:"这是你凤姐姐的屋子,回来你好往这里找他来,少什么东西,你只管和他说就是了。"这院门上也有四五个才总角的小厮,都垂手侍立。王夫人遂携黛玉穿过一个东西穿堂,便是贾母的后院了。

于是,进入后房门,已有多人在此伺候,见王夫人来了,方安设桌椅。贾珠之妻李氏捧饭,熙凤安箸,王夫人进羹。贾母正面榻上独坐,两边四张空椅,熙凤忙拉了黛玉在左边第一张椅上坐了,黛玉十分推让。贾母笑道:"你舅母你嫂子们不在这里吃饭。你是客,原应如此坐的。"黛玉方告了座,坐了。贾母命王夫人坐了。迎春姊妹三个告了座方上来。迎春便坐右手第一,探春坐左第二,惜春坐右第二。旁边丫鬟执着拂尘、漱盂、巾帕。李、凤二人立于案旁布让。外间伺候之媳妇丫鬟虽多,却连一声咳嗽不闻。

寂然饭毕,各有丫鬟用小茶盘捧上茶来。当日林如海教女以惜福养身,云饭后务待饭粒咽尽,过一时再吃茶,方不伤脾胃。今黛玉见了这里许多事情不合家中之式,不得不随的,少不得一一改过来,因而接了茶。早见人又捧过漱盂来,黛玉也照样漱了口。盥手毕,又捧上茶来,这方是吃的茶。贾母便说:"你们去罢,让我们自在说话儿。"王夫人听了,忙起身,又说了两句闲话,方引凤、李二人去了。贾母因问黛玉念何书。黛玉道:"只刚念了《四书》。"黛玉又问姊妹们读何书。贾母道:"读的是什么书,不过是认得两个字,不是睁眼的瞎子罢了!"

一语未了,只听外面一阵脚步响,丫鬟进来笑道:"宝玉来了!"黛玉心中正疑惑着:"这个宝玉,不知是怎生个惫懒人物,懵懂顽童?——倒不见那蠢物也罢了。"心中想着,忽见丫鬟话未报完,已进来了一位年轻的公子:

  头上戴着束发嵌宝紫金冠,齐眉勒着二龙抢珠金抹额;穿一件二色金百蝶穿花大红箭袖,束着五彩丝攒花结长穗宫绦,外罩石青起花八团倭缎排穗褂;登着青缎粉底小朝靴。面若中秋之月,色如春晓之花,鬓若刀裁,眉如墨画,面如桃瓣,目若秋波。虽怒时而若笑,即瞋视而有情。项上金螭璎珞,又有一根五色丝绦,系着一块美玉。

黛玉一见,便吃一大惊,心下想道:"好生奇怪,倒像在那里见过一般,何等眼熟到如此!"只见这宝玉向贾母请了安,贾母便命:"去见你娘来。"宝玉即转身去了。一时回来,再看,已换了冠带:头上周围一转的短发,都结成小辫,红丝结束,共攒至顶中胎发,总编一根大辫,黑亮如漆,从顶至梢,一串四颗大珠,用金八宝坠角;身上穿着银红撒花半旧大袄,仍旧带着项圈、宝玉、寄名锁、护身符等物;下面半露松花撒花绫裤腿,锦边弹墨袜,厚底大红鞋。越显得面如敷粉,唇若施脂；转盼多情，语言常笑。天然一段风骚，全在眉梢；平生万种情思，悉堆眼角。看其外貌最是极好，却难知其底细。后人有《西江月》二词，批宝玉极恰，其词曰：

  无故寻愁觅恨，有时似傻如狂。纵然生得好皮囊，腹内原来草莽。 潦倒不通世务，愚顽怕读文章。行为偏僻性乖张，那管世人诽谤！

  富贵不知乐业，贫穷难耐凄凉。可怜辜负好韶光，于国于家无望。 天下无能第一，古今不肖无双。寄言纨袴与膏粱：莫效此儿形状！

贾母因笑道："外客未见，就脱了衣裳，还不去见你妹妹！"宝玉早已看见多了一个姊妹，便料定是林姑妈之女，忙来作揖。厮见毕归坐，细看形容，与众各别：

  两弯似蹙非蹙罥烟眉，一双似泣非泣含露目。态生两靥之愁，娇袭一身之病。泪光点点，娇喘微微。闲静时如姣花照水，行动处似弱柳扶风。心较比干多一窍，病如西子胜三分。

宝玉看罢，因笑道："这个妹妹我曾见过的。"贾母笑道："可又是胡说，你又何曾见过他？"宝玉笑道："虽然未曾见过他，然我看着面善，心里就算是旧相识，今日只作远别重逢，亦未为不可。"贾母笑道："更好，更好，若如此，更相和睦了。"宝玉便走近黛玉身边坐下，又细细打量一番，因问："妹妹可曾读书？"黛玉道："不曾读，只上了一年学，些须认得几个字。"宝玉又道："妹妹尊名是那两个字？"黛玉便说了名。宝玉又问表字。黛玉道:"无字。"宝玉笑道:"我送妹妹一妙字,莫若'颦颦'二字极妙。"探春便问何出。宝玉道:"《古今人物通考》上说:'西方有石名黛,可代画眉之墨。'况这林妹妹眉尖若蹙,用取这两个字,岂不两妙!"探春笑道:"只恐又是你的杜撰。"宝玉笑道:"除《四书》外,杜撰的太多,偏只我是杜撰不成?"又问黛玉:"可也有玉没有?"众人不解其语,黛玉便忖度着因他有玉,故问我有也无,因答道:"我没有那个。想来那玉是一件罕物,岂能人人有的。"

宝玉听了,登时发作起痴狂病来,摘下那玉,就狠命摔去,骂道:"什么罕物,连人之高低不择,还说'通灵'不'通灵'呢!我也不要这劳什子了!"吓的众人一拥争去拾玉。贾母急的搂了宝玉道:"孽障!你生气,要打骂人容易,何苦摔那命根子!"宝玉满面泪痕泣道:"家里姐姐妹妹都没有,单我有,我说没趣;如今来了这们一个神仙似的妹妹也没有,可知这不是个好东西。"贾母忙哄他道:"你这妹妹原有这个来的,因你姑妈去世时,舍不得你妹妹,无法处,遂将他的玉带了去了:一则全殉葬之礼,尽你妹妹之孝心;二则你姑妈之灵,亦可权作见了女儿之意。因此他只说没有这个,不便自己夸张之意。你如今怎比得他?还不好生慎重带上,仔细你娘知道了。"说着,便向丫鬟手中接来,亲与他带上。宝玉听如此说,想一想大有情理,也就不生别论了。

……

    花谢花飞花满天,红消香断有谁怜?
    游丝软系飘春榭,落絮轻沾扑绣帘。
    闺中女儿惜春暮,愁绪满怀无释处,

手把花锄出绣闺,忍踏落花来复去。
柳丝榆荚自芳菲,不管桃飘与李飞。
桃李明年能再发,明年闺中知有谁?
三月香巢已垒成,梁间燕子太无情!
明年花发虽可啄,却不道人去梁空巢也倾。
一年三百六十日,风刀霜剑严相逼,
明媚鲜妍能几时,一朝飘泊难寻觅。
花开易见落难寻,阶前闷杀葬花人,
独倚花锄泪暗洒,洒上空枝见血痕。
杜鹃无语正黄昏,荷锄归去掩重门。
青灯照壁人初睡,冷雨敲窗被未温。
怪奴底事倍伤神,半为怜春半恼春:
怜春忽至恼忽去,至又无言去不闻。
昨宵庭外悲歌发,知是花魂与鸟魂?
花魂鸟魂总难留,鸟自无言花自羞。
愿奴胁下生双翼,随花飞到天尽头。
天尽头,何处有香丘?
未若锦囊收艳骨,一抔净土掩风流。
质本洁来还洁去,强于污淖陷渠沟。
尔今死去侬收葬,未卜侬身何日丧?
侬今葬花人笑痴,他年葬侬知是谁?
试看春残花渐落,便是红颜老死时。
一朝春尽红颜老,花落人亡两不知!

选自人民文学出版社《红楼梦》

《葬花吟》是《红楼梦》中非常经典的诗。林黛玉的敏感、多情，对天地万物充满的爱，对宝玉的珍惜，对个人命运的慨叹，对孤独、病痛乃至死亡的体悟，都体现在这首诗中。而林黛玉整个人物形象中所表达的一切，又成为我们民族的精神世界和审美经验中非常独特、非常美好的代表。林黛玉荷锄葬花早已成为民族文化记忆的一部分，不同的人从中能够体会出五味杂陈的人生况味。

中国作家协会副主席、著名评论家　李敬泽

YE
JIA
YING

朗读者
叶嘉莹

她是白发的先生,她是诗词的女儿,她是中国古典文化的传承者、传播者,也是很多人通往诗词国度的路标和灯塔。她一生命运多舛却才情纵横,颠沛流离却度人无数,她就是中国古典文学专家——叶嘉莹先生。

席慕蓉曾说,讲台上的叶先生是个"发光体",散发的美感令她如痴如醉。很难想象这样美好的一个人,一生经历无数的坎坷。

二十世纪四十年代,叶嘉莹赴南方结婚,告别了故乡北平,不久便随丈夫去了台湾。谁知一去故土便是祸难加身,流离多年。1949年,叶嘉莹的丈夫因种种原因被捕,次年夏,她也牵连被捕,不得不携着尚未断奶的女儿一同入狱。1966年叶嘉莹赴美国讲学,先后担任哈佛大学和密歇根大学的教授。数十年间,叶嘉莹始终用异邦语言传播故土的诗歌,并将回到祖国传承弘扬古典诗词的吟诵当作晚年的志向。

1976年,年过半百的叶嘉莹再次遭遇人生重创,结婚不足三年的女儿言言与女婿永廷发生车祸双双殒命。她1979年回到祖国。王国维在《人间词话》里说:"天以百凶成就一词人。"这句话真是叶嘉莹一生境遇的写照。而叶先生曾经托名恩师顾随先生自己创作了一句格言:"一个人要以无生之觉悟为有生之事业,以悲观之心情过乐观之生活。"

朗读者 ❖ 访谈

董　卿：叶老今年已经是九十三岁高龄了，我当时在看您的《红蕖留梦》的时候，注意到一句话："我年龄大了，很多事情都记不清了，不过很多事情我都用诗记下来了。"

叶嘉莹：我的诗词都是我亲身的经历，我内心的感情。吟诵我的诗词，大家就可以知道我的一生。

董　卿：我先为大家读一首叶先生写过的诗《秋蝶》，这是叶先生很年轻的时候写的："几度惊飞欲起难，晚风翻怯舞衣单。三秋一觉庄生梦，满地新霜月乍寒。"

叶嘉莹：刚才董卿老师读的是我非常幼稚的一首诗。我小的时候是关在家门里边长大的，所以像女孩子会的游戏，什么荡秋千、跳绳子，我都不会，我就是读诵诗歌。

董　卿：这是叶先生十五岁的时候写的。让人不禁联想到当年李清照写《如梦令》的时候也是相仿的年纪。如果说这个作品是稚趣小品的话，那在您的早期作品中，哪一首是比较有意义的呢？

叶嘉莹：是我的《哭母诗》。我母亲去世了，让我第一次感觉到生命的无常，死生的隔离。我母亲本来身体还可以，只是她腹中长了一个瘤。那时候天津有租界，租界有外国的医生，开刀是外国的医院做得好，所以我母亲就到天津去开刀。可是一去就没有回来，因为她在开刀的时候感染了，血液感染。我母亲是在从天津到北京的火车上去世的。

董　卿：我记得您写的《哭母诗》有八首，真的是字字泣血，里面都

是痛彻心扉的人生的味道。

叶嘉莹：我读里面的第二首吧："瞻依犹是旧容颜，唤母千回竟不还。凄绝临棺无一语，漫将修短破天悭。"我觉得人生最悲哀痛苦的事情，就是听到钉子钉到棺木上的声音，所以"漫将修短破天悭"。我母亲去世的时候只有四十几岁。

董　卿：作为一个爱诗的女孩儿，在诗里应该会有一些关于爱情的描述，但是在您的诗篇中，这部分却是缺失的。

叶嘉莹：我没有交过男朋友。我的先生，他的堂姐是我中学的老师，我在学校一向是个好学生，从中学到大学都是第一名，所以老师都很喜欢我。我的老师觉得她弟弟还没有结婚，要把他介绍给我。然后拿我的相片给他看。我们是1948年3月结的婚，11月的时候，国民党撤退到台湾，我就跟着先生去了台湾。

董　卿：人生的别离除了死生不能相见，还有故土不能归还。但是流离多年，您却始终坚守着对中国文化的自修，也始终没有离开您所热爱的古诗词半步。

叶嘉莹：去国外教书以前我没有用英文教过书。当初我很担心，系主任也很担心，不知道我教的结果如何。可是说起来真的奇妙，就因为我太喜欢中国的诗了。讲的时候，我真是把我的感情都投进去了。纵然英文不是说得很流利，或者文法不是很完整，但是我可以把杜甫、李白的感情用我的 poor English 传达出来，结果我班上的学生非常喜欢听我的课。

1974 年，我第一次回国探亲。我写了一千七百多字的一首长诗《祖国行》。北大的程郁缀教授帮我计算，他说你写的《祖国行》是中国有歌行以来的最长的一首诗，比《长恨歌》还长八百六十字。因为我从离开北京就一直怀念北京，怀念北京那古老的城，古老的家。那时候我在台湾，常常梦到我回到我的老家，进到我们家的院子，可是所有的窗、门都是关闭的，哪个门我都进不去。我有时候也梦见跟我的同学去看望我的老师，我的老师住在后海、什刹海那边，满塘都是芦苇，怎么走都走不出去。所以一直到 1974 年，我真是渴望想要回到故乡。

董　卿："银翼穿云认旧京，遥看灯火动乡情。"这是飞机降落北京那一刻您的心情吧。

叶嘉莹：我是从香港坐飞机到北京的。我在飞机上看到一条长街上都是灯火，我就想，那是不是西长安街？那是不是当年我每天走过的地方，是不是我的家所在的地方？当时在飞机上就流下泪来了。我是一直等到看到北京的灯火才流下泪来，我的一个辅仁大学的同学，是坐火车回来的。她从广州一上车就一路流泪流到北京。现在的年轻人真的不能够体会我们那一辈人那种去国离乡的悲哀和痛苦。

董　卿：其实在这之后，叶老回国把她的日程排得是紧锣密鼓，当时不知道有多少所大学都留下了叶老的足迹。我看您在1978年的时候写下了这样的诗句："却话当年感不禁，曾悲万马一时喑。如今齐向春郊骋，我亦深怀并辔心。"

叶嘉莹：我已经九十多岁了，在我离开世界以前，我要把中国传统中最宝贵的一部分留下来，因为声音不像写在纸上的东西，可以保存很久。比如说司马迁《报任安书》："太史公牛马走，司马迁再拜言，少卿足下……"（吟诵）吟诵到现在几乎已经失传了，我想在我离开世界以前，我应该把真正的吟诵留下来给爱好诗歌的朋友们。

董　卿：叶老还有一首诗中有这样的句子："柔蚕老去应无憾，要见天孙织锦成。"大意就是我平生的离乱都微不足道，只要年轻人能够把我吐出的丝织成一片云锦，让中国传统文化的种子能够留下来。那今天在现场，我们也请来了一些特殊的小朋友，他们也要为叶老献上一段吟诵。我想从他们的身上，我们也能够看到中华优秀传统文化的薪火正在传承。

朗读者 ❋ 读本

春　晓

〔唐〕孟浩然

春眠不觉晓，处处闻啼鸟。
夜来风雨声，花落知多少。

（吟诵者为孙天宇小朋友）

　　这首抒情小诗，大概是诗人孟浩然流传最广的一首。诗人没有直接描写春景，而是通过一个春晨梦醒时刻自己的听觉感受和联想，捕捉春天的气息。诗句明白晓畅，音节朗朗上口，却把对明媚春晓的爱惜，对春光流逝的哀愁表达得隽永悠长，令人回味。

静夜思

〔唐〕李白

床前明月光，疑是地上霜。
举头望明月，低头思故乡。

(吟诵者为高瑞小朋友)

作为李白的思乡名篇，这首诗曾经广受解读，而且，正是这首诗，让思乡情绪和月光意象从此紧密相连。这首诗语言极为平淡，仿佛一切都在不经意中，不带任何语词上的修饰，但一片干干净净的赤子之心却因此流传甚广，妇孺皆知。

绝　句

〔唐〕杜甫

迟日江山丽，春风花草香。
泥融飞燕子，沙暖睡鸳鸯。

(吟诵者为李思路小朋友)

这是一首清丽可人的小诗。动中有静，静中有动，再加上令人心旷神怡的颜色和味道，共同构成一幅春意盎然的优美图画。

出 塞

〔唐〕王昌龄

秦时明月汉时关，万里长征人未还。
但使龙城飞将在，不教胡马度阴山。

(吟诵者为李奕兴小朋友)

这是一首边塞诗，曾被称为"唐朝七绝之首"。诗歌的第一句，就颇具气势，引人进入历史之深思。明月映照着这寂寞的边关，显示出极为苍凉寂寥之感。万里长征，何其艰辛，而又有多少男儿死于边塞沙场，白骨不得还乡。这首诗洋溢着反战、爱民的豪情，以及将来出现良将的希望，其雄浑的格调和豪壮的气势，感人肺腑。

咏　莲

叶嘉莹

植本出蓬瀛，淤泥不染清。
如来原是幻，何以渡苍生。

（吟诵者为田佳煜小朋友）

　　这是叶先生少女时期的作品。她曾自述因出生于阴历六月，小字为"荷"，因而对与荷花、莲花有关的事物特别感兴趣，对荷之出泥不染、中通外直的美质尤为爱赏。后来她读到李商隐的诗，注意到佛教中往往以莲花为超度苦难的象征，于是借莲花感叹"七七"事变前后的生民多艰。她的诗词崇尚"弱德之美"，即在苦难中，人还是应有所持守，有所完成。

那一天

The Other Day

人这辈子，不是活过了多少日子，而是记住了多少日子。每一个被你记住的日子，都将成为生命里不可复制的那一天。就像"多年以后，面对行刑队，奥雷里亚诺·布恩迪亚上校将会回想起父亲带他去见识冰块的那个遥远的下午。"这是《百年孤独》里，奥雷里亚诺上校的回忆。"我实在再也没有吃到那夜似的好豆，——也不再看到那夜似的好戏了。"这是《社戏》里，鲁迅独特的记忆。

在这个主题当中，最让人感动的是安文彬。作为中英香港主权交接仪式的总指挥，说起那一天，他热泪纵横。1997年7月1日零点零分零秒，五星红旗在香港上空冉冉升起，为了那一天，一个民族等待了一百五十年。

我们很容易记住那些波澜壮阔的、力挽狂澜的、全新蜕变的"那一天"。但其实无论伟大还是平凡，都会有生命中的某一天，因为它的独特，被标注在日历上，它注定了我们是谁。

如果说，时光的藤蔓攀爬着光阴的故事，"那一天"，一定是千回百转的一枝。你的"那一天"，究竟发生了什么样的故事？

那一天

The Other Day

Readers

LIU CI XIN

朗读者

刘慈欣

爱因斯坦曾说，想象力比知识更重要。科幻作家刘慈欣被很多科幻迷、文学评论家冠以"中国科幻第一人"的美誉，因为他的代表作"地球往事"系列第一部《三体》获得了世界科幻文学的最高奖项——雨果奖。他是中国乃至亚洲第一个获此殊荣的人，他用超凡的想象力把中国的科幻文学提升到了一个世界级的水准。

刘慈欣毕业于华北水利水电学院，曾是山西娘子关电厂的一名计算机工程师。自二十世纪九十年代开始发表科幻作品后，便一发不可收拾。刘慈欣的写作构思宏大，善于将极端的空灵和厚重的现实结合，注重表现科学的美感又兼具人文关怀。"我只是想通过科幻小说，用想象力创造出自己的世界，在那些世界中展现科学所揭示的大自然的诗意，讲述人与宇宙之间浪漫的传奇。"

朗读者 ✤ 访谈

董　卿：2015年8月23日，是您获得雨果奖的"那一天"。这是你生命中最重要的一天吗？

刘慈欣：应该也不算吧。因为我进行科幻创作的目的主要是想把自己的想象世界展现给广大的读者，如果能得到读者的认可，并且和他们产生共鸣，包括中国读者和美国读者，我觉得就是我最大的成就了。获奖，当然是一件很让人高兴的事情，但是确实不是我创作的最终目的。

　　我看过一本书叫《人类简史》，说为什么人类能够在今天，在地球的所有物种中占据统治地位，是因为人类能够想象出不存在的东西，这是别的物种做不到的。

董　卿：那您是从什么时候开始，觉得被触动了这根神经，开始展开想象的翅膀了呢？

刘慈欣：大概是六七岁的时候吧，在我的老家河南罗山，我亲眼目睹了中国第一颗人造卫星"东方红一号"划过夜空。我记得是在一个池塘边，全村的人都出去了，都在看天空，看得很清楚，一颗星星从天空中就那么划过。美国有一部电影叫《十月的天空》，讲一个煤矿里的孩子，亲眼目睹了苏联的第一颗人造卫星划过美国十月的夜空，这改变了他的一生，让他最后成了NASA，就是美国航空航天局的工程师。

董　卿：那是您记忆中仰望星空的开始吗？

刘慈欣：当时在我的想象中，所有的星星就像镶在跟天鹅绒一样的地球幕布上的一个个小石块，闪闪发亮的，人造卫星就是在这

些星星中间飞行，我还想，怎么不会撞上去呢？从那以后，我也是第一次知道了宇宙之广阔远超过我很天真的想象，对我来说，那可能是人生中最震惊的一次。

董　卿：所以一直到现在您都是有机会就去酒泉卫星发射中心看卫星发射，是吗？

刘慈欣：是这样。我是一个很狂热的航天爱好者。比如一个火箭，立在发射台上，看上去好像是一个很普通的东西，但它一旦点火发射，发出来的光芒，那种震撼性的雷鸣声响，你就感觉它突然拥有了一种神性。这种神性可能也是人类探索宇宙、人类进取心的最生动的一个表现。

董　卿：它意味着我们有了一种能力。

刘慈欣：对，它意味着人类最崇高的进取心，就是生命向宇宙间扩展的欲望，这是埋藏在我们每一个细胞中的、埋藏在我们血液中的。我认为这是人类文明发展的最本源的动力。

董　卿：人类的这种精神是很伟大的。可是人一旦放大到宇宙中再去看的话，它又是如此渺小，渺小到了地球都像一粒灰尘一样。

刘慈欣：“旅行者一号"飞船从地球发射以后一直向前走，大概走到距地球十六亿公里的一个地方，美国的科学家，也是一个很著名的科普作家叫卡尔·萨根，他给航天局提出了一个建议，能不能让飞船调过头来，拍一张地球的照片？后来就拍了。这可以说是现代航天史上最著名的一张照片，叫"暗淡蓝点"。这就是我们的地球。我们所有的一切，我们的文明、政治、经济、文化，我们的喜怒哀乐，我们的命运就汇成那么一个点，这就是科幻文学精神的实质，也是科幻文学的视角。

董　卿：当你从这个视角来看地球的时候，还有什么是重要的？

刘慈欣：当然还有很重要的东西。之前我们认为最重要的是人和人之间的关系，是人在社会中的生活，那么现在重要的关系转化成了人和宇宙、人和大自然之间的关系。

董　卿：您的六部长篇科幻小说、三十多部短篇科幻小说，现在共计四百多万字，都是在娘子关写出来的是吗？

刘慈欣：大部分都是。

董　卿：一个偏远的、安静的，不是那么发达的小县城。

刘慈欣：这种现象在科幻作家中并不少见。比如比较早的一个科幻作家儒勒·凡尔纳，他很想去航海。有一次他就瞒着父母跑到码头上，报名当了一个水手，结果被他父亲揪回来了。他就向他父亲保证，以后我只躺在床上航海。后来，在他写书的大部分时间，他都是待在家里去想象。《海底两万里》《八十天环游地球》都是这么写出来的。另一个人，阿瑟·克拉克，当代科幻三巨头之一，他的小说，以描写宇宙很广阔的场景著名，但是他一辈子大部分的时间，也都是待在斯里兰卡海边的小镇上。我觉得越是在那种封闭的、偏远的环境中，人们越有突破这个环境去看世界的愿望，他就会用全部的想象力去做到这一点。

现在想起来，读《2001：太空漫游》这本书的时候，我正在干什么呢？我正高考完了填志愿。和每个考生一样，我觉得这是人生中很大的一件事情。但是就在那天晚上看完这本书以后，我觉得那不算什么事了。跟对宇宙的敬畏相比，真的感觉不是太重要了。我曾经说过，我所有的作品都是对阿瑟·克拉克的很拙劣的模仿。

董　卿：那你能不能用你的语言，给所有的非科幻迷们来说说，科幻的奇妙之处？

刘慈欣：假如你把整个宇宙想象成北京市；我们所在的银河系，就是这座大楼；太阳系呢，就是大楼的地下室；地球呢，可能连那个储物间里面的一个火柴盒那么大都不到。科幻文学就是意识到了储物间外面这个地下室的存在，意识到了地下室上面这个楼的存在，也意识到楼外面大城市的存在。这样就给大部分人封闭的生活带来了一个在思想上更广阔的生存空间，最后，也是最重要的，他很可能激励某些人想办法去打开那道门。现在大家都认为科幻小说是一个预言的文学，其实不是，它是一个可能性的文学，它把所有的未来的可能性都排列出来，让大家欣赏。

董　卿：所以您今天要带来的这段朗读想要献给谁呢？

刘慈欣：我就献给我刚才说过的，对我影响最大的，把我带上科幻之路的阿瑟·克拉克，而且今年也正好是他诞辰一百周年。

董　卿：你要读什么呢？

刘慈欣：我就读霍金的《时间简史》吧。因为《时间简史》描述的是整个宇宙，这也是科幻小说永恒的主题。

董　卿：我特别好奇，如果有一天，你到了外太空，有机会看到外星人，你会跟他说什么呢？

刘慈欣：那就问一个我在一篇小说里面问的问题：宇宙有目的吗？

董　卿：大家也可以想一想，如果你有机会碰到外星人，你会对他说什么呢？多么有趣的一个问题啊！我会跟他说：嗨，我们去朗读吧！（全场笑）

朗读者 ❀ 读本

时间简史（普及版）（节选）

[英] 史蒂芬·霍金　　[英] 列纳德·蒙洛迪诺

我们生存在一个奇妙无比的宇宙中。只有凭借非凡的想象力才能鉴赏其年龄、尺度、狂暴甚至美丽。在这个极其广袤的宇宙中，我们人类所处的地位似乎微不足道。因此我们试图理解这一切的含义，并且了解我们在宇宙中的角色。几十年前，一位著名的科学家（有人认为是伯特兰·罗素）做了一次天文学讲演。他描述地球如何围绕太阳公转，而太阳又如何围绕着一个巨大的恒星集团的中心公转，我们把这个集团称作银河系。讲演结束之际，坐在屋子后排的一位小个子老妇人站起来说道："你讲的是一派胡言，实际上，世界是驮在一只巨大乌龟背上的平板。"这位科学家露出高傲的微笑，然后答道："那么这只乌龟站在什么上面呢？""你很聪明，年轻人，的确很聪明，"老妇人说，"不过，这是一只驮着一只，一直驮下去的乌龟塔啊！"

当今大多数人会觉得，把我们的宇宙喻为一个无限乌龟塔的图像相当荒谬。但是我们凭什么就自认为了解得更好呢？暂时忘却你所知道的——或者认为你所知道的有关空间的知识。然后抬头凝视夜空。你对所有那些光点做何解释呢？它们是微小的火焰吗？它们究竟是什么？真是难以想象，因为这远远地超出了我们的日常经验。如果你是一位定期的观星者，你也许见到过，在晨昏时刻徘徊于地平线附近的闪烁光点。它是一颗行星，即水星，但是它和我们自己所在的这颗行星毫不相像。水星的一天相当于该行星年的2/3。太阳出来时，水星表面温度高达400摄氏度，而在深夜它几乎降到-200摄氏度。尽管水星和我们地球的差别如此之大，但更不可思议的是一个典型的恒星，恒星是一个每秒燃尽几十亿磅（1磅=454克）物质的巨大火炉，而它的核心温度达到几千万摄氏度。

行星和恒星究竟离我们多么遥远？这是另一桩难以想象的事。古代中国人建筑石塔以便更近地观测星空。以为恒星和行星比它们在实际上离我们近得多是很自然的事——在日常生活中，我们毕竟没有和巨大空间距离打交道的经验。它们离我们的距离是如此之遥远，用我们测量大多数长度的办法，即用英尺或者英里去度量，是没有什么意义的。取而代之，我们使用光年，那是光在一年中行进的距离。一束光在一秒钟内行进186000英里（1英里=1.6093千米），这样，一光年便是一个非常长的距离。除了我们的太阳，最近的恒星叫作比邻星（也叫半人马座α星），大约在4光年之外。这是那么遥远，甚至利用当今正在设计的最高速的宇宙飞船，也需要花费大约10000年才能到达那里。

古人曾努力尝试理解宇宙，但是他们还没有发展出我们所知道的数学和科学。今天我们拥有强有力的工具：诸如数学和科学方法的智力工具，以及电脑和望远镜等技术工具。科学家借助这些工具把大量关于空间的知识拼凑在一起。但是关于宇宙，我们究竟知道什么，并且我们何以得到这些知识呢？宇宙从何处来？它又向何处去？宇宙有一个开端吗？如果有的话，在此之前发生了什么？时间的本质是什么？它会到达一个终点吗？我们能在时间中返回到过去吗？物理学中最新的突破，使我们有可能为其中一些悬而未决的问题提供答案，而新技术是实现这些突破的部分原因。对我们而言，这些答案有朝一日会变得和地球围绕太阳公转那么显而易见——或许变得和乌龟塔一样荒谬，只有时间（不管其含义如何）才能裁决。

（吴忠超 译）

选自湖南科学技术出版社《时间简史》（普及版）

  《时间简史》是一部现象级的畅销书，被翻译成了四十多种语言，全球销量超过一千万。除了是一部科普著作，它真正的价值在于，超越了普通人的价值观、人生观和世界观，给我们增加了一个新的维度——宇宙观。作者的超人之处，除了他身体局限和想象力之间的反差之外，他还打通了专家和普通人之间的壁垒。他为什么能做到这一点，可能源自他大学期间的两大爱好：古典音乐和科幻小说。

北京大学世界传记研究中心主任　赵白生

YAO JIAN ZHONG

姚建中 朗读者

我们常说，时间留不住，但也总有一些美好的、难忘的、激动人心的瞬间，被摄影师用他们的镜头定格了下来。中国照相馆已经有八十年的历史了，称得上是"中华老字号"。那里曾经是国务院指定给党和国家领导人拍照的单位；当然更多的时候，它是在为普通人拍照。它见证了无数经典的时刻，记录了无数家庭美妙的瞬间。中国照相馆的特级摄影师姚建中就是这个记录者。

姚建中的父亲姚经才的名字对于许多老北京来说，就如同中国照相馆的招牌一样熟悉和亲切。他十五岁进入照相馆当学徒，三十七岁举家迁入北京。姚建中是听着父亲讲述照相馆里的故事长大的，姚经才把一生所学和对摄影艺术满腔的热爱毫无保留地传给了他。

如今，姚建中已子承父业近四十载。在这个手机取代照相机、人人都是摄影师的时代，传统照相馆要么因生存困难而关闭，要么靠拍证件照勉力维生。但中国照相馆是一个例外，它"慢"而不败。时代变了，姚建中的信念没有变："能拍好照片，就是我最大的心愿。"

朗读者 ❋ 访谈

董　　卿：您做摄影师有多少年了？

姚建中：我从1979年到现在已经将近三十八年了。

董　　卿：我知道您父亲也是著名的摄影师，是中国照相馆"公私合营"后的第一代摄影师。大家想不想看看姚建中的父亲姚经才先生拍过的一些照片？

　　　　　（屏幕照片：京剧大师梅兰芳、医学家林巧稚、作家臧克家、数学家华罗庚、铁人王进喜、周恩来总理）

董　　卿：周恩来总理的这一张肖像照，几乎就成了他的标准照了。

姚建中：小时候，我父亲老给我讲他给中央领导人拍摄的故事，尤其总理这张，记忆犹深。因为中国照相馆是1956年5月25日从上海迁到北京的，没几个月，1956年12月的一个星期天，当时在照相馆排队照相的人特别多，总理刚在北京饭店理完发，在秘书的陪同下，来到我们照相馆。

　　　　　进入大厅的时候，老百姓看到总理来了都沸腾了。总理当时跟大家说，我今天来就是一个普通的百姓，理应排队照相。轮到周总理照相的时候，正好是我父亲接待。他那会儿三十七八岁，内心特别紧张。紧张什么？大家都知道，要照相，你得教人摆姿势，给弄弄衣服，摆摆头。给总理照相的时候，他不知道从哪儿下手了。这会儿总理好像看出我父亲的心思似的，说你们不要紧张，你们是专家，一切都听你们的。后来，我父亲给他一共拍了十三张照片，其中总理选了他最喜欢的一张，就是现在咱们看到的这张标准像。后来，1976

年 1 月 8 日总理去世后，邓大姐说，因为总理生前最喜欢这张照片，就当成遗像吧。

董　卿：1947 年 10 月 12 日那一天，对于大多数人来说，是一个和平常一样的普通日子。但是对于王起洪和吴文霞夫妇来说，是一个特殊的日子，他们俩结婚了。那一天他们走进了中国照相馆，而后每隔五年，夫妻俩都会去中国照相馆拍一张结婚纪念照，这个习惯一直保持到了现在。当年他们的结婚照，是您父亲给拍的？

姚建中：对。到 2007 年他们钻石婚的照片，是我给他们拍的。从第一张到最后一张，等于是我和我父亲两代人给他们拍摄的。（掌声）

董　卿：其实通过这样一个家庭折射出了很多家庭和中国照相馆之间的缘分。我们把王老先生和他的太太吴奶奶也请来了。今年是他们结婚七十周年，这应该是白金婚了。还记得当时姚经才老师给你们拍的时候，都需要你们做一些什么动作或者表情吗？

王起洪：要求挺高的。站的位置、你的身段、俩人头的方向，都是很讲究的。

董　卿：我记得在一九八几年的时候，拍婚纱照还是一个很时尚、很流行的事情呢。

姚建中：咱们都知道，婚纱照以前就有，但到了二十世纪六十年代，经历"文化大革命"的时候，好多好的照片都毁了。当时婚纱照属于资产阶级，被"破四旧"破掉了。到了七十年代末的时候，要改革开放了，我父亲所在的中国摄影家协会组织去香港、澳门参观学习。然后，他就把这些原先有的东西又带回来了。摄影，它既是一门艺术，又是一种商品。作为中国照相馆，你得经营。后来我父亲他们那一代做了几件婚纱，说试试看，没想到这一试就了不得了。一天平均照二百六十对到三百六十对新人。所有来照相的必须早晨拿号。我们一天发二百个号，但有时候遇到从外地来的、慕名而来的特殊情况，就照到三百多了。

董　卿：吴奶奶，这几十年，您看这些照片什么感受啊？

吴文霞：看见照片，觉得这一生过得既不容易，也很高兴。从这个照片既能看出我们家庭的发展，也能反映我们国家的变化。

董　卿：今年的10月12日是二位的"白金婚"纪念日，你们一定还会去中国照相馆再留下一张照片吧，非常宝贵。所以今天他们也想借这次机会朗读一首诗，献给中国照相馆的几代摄影师。

王起洪：我们朗读的是木心的《从前慢》。"记得早些少年时，大家诚诚恳恳，说一句是一句。清早上火车站，长街黑暗无行人，卖豆浆的小店冒着热气。"
吴文霞：“从前的日色变得慢，车、马、邮件都慢，一生只够爱一个人。从前的锁也好看，钥匙精美有样子，你锁了人家就懂了。"
董　卿：当吴奶奶读到"一生只够爱一个人"的时候，王老先生很自然地把手轻轻地搭在了她的后背上，瞬间我们就有一种特别的感动。这首诗很多人都喜欢，倒不是说真的过多慢的日子，而是希望能有一份慢下来的从容和自由。而像姚建中一样的摄影师们，可以说是在最快也最慢，最长也最短，最易逝也最宝贵的时间长河中，为我们留下了一些难忘的瞬间。那今天姚先生想为谁朗读呢？
姚建中：我想为我们中国照相馆献上周国平的《失去的岁月》。

朗读者 ❖ 读本

失去的岁月

周国平

一

上大学时,常常当我在灯下聚精会神读书时,灯突然灭了。这是全宿舍同学针对我一致做出的决议:遵守校规,按时熄灯。我多么恨那只拉开关的手,咔嚓一声,又从我的生命线上割走了一天。怔怔地坐在黑暗里,凝望着月色朦胧的窗外,我委屈得泪眼汪汪。

年龄愈大,光阴流逝愈快,但我好像愈麻木了。一天又一天,日子无声无息地消失,就像水滴消失于大海。蓦然回首,我在世上活了一万多个昼夜,它们都已经不知去向。

"子在川上曰:逝者如斯夫,不舍昼夜。"其实,光阴何尝是这样一条河,可以让我们伫立其上,河水从身边流过,而我却依然故我?时间不是某种从我身边流过的东西,而就是我的生命。弃我而去的不是日历上的一个个日子,而是我生命中的岁月;甚至也不仅仅是我的岁月,而就是我自己。我不但找不回逝去的年华,而且也找不回从前的我了。

当我回想很久以前的我,譬如说,回想大学宿舍里那个泪眼汪汪的我的时候,在我眼前出现的总是一个孤儿的影子,他被无情地遗弃在过去的岁月里了。他孑然一身,举目无亲,徒劳地盼望回到活人的世界上来,而事实上却不可阻挡地被过去的岁月带往更远的远方。我伸出手去，但是我无法触及他并把他领回。我大声呼唤，但是我的声音到达不了他的耳中。我不得不承认这是一种死亡，从前的我已经成为一个死者，我对他的怀念与对一个死者的怀念有着相同的性质。

二

自古以来，不知多少人问过：时间是什么？它在哪里？人们在时间中追问和苦思，得不到回答，又被时间永远地带走了。

时间在哪里？被时间带走的人在哪里？

为了度量时间，我们的祖先发明了日历，于是人类有历史，个人有年龄。年龄代表一个人从出生到现在所拥有的时间。真的拥有吗？它们在哪里？

总是这样：因为失去童年，我们才知道自己长大；因为失去岁月，我们才知道自己活着；因为失去，我们才知道时间。

我们把已经失去的称作过去，尚未得到的称作未来，停留在手上的称作现在。但时间何尝停留，现在转瞬成为过去,我们究竟有什么？

多少个深夜，我守在灯下，不甘心一天就此结束。然而，即使我通宵不眠，一天还是结束了。我们没有任何办法能留住时间。

我们永远不能占有时间，时间却掌握着我们的命运。在它宽大无边的手掌里，我们短暂的一生同时呈现，无所谓过去、现在、未来，我们的生和死、幸福和灾祸早已记录在案。

可是，既然过去不复存在，现在稍纵即逝，未来尚不存在，世上真有时间吗？这个操世间一切生灵生杀之权的隐身者究竟是谁？

我想象自己是草地上的一座雕像，目睹一代又一代孩子嬉闹着从远处走来，渐渐长大，在我身旁谈情说爱，寻欢作乐，又慢慢衰老，蹒跚着向远处走去。我在他们中间认出了我自己的身影，他走着和大家一样的路程。我焦急地朝他瞪眼，示意他停下来，但他毫不理会。现在他已经越过我，继续向前走去了。我悲哀地看着他无可挽救地走向衰老和死亡。

三

许多年以后，我回到我出生的那个城市，一位小学时的老同学陪伴我穿越面貌依旧的老街。他突然指着坐在街沿屋门口的一个丑女人悄悄告诉我，她就是我们的同班同学某某。我赶紧转过脸去，不敢相信我昔日心目中的偶像竟是这般模样。我的心中保存着许多美丽的面影，然而一旦邂逅重逢，没有不立即破灭的。

我们总是觉得儿时尝过的某样点心最香甜，儿时听过的某支曲子最美妙，儿时见过的某片风景最秀丽。"幸福的岁月是那失去的岁月。"你可以找回那点心、曲子、风景，可是找不回岁月。所以，同一样点心不再那么香甜，同一支曲子不再那么美妙，同一片风景不再那么秀丽。

当我坐在电影院里看电影时，我明明知道，人类的彩色摄影技术已经有了非凡的长进，但我还是找不回像幼时看的幻灯片那么鲜亮的色彩了。失去的岁月便如同那些幻灯片一样，在记忆中闪烁着永远不可企及的幸福的光华。

每次回母校，我都要久久徘徊在我过去住的那间宿舍的窗外。窗前仍是那株木槿，隔了这么些年居然既没有死去，也没有长大。我很想进屋去，看看从前那个我是否还在那里。从那时到现在，我到过许多地方，有过许多遭遇，可是这一切会不会是幻觉呢？也许，我仍然是那个我，只不过走了一会儿神？也许，根本没有时间，只有许多个我同时存在，说不定会在哪里突然相遇？但我终于没有进屋，因为我知道我的宿舍已被陌生人占据，他们会把我看作入侵者，尽管在我眼中，他们才是我的神圣的青春岁月的入侵者。

在回忆的引导下，我们寻访旧友、重游故地，企图找回当年的感觉，然而徒劳。我们终于怅然发现，与时光一起消逝的不仅是我们的童年和青春，而且是由当年的人、树木、房屋、街道、天空组成的一个完整的世界，其中也包括我们当年的爱和忧愁、感觉和心情，我们当年的整个心灵世界。

四

可是，我仍然不相信时间带走了一切。逝去的年华，我们最珍贵的童年和青春岁月，我们必定以某种方式把它们保存在一个安全的地方了。我们遗忘了藏宝的地点，但必定有这么一个地方，否则我们不会这样苦苦地追寻。或者说，有一间心灵的密室，其中藏着我们过去的全部珍宝，只是我们竭尽全力也回想不起开锁的密码了。然而，可能会有一次纯属偶然，我们漫不经心地碰对了这密码，于是密室开启，我们重新置身于从前的岁月。当普鲁斯特的主人公口含一块泡过茶水的玛德莱娜小点心，突然感觉到一种奇特的快感和震颤的时候，便是碰对了密码。一种当下的感觉，也许是一种滋味，一阵气息，一个旋律，石板上的一片阳光，与早已遗忘的那个感觉巧合，因而混合进了和这感觉联结在一起的昔日的心境，于是昔日的生活情景便从这心境中涌现出来。其实，每个人的生活中都不乏这种普鲁斯特式幸福的机缘，在此机缘触发下，我们会产生一种对某样东西似曾相识又若有所失的感觉。但是，很少有人像普鲁斯特那样抓住这种机缘，促使韶光重现。我们总是生活在眼前,忙碌着外在的事务。我们的日子是断裂的,缺乏内在的连续性。逝去的岁月如同一张张未经显影的底片,杂乱堆积在暗室里。它们仍在那里,但和我们永远失去了它们又有什么区别?

五

诗人之为诗人,就在于他对时光的流逝比一般人更加敏感,诗便是他为逃脱这流逝自筑的避难所。摆脱时间有三种方式:活在回忆中,把过去永恒化;活在当下的激情中,把现在永恒化;活在期待中,把未来永恒化。然而,想象中的永恒并不能阻止事实上的时光流逝。所以,回忆是忧伤的,期待是迷惘的,当下的激情混合着狂喜和绝望。难怪一个最乐观的诗人也如此喊道:

"时针指示着瞬息,但什么能指示永恒呢?"

诗人承担着悲壮的使命:把瞬间变成永恒,在时间之中摆脱时间。

谁能生活在时间之外真正拥有永恒呢?

孩子和上帝。

孩子不在乎时光流逝。在孩子眼里,岁月是无穷无尽的。童年之所以令人怀念,是因为我们在童年曾经一度拥有永恒。可是,孩子会长大,我们终将失去童年。我们的童年是在我们明白自己必将死去的那一天结束的。自从失去了童年,我们也就失去了永恒。从那以后,我所知道的唯一的永恒便是我死后时间的无限绵延,我的永恒的不存在。

还有上帝呢?我多么愿意和圣奥古斯丁一起歌颂上帝:"你的岁月无往无来,永是现在,我们的昨天和明天都在你的今天之中过去和到来。"我多么希望世上真有一面永恒的镜子,其中映照着被时间劫走的我的一切珍宝,包括我的生命。可是,我知道,上帝也只是诗人的一个避难所！

在很小的时候，我就自己偷偷写起了日记。一开始的日记极幼稚，只是写些今天吃了什么好东西之类。我仿佛本能地意识到那好滋味容易消逝，于是想用文字把它留住。年岁渐大，我用文字留住了许多好滋味：爱、友谊、孤独、欢乐、痛苦……在青年时代的一次劫难中，我烧掉了全部日记。后来我才知道此举的严重性，为我的过去岁月的真正死亡痛哭不止。但是，写作的习惯延续下来了。我不断把自己最好的部分转移到我的文字中去，到最后，罗马不在罗马了，我借此逃脱了时光的流逝。

仍是想象中的？可是，在一个已经失去童年而又不相信上帝的人，此外还能怎样呢？

选自人民文学出版社《周国平散文》

逝者如斯，不舍昼夜。古往今来，人类与时间的关系一直是文学永恒的命题，或歌咏或诅咒、或笑忘、或追忆，时间让人面对命运的谜题，时间让人寻找爱的真谛，时间让人思考"我从哪里来""我到哪里去"。在《失去的岁月》中，学者周国平以冲淡平和的笔触，以沉静哀婉的哲思，书写记忆与时间，青春和童年。散文的结尾表达了这样的观念：上帝或许格外眷顾写作者，让他们用文字实现永生。

AN
WEN
BIN

安文彬 朗读者

1997年7月1日，香港回归。为了"那一天"，中国人等了一百五十多年。所以当"米"字旗缓缓降落，当五星红旗在香港的上空冉冉升起，当中国人民解放军驻港部队三军齐发，那一天，所有中国人的心久久难以平静。那一天，安文彬就在中英香港政权交接仪式的现场。作为外交官，他见证了外交世界的风云变幻、暗潮涌动。

安文彬生于1939年，从事外交工作三十八年。他先后担任中国驻加拿大温哥华总领事和中国驻美国洛杉矶总领事。1995年，安文彬任职于外交部礼宾司。他上任后的第一件大事就是主持联合国在北京召开的第四次世界妇女大会和同时召开的非政府组织妇女论坛。这是联合国历史上参加人数最多的一次盛会，也是当时中国承办的规模最大的一次国际会议。他周密策划、内外协调、统筹兼顾，会议取得了圆满成功。

安文彬在我国外交界素以稳重、机智、果敢著称。除世界妇女大会外，1997年香港回归交接典礼、1997年江泽民主席访美、2001年APEC上海会议的礼宾筹备组织工作都由他负责。他到访过三十多个国家，积累了丰富的国际交往和外事工作经验，取得了许多令人瞩目的成就，为中华人民共和国的外交事业做出了应有的贡献。

朗读者 ❈ 访谈

董　卿：今年是香港回归二十周年。1997年7月1日，当时您是外交部礼宾司副司长，也是中英香港政权交接仪式筹备组的组长，能跟我们说说那段时间您主要的工作是什么吗？

安文彬：第一件事，和英国人做好谈判的各项准备。第二件事，就是要把所有参与这项交接仪式活动的单位协调组织好。

董　卿：其实您之前也参与过不少外事活动，像世界妇女大会等等，但是这一次是不是跟以前的感受不一样？

安文彬：大不一样，它是史无前例的。过去没有任何一个国家做过这样的交接仪式。在我接受任务的时候，我们曾经向印度、新加坡的领事馆了解情况，他们当年曾有什么交接仪式没有，回答是没有。所以我们是没有任何先例可循的。更重要的是，这个仪式规格高。全球四十五个国家的政要，四十三个国际组织的代表，参加仪式观礼和参加仪式本身的有将近八千人。这个规模和规格是前所未有的。但是最最重要的是，我们要和英国政府联合主办这个仪式。大家都知道，英国人第一是不愿意离开香港；第二是不甘心离开香港；第三，他们要体面地离开香港。所以在这种心态下，要和他们坐下来谈判，就交接仪式的程序、现场的布置达成一致，是很难的。

董　卿：在谈判过程中遇到的最大的障碍是什么？

安文彬：我们和英国人谈了二十多轮，单单就香港回归，中国国旗升起来要在7月1日的零时零分零秒，我们就谈了十六轮。

董　卿：十六轮谈判，就为了这个时间？

安文彬：就为了这个时间。开始时英方说1984年签订的《中英联合声明》当中说，香港的主权于1997年7月1日回归中国，但没有写明是在7月1日的零时零分零秒。我们的答复是，按照我们的解读，而且这是公理，就是7月1日的零时零分零秒。我的谈判对手是英国的大使戴维斯先生，他说：安先生，你提出的关于零时零分零秒中国的国旗升起，是一个学术命题，在实际操作上是不可能的。我们斩钉截铁地告诉他，中国人能！我们有四大发明，我们的火箭能上天，我们完全可以让我们的国旗在那一刻升起。

董　卿：我们有这样的智慧，我们有这样的能力。

安文彬：最后他坚持不住了，说，这样吧，我们各让一秒。英国的国旗将于6月30日晚上11点59分59秒降下来，至于中国的国旗什么时候升起来，这不是我的事。当我听到这一番辩解之后，实在忍无可忍，我就站起来说：戴维斯大使先生，香港被英国殖民者掠夺、占有一百五十多年，中国人强忍心头的痛；今天，香港的主权终于要回归中国了，我们只要求你给我们两秒钟。这一点要求，两秒的要求，却被你无理拒绝，百般刁难。戴维斯先生，如果我明天召开记者招待会，我向世人宣布，我们的一百五十多年和两秒之争，请你想一想，中国人民会答应吗？英国人民会认同吗？戴维斯先生一听，走到我的面前说：安先生，我理解你们中国人的要求。那么我可以这样来跟你表态，英国的国旗可以在6月30日的晚上11点59分58秒以前降下来。这时我们的代表团鼓掌相庆。我们跟英国人经过艰苦卓绝的斗争，最后赢得了这两秒钟，实在是不容易的。

  大家知道，升国旗是要同时奏国歌的，奏国歌我们的军乐团是要有指挥的，指挥棒抬起来一秒，落下去一秒，我们都是经过精准核算的。这就是我争取这两秒钟的原因和谈判的经过。

董　卿：他当时之所以说您提出的是学术问题，就是他认为您做不到，只是理论上的。

安文彬：对。整个交接仪式只有三十分钟，但是这三十分钟有二十五道程序要执行。也就是说，每一个程序用一分多钟要完成，而且要准确无误地完成。重中之重要保证我们的国旗在7月1日的零时零分零秒升起来。

董　卿：当零时零分零秒国旗升起，国歌奏响的那一刻，您当时在现场是什么样的心情？

安文彬：激动、感动、扬眉吐气。我流着眼泪，自言自语地说，香港，你终于回来了。不在现场的人是体会不到这种感情的。这就

> 是国家，国家，在我心中的分量。（流泪）
>
> 我一般不接受采访。我想把这一段历史性的记忆留在心中，它永远激励着我爱我们的国家。

董　卿：今天很感谢安老到我们节目中来，也让我们看到了所有为捍卫祖国尊严、捍卫祖国主权、展现祖国力量而殚精竭虑、呕心沥血的历史参与者的付出，谢谢您。

那您今天来到现场，想要为大家读些什么呢？

安文彬：我要朗读革命先烈方志敏用血和泪写出的一篇文章《可爱的中国》。献给二十年前的那一天——7月1日香港主权回归中国。

朗读者 ❦ 读本

可爱的中国（节选）

方志敏

朋友！中国是生育我们的母亲。你们觉得这位母亲可爱吗？我想你们是和我一样的见解，都觉得这位母亲是蛮可爱蛮可爱的。以言气候，中国处于温带不十分热，也不十分冷，好像我们母亲的体温，不高不低，最适宜于孩儿们的偎依。以言国土，中国土地广大，纵横万数千里，好像我们的母亲是一个身体魁大、胸宽背阔的妇人，不像日本姑娘那样苗条瘦小。中国许多有名的崇山大岭，长江巨河，以及大小湖泊，岂不象征着我们母亲丰满坚实的肥肤上之健美的肉纹和肉窝？中国土地的生产力是无限的；地底蕴藏着未开发的宝藏也是无限的；废置而未曾利用起来的天然力，更是无限的，这又岂不象征着我们的母亲，保有着无穷的乳汁，无穷的力量，以养育她四万万的孩儿？我想世界上再没有比她养得更多的孩子的母亲吧。至于说到中国天然风景的美丽，我可以说，不但是雄巍的峨眉，妩媚的西湖，幽雅的雁荡，与夫"秀丽甲天下"的桂林山水，可以傲睨一世，令人称羡；其实中国是无地不美，到处皆景，自城市以至乡村，一山一水，一丘一壑，只要稍加修饰和培植，都可以成流连难舍的胜景；这好像我们的母亲，她是一个天姿玉质的美人，她的身体的每一部分，都有令人爱慕之美。中国海岸线之长而且弯曲，照现代艺术家说来，这象征我们母亲富有曲线美吧。咳！母亲！美丽的母亲，可爱的母亲，只因你受着人家的压榨和剥削，弄成贫穷已极；不但不能买一件新的好看的衣服，把你自己装饰起来；甚至不能买块香皂将你全身洗擦洗擦，以致现出怪难看的一种憔悴褴褛和污秽不洁的形容来！啊！我们的母亲太可怜了，一个天生的丽人，现在却变成叫化的婆子！站在欧洲、美洲各位华贵的太太面前，固然是深愧不如，就是站在那日本小姑娘面前，也自惭形秽得很呢！

听着！朋友！母亲躲到一边去哭泣了，哭得伤心得很呀！她似乎在骂着："难道我四万万的孩子，都是白生了吗？难道他们真像着了魔的狮子，一天到晚的睡着不醒吗？难道他们不知道自己伟大的团结力量，去与残害母亲、剥削母亲的敌人斗争吗？难道他们不想将母亲从敌人手里救出来，把母亲也装饰起来，成为世界上一个最出色、最美丽、最令人尊敬的母亲吗？"朋友，听到没有母亲哀痛的哭骂？是的，是的，母亲骂得对，十分对！我们不能怪母亲好哭，只怪得我们之中出了败类，自己压制自己，眼睁睁的望着我们这位挺慈祥美丽的母亲，受着许多无谓的屈辱，和残暴的蹂躏！这真是我们做孩子们的不是了，简直连一位母亲都爱护不住了！

……

不错，目前的中国，固然是江山破碎，国敝民穷，但谁能断言，中国没有一个光明的前途呢？不，决不会的，我们相信，中国一定有个可赞美的光明前途。中国民族在很早以前，就造起了一座万里长城和开凿了几千里的运河，这就证明中国民族伟大无比的创造力！中国在战斗之中一旦斩去了帝国主义的锁链，肃清自己阵线内的汉奸卖国贼，得到了自由与解放，这种创造力，将会无限地发挥出来。到那时，中国的面貌将会被我们改造一新。所有贫穷和灾荒，混乱和仇杀，饥饿和寒冷，疾病和瘟疫，迷信和愚昧，以及那慢性的杀灭中国民族的鸦片毒物，这些等等都是帝国主义带给我们可憎的赠品，将来也要随着帝国主义的赶走而离去中国了。朋友，我相信，到那时，到处都是活跃跃的创造，到处都是日新月异的进步，欢歌将代替了悲叹，笑脸将代替了哭脸，富裕将代替了贫穷，康健将代替了疾苦，智慧将代替了愚昧，友爱将代替了仇杀，生之快乐将代替了死之悲哀，明媚的花园，将代替了凄凉的荒地！这时，我们民族就可以无愧色地立在人类的面前，而生育我们的母亲，也会最美丽地装饰起来，与世界上各位母亲平等地携手了。

这么光荣的一天，决不在辽远的将来，而在很近的将来，我们可以这样相信的，朋友！

选自人民文学出版社《可爱的中国》

《可爱的中国》是方志敏的著名散文，写于1935年方志敏就义前夕。曾由鲁迅先生代为保存，解放后公开发表。他以亲身经历记录下中国从"五四"运动到第二次国内革命战争的历史，呼吁所有人起来斗争，维护"可爱的中国"，这"生育我们的母亲"。当时的方志敏身在囚室，但一颗赤子之心中饱含的家国热忱辉耀天地，慷慨激昂之心志堪与文天祥的《正气歌》相比肩。八十多年过去了，方志敏的呼喊仍振聋发聩："把个人所有的智慧才能，都提供于民族的拯救吧！"

JIN
SHI
JIE

朗读者

金士杰

他是台湾剧场界最著名的演员之一，被称为"老戏骨"。台湾有媒体评论他说，虽然入行晚，但是能够震动江湖。他既是演员，也是编剧和导演，影视和舞台剧都有涉猎。《暗恋桃花源》《绣春刀》《师父》《剩者为王》都有他用心塑造的角色。

金士杰毕业于台湾屏东农专畜牧科，原本是兽医，曾在牧场养猪一年半。二十七岁时，怀揣着年少时"说个故事或者写个故事"的梦想，他只身来到台北。1980年，他编导的《荷珠新配》开启了台湾现代剧场的序幕，金士杰也由此进入公众视线。

1986年，金士杰等来了生命中最重要的角色——话剧《暗恋桃花源》中的江滨柳。他仅仅借助身边几个道具，靠自己克制却又饱含情感张力的面部表情和肢体动作，就把一个生性浪漫多情，却惨遭命运摧残的男人演绎得深入人心。现在的金士杰，已是台湾剧场界举足轻重的人物。这个曾经以苦难为傲、以自虐为荣的文学青年，已变得更加入世、乐观。

朗读者 ✤ 访谈

董　　卿：您有一个很重要的一天要和我们分享是吗？
金士杰：2011年5月，我的两个孩子出生了。
董　　卿：龙凤胎呀。先祝贺一下。
金士杰：我记得我带了一个V8摄影机，做好了准备，要做重要记录。我在门口坐着，等，只有等。好长时间之后，突然门打开了，护士小姐推个车出来，我一下就站起来。车上面躺着两个小人儿，推到我面前。护士先问我，你是爸爸，我说是。来，你看，这是你儿子，这是你女儿。来，他的手，扳着手指头，从一数到十。看他的脚，又数，一到十。两个人都各数一遍。数完了，她的任务就完了，就把他们又推回去了。我想这是什么仪式。等我心情稍微平静之后，我就打电话给我爸爸。我爸爸今年是一百零二岁。五年前那个时候，我爸爸九十七岁。我告诉他孩子都生下来了，很好，你放心。我记得爸爸用比较像哭泣的喜悦的声音在喊。他不是在说，而是每个字都很长的音。他说太好了，太好了。声音都在抖，我猜他在哭。
董　　卿：你有没有对太太说一些鼓励的话，比如，老婆你辛苦了。
金士杰：没有那么甜美。（笑）我从小喜欢写写东西，长大一点喜欢写写剧本什么的，但全世界我认识的作家，没有一个人的作品可以赛得过妈妈生的宝宝。我觉得生命这个"作品"太妙了。
董　　卿：因为您六十岁才有了自己的孩子。
金士杰：对。我婚结得特别晚，五十八岁，对我来说也真是不容易。年轻的时候我蛮抗拒这个事情，觉得地球不好，有太多不公

不义、不干不净，许许多多事情都让我感觉，我不要带一个生命来这里。因为有一天我离开他的时候，我会对不起他。

董　卿：那是什么改变了你的这种思想？

金士杰：简单地说是因为年岁渐渐大了。我开始发现，我是大自然中的一分子了。像秋天落下来的一片叶子，也是一分子一样。你要开始一步一步走向人生最后的那个点，那个叫作"死亡"的点。这些都使得我的某些观念开始松动。

董　卿：你现在的太太，她改变了你什么？

金士杰：她是个比我更清楚现实的人。但是呢，她某一方面又非常像孩子。我记得那个时候我们还在学校里，旁边有谁说了个笑话，她被那个笑话逗到笑翻天，然后笑了很久很久，笑得泪水一直流，不是哭得眼泪汪汪，是笑得泪汪汪。我一直记得那个时刻，我的心极为震动：情绪好赤裸的一个孩子啊。我从小就很迷恋我妈妈，印象最深刻的就是她很爱笑，而且一笑就掉眼泪，就泪汪汪。我很羡慕这一类人，每次都忍不住想说：你到底看到什么了，分享给我一点好不好。

董　卿：你现在结了婚有了孩子之后，再来回头看，是不是觉得确实有点儿晚了？

金士杰：任何事我都不要说"后悔"这个词。我愿意它提早发生，可是我又不愿意说今是昨非。矛盾都在我身上。

董　卿：我特别能理解。

金士杰：因为我越来越爱他们，就越来越舍不得"时间"这个东西。每一件事触及我这根神经，我脑子里就出现这些画面。我要陪孩子们，将来他们做初中生，谈恋爱，求职求不到工作。

董　卿：你怕陪不到那个时候了？

金士杰：对，但是我会再陪你多走一走。我真愿意在你穿白纱的那一天，在你抱娃娃的那一天，或者你跟你老婆吵了架，然后想不开的那一天，很孤单的那一天，有爸爸陪你讲两句话。以前的我总觉得孩子要受苦的。而且我在学校当老师，是会骂孩子的。我怕他们永远在温室里长不大。现在呢，心软了。

董　卿：你无法想象自己的孩子在风里雨里，无法想象如果没有你他们会怎么样是吗？

金士杰：我喜欢他们吃点苦，可是又疼他们。我现在有点小软弱。

董　卿："小软弱"可以用"幸福"这两个字代替吗？

金士杰：可以吧。也不敢说多。我不晓得，我觉得自己应该低调一点，谦虚一点。每次心中有一些蛮开心的事情，我都不敢让自己笑太大声。我很怕手上的福气，自己没有捧好。

董　卿：有一种幸福，属于让你都不敢太得意的那一种。那你今天，要为我们读些什么呢？

金士杰：这几年在北京、上海都演过不少次的一个舞台剧，叫作《最后十四堂星期二的课》，它的原作是一本叫《相约星期二》的书。

董　卿：我有一年在上海，有一天傍晚的时候，特别想去看戏。我就查到上海人民剧院在演这部戏。我很小心地挤在了人堆里面，看了那场戏。直看到我一个人不停地在流眼泪。

金士杰：那演出其实给蛮多人带来了许多感动。他们经历的一些事情，正巧是看戏的每一个人都经历了，但是都不太愿意直接去碰触的东西。每一个人都很像剧中莫里·施瓦茨的学生米奇：我们有长辈在，而我们没有时间陪他；有一天陪着他说了几句话，又去忙。我们都在忙，于是我们每一个人对于那个将要离开我们的长者都有一种难以表达的愧疚。

董　卿：你会选择哪一段呢？

金士杰：有一段谈家庭的，献给我的两个孩子。

董　卿：我觉得您现在选这样的内容格外有说服力。

金士杰：是吗？实际上，许多台词我都努力地融在自己身上，尽量让人觉得就是我在说话，而不是在念剧本。

董　卿：我觉得剧本再精彩，也没有真实的生活来得丰富。当一个很固执的，甚至已经开始有些衰老的人和最鲜活的生命拥抱的时候，我们真的明白了，爱是唯一理智的行为。

朗读者 ❖ 读本

相约星期二（存目）

[美] 米奇·阿尔博姆

年逾七旬的社会心理学教授莫里1994年罹患肌萎缩性侧索硬化（ALS），已来日无多。作为莫里早年的得意门生，米奇每周二都上门与教授相伴，聆听老人最后的教诲，并在他死后将他的醒世箴言缀珠成链，冠名《相约星期二》。如何面对家庭、婚姻、金钱，如何面对疾病和恐惧，如何面对他人、面对爱，是他们逐一探讨的话题。而死亡既作为该作品的主题，又作为小说的线索，传递了作者对于人生的思考，这种思考也让整部作品散发出浓郁的哲学意蕴和深沉的热爱生命的情感。作品出版以来，传遍了全世界，而米奇·阿尔博姆之后又写出了另一部著名的生命之书《你在天堂里遇见的五个人》。

JIANG SHU YING

朗读者
江疏影

"疏影横斜水清浅，暗香浮动月黄昏"，这首诗描绘的是梅花清雅香逸的形态，而江疏影，不仅她的名字暗合着这首诗，在她的身上，也颇有一些梅花不畏严寒的倔强劲头。

从小学习艺术体操，江疏影说她把这辈子的苦都吃了个遍。结果因为化妆师的一句话，她偏离原本的轨道，临阵磨枪一个月，考进了很多人梦寐以求的上海戏剧学院。当人们以为她就这样顺理成章地做了演员时，她却任性地选择了去英国留学，读的是传媒经济。学成归来的她，又走回了演戏这条老路。

2012年，重返演艺圈的江疏影被赵薇选中出演电影《致我们终将逝去的青春》。电影上映后，票房突破七亿，她因在片中饰演痴情女孩阮莞一角而为观众熟知，并凭此片获得第八届亚洲电影大奖最佳新演员奖等多个奖项。后来，她又在《大宅男》《长大》《好先生》中，展现了自己作为演员的可塑性。

很多观众把江疏影和阮莞的性格重叠，对此她有些无奈。她说，够自信、够独立，才是她最真实的性格。

朗读者 ❋ 访谈

董　卿：我们这一期的主题词是"那一天",你首先想到了哪一天?
江疏影：我会立刻想到我选择出国留学的那一天。
董　卿：疏影当年是以专业第一的成绩考进戏剧学院表演系的。但是毕业之后,出乎很多人的意料,立刻就选择出国留学了。
江疏影：我有一个留学的梦想。我还挺叛逆的。因为身边朋友反对的声音特别多。有一个朋友说:你上戏毕业了,你就应该去拍戏,你去英国读书干吗呀,你英语行吗?我说我想走属于我江疏影自己的路。我觉得这条路没有错误和正确,因为那是我的选择。
董　卿：整个申请出国留学的过程顺利吗?
江疏影：我当时基本上是从ABCD开始学,很多学生可能只需要花一年的时间就可以拿到的MA,我花了两年半。留学的生活,其实跟我自己想象的区别特别大。我完全没有预料到那种孤独感、无助感。我在那边没有一个朋友,没有一个亲戚。总之,跟我想象的太不一样了。我说我的英国大草坪呢?英国天天下着雨,那不是草坪,是泥。
董　卿：一个人的时候经常做些什么呢?
江疏影：我们的住家因为都是老人家,没有网,基本上偷别人家的网。每次一连上我都开心得不得了。然后一旦网络连接不上了,我就一直在那儿哭。
董　卿：如果马上连到了网,你会干什么?
江疏影：就跟朋友聊天,因为我太孤独了,没有人跟你沟通。我房间

有一个特别小的电视机，说的都是英文，我根本就听不懂。更多的时间我就躺在我那个特别窄的床上，透过前面的一扇窗望着天外听音乐，让自己发呆。那个时候才感觉到自己想家，想爸妈。

董　卿：更多的是要克服心理上的那种寂寞无助的感觉。而对于你来讲，毕竟还是一个学生，还有学业在等着你完成。

江疏影：学业其实也是特别出乎我的意料。我没有想到那么难。因为我选择了经济学科，那面临的就是英语、经济和数学这三门课，基本上我都要从零开始。其实我是那种越是逆境，越是要证明自己的人。我一定要过了这一关。我一定要拿着文凭、拿着硕士学位回去。当时就是这一个信念。我印象特别深刻的是，有一本经济学科的书，一千多页，密密麻麻全部都是英文。翻开一下，绝望。怎么办？咬咬牙，一个字一个字查电子词典，把一个一个中文写上去，给它翻译成句。一千多页，我写了密密麻麻的笔记。毕业之后，那本书我真的不舍得扔，虽然特别厚，我还是把它带回了国。

董　卿：我觉得这是你出国学习的最大的意义所在，就是让自己的日子里能够多一段可以回忆的东西。它会把你塑造成和别人不太一样的人。

江疏影：当我回国的时候，当我选择回到演艺圈的时候，有个特别资深的老师说：疏影，你知道吗？你出国那几年，正好是中国演员特别欠缺的那几年。但你现在回来，晚了，你这么大年纪拍戏，晚了。我当时特别不认同。现在想想，留学这段经历带给我的收获太大了。我不后悔，真的一点都不后悔。我觉得那段经历造就了现在的我，造就了我的价值，造就了我跟其他人不一样。

董　卿：但是你自己有没有感觉到，有些东西又需要重新去适应了？

江疏影：又是一次从零开始。我老是喜欢从零开始。我觉得，其实演员出道不分早晚，需要一个机遇和一位良师。我觉得如果没有赵薇导演，我就不会走到今天。

董　卿：你今天带来的读本是什么？

江疏影：《飘》。

董　卿：为什么会选择这样一个读本？

江疏影：我觉得，我跟郝思嘉的性格有特别相像的地方。我想把这段朗读献给那些徘徊在梦想跟现实之间的人。我想告诉他们：你应该把最好的青春、最美的青春留给你的梦想。

朗读者 ❋ 读本

飘（节选）

[美] 玛格丽特·米切尔

"那么——那么你的意思是我已经彻底把它毁了——你再也不爱我了？"

"是这样。"

"可是——可是我爱你呢。"她执拗地说，好像是个孩子，她仍然觉得只要说出自己的希望就能实现那个希望似的。

"那就是你的不幸了。"

她连忙抬起头来，看看这句话背后有没有玩笑的意味，但是没有。他是在简单地说明一个事实。不过这个事实她还是不愿意相信——不能相信。她用那双翘翘的眼睛望着他，眼里燃烧着绝望而固执的神情，同时她那柔润的脸颊忽然板起来，使得一个像杰拉尔德那样顽强的下颚格外突出了。

"别犯傻了，瑞德！我能使——"

他扬起一只手装出惊吓的样子，两道黑眉也耸成新月形，完全是过去那个讽刺人的模样。

"别显得这样坚决吧，思嘉！你把我吓坏了。我看你是在盘算着把你对艾希礼的狂热感情转移到我身上来，可是我害怕丧失我的意志自由和平静呢。不，思嘉，我不愿意像倒霉的艾希礼那样被人追捕。况且，我马上就要走了。"

她的下颚在颤抖了，她赶忙咬紧牙关让它镇定下来。要走？不，无论如何不能走！没有他生活怎么过呢？除了瑞德，所有对她关系重大的人都离开她了。他不能走。可是，怎样才能把他拦住呢？她无法改变他那颗冰凉的心，也驳不回那些冷漠无情的话呀！

"我就要走了。你从马里塔回来的时候我就打算告诉你的。"

"你要遗弃我？"

"用不着装扮成一副弃妇的模样嘛，思嘉。这角色对你很不合适。那么我看，你是不想离婚甚至分居了？好吧，那我就尽可能多回来走走，省得别人说闲话。"

"什么闲话不闲话！"她恶狠狠地说，"我要的是你。要走就带我一起走！"

"不行。"他说，口气十分坚决，好像毫无商量的余地。霎时间她几乎要像个孩子似的号啕大哭了。她几乎要倒在地上，蹬着脚跟叫骂起来了。好在她毕竟还有一点自尊心和常识，才把自己克制住。她想："如果我那样做，他只会嘲笑，或者干脆袖手旁观。我决不能哭闹；我也决不乞求。我决不做任何叫他轻视的事，他得尊重我，即使——即使他不爱我也罢。"

她抬起下巴，强作镇静地问："你要到哪里去？"

他回答时眼中隐隐流露出赞许的光彩。

"也许去英国——或者巴黎。但也可能先到查尔斯顿，想办法同我家里的人和解一下。"

"可是你恨他们呢！我听你时常嘲笑他们，并且——"

他耸耸肩膀。

"我还在嘲笑——不过我已经流浪得够了，思嘉。我都四十五岁了——一个人到了这个年龄，应当开始珍惜他年轻时轻易抛弃的那些东西。如家庭的团结，名誉和安定，扎得很深的根基，等等——啊，不！

我并不是在改悔，我对于自己做过的事从不悔恨。我已经好好享受过一阵子——那么美好的日子,现在已开始有点腻烦，想改变一下了。不，我从没打算要改变自己身上的瑕疵以外的东西。不过，我也想学学我见惯了的某些外表的东西，那些很使人厌烦但在社会上却很受尊敬的东西——不过我的宝贝儿，这些都是别人所有的，而不是我自己的——那就是绅士们生活中那种安逸尊严的风度，以及旧时代温文尔雅的美德。我以前过日子的时候，并不懂得这些东西中潜在的魅力呢——"

思嘉再一次回想塔拉农场果园里的情景，那天艾希礼眼中的神色跟现在瑞德眼中的完全一样。艾希礼说的那些话如今清清楚楚就在她耳边，仿佛仍是他而不是瑞德在说似的。她记起了艾希礼话中的只言片语，便像鹦鹉学舌一般引用道："它富有魅力——像古希腊艺术那样，是圆满的、完整的和匀称的。"

瑞德尖利地问她："你怎么说这个？这正是我的意思呢。"

"这是——这是艾希礼从前谈到旧时代的时候说过的。"

他耸了耸肩，眼睛里的光辉消失了。

"总是艾希礼。"他说完沉默了片刻，然后才接下去。

"思嘉，等到你四十五岁的时候，你也许会懂得我这些话的意思，那时你可能也对这种假装的文雅、虚伪的礼貌和廉价的感情感到腻烦了。不过我还有点怀疑。我想你是会永远只注意外表不重视实质的。反正我活不到那个时候，看不见你究竟怎样了。而且，我也不想等那么久呢。我对这一点就是不感兴趣。我要到旧的城镇和乡村里去寻找，那里一定还残留着旧时代的某些风貌。我现在颇有这种怀旧的伤感情绪。亚特兰大对我来说实在太生涩太新颖了。"

"你别说了！"思嘉突然喊道。他说的那些话她几乎没有听见。她心里当然一点也没有接受。可是她明白，无论她有多大的耐性，也实在忍受不了他那毫无情意的单调声音了。

他只好打住，困惑不解地望着她。

"那么，你懂得我的意思了，是吗？"他边问边站起身来。

她把两只手伸到他面前，手心朝上，这是一个古老的祈求姿势，同时她的满腔感情也完全流露在她脸上了。

"不，"她喊道，"我唯一懂得的是你不爱我，并且你要走！唔，亲爱的，你要是走了，我怎么办呢？"

他犹豫了一会儿，仿佛在琢磨究竟一个善意的谎言是不是终究比说实话更合乎人情。然后他耸了耸肩膀。

"思嘉，我从来不是那样的人，不能耐心地拾起一些碎片，把它们黏合在一起，然后对自己说这个修补好了的东西跟新的完全一样。一样东西破碎了就是破碎了——我宁愿记住它最好时的模样，而不想把它修补好，然后终生看着那些破碎了的地方。也许，假使我还年轻一点——"他叹了一口气，"可是我已经这么大年纪了，不能相信那种纯属感情的说法，说是一切可以从头开始。我这么大年纪了，不能终生背着谎言的负担在貌似体面的幻灭中过日子。我不能跟你生活在一起同时又对你撒谎，而且我决不能欺骗自己。就是现在，我也不能对你说假话啊！我是很想关心你今后的情况的，可是我不能那样做。"

他暗暗抽了一口气，然后轻快而温柔地说："亲爱的，我一切都不管了。"

她默默地望着他上楼，感到喉咙里痛得厉害，仿佛要窒息死了。随着楼上穿堂里他的脚步声渐渐消失，她觉得这世界上对她关系重大的最后一个人也不复存在了。她现在才明白，任何情感或理智上的力量都已无法使那个冷酷的头脑改变它的判决。她现在才明白,他的每一句话都是认真的,尽管有的说得那么轻松。她明白这些,是因为她感觉到了他身上那种坚强不屈、毫不妥协的品质——所有这些品质她都从艾希礼身上寻找过,可是从没找到。

她对她所爱过的两个男人哪一个都不理解,因此到头来两个都失掉了。现在她才恍惚认识到,如果她当初了解艾希礼,她是决不会爱他的;而如果她了解了瑞德,她就无论如何不会失掉他了。于是她陷入了绝望的迷惘之中,不知这世界上究竟有没有一个人是她真正了解的。

如今她心里是一片恍恍惚惚的麻木,她根据长期的经验懂得,这种麻木会很快变为剧痛,就像肌肉被外科医生的手术刀突然切开时,最初一瞬间是没有感觉的,接着才开始剧痛起来。

"我现在不去想它,"她暗自思忖,准备使用那个老法宝,"我要是现在来想失掉他的事,那就会伤心得发疯呢。还是明天再想吧。"

"可是,"她的心在喊叫,它丢开那个法宝,开始痛起来了,"我不能让他走!一定会有办法的!"

"我现在不去想它。"她又说,说得很响,试着把痛苦推往脑后,或找个什么东西来把它挡住,"我要——怎么,我要回塔拉去,明天就走。"这样,她的精神又稍稍振作起来了。

她曾经怀着恐惧和失败的心情回到塔拉去过,后来在它的庇护下恢复了,又坚强地武装起来,重新投入战斗。凡是她以前做过的,不管怎样——请上帝保佑,她能够再来一次!至于怎么做,她还不清楚。她现在不准备考虑这些。她唯一需要的是有个歇息的空间来熬受痛苦,有个安静的地方来舔她的伤口,有个避难所来计划下一个战役。她一想起塔拉就仿佛有一只轻柔而冷静的手在悄悄抚摩她的心似的。她看得见那幢雪白发亮的房子在秋天转红的树叶掩映中向她招手欢迎，她感觉得到乡下黄昏时的宁静气氛像祝祷时的幸福感一样笼罩在她周围，感觉得到落在广袤的绿白相映的棉花田里的露水，看得见蜿蜒起伏的丘陵上那些赤裸的红土地和郁郁苍苍的松林。

她从这幅图景中受到了鼓舞，内心隐隐地感到宽慰，因此心头的伤痛和悔恨也减轻了一些。她站了一会儿，回忆着一些细小的东西，如通向塔拉的那条翠松夹道的林荫路，那一排排与白粉墙相衬映的茉莉花丛，以及在窗口飘拂着的帘帷。嬷嬷一定在那里。她突然急切地想见嬷嬷了，就像她小时候需要她那样，需要她那宽阔的胸膛，让她好把自己的头伏在上面，需要她那粗糙的大手来抚摩她的头发。嬷嬷，这个与旧时代相连的最后一个链环啊！

她具有她的家族那种不承认失败的精神，哪怕失败就摆在面前。如今就凭这种精神，她把下巴高高翘起。她能够让瑞德回来。她知道她能够。世界上没有哪个男人她无法得到，只要她下定决心就是了。

"我明天回到塔拉再去想吧。那时我就经受得住了。明天，我会想出一个办法把他弄回来。毕竟，明天又是另外的一天呢。"

(李野光　戴侃 译)

选自人民文学出版社《飘》

《飘》是美国作家玛格丽特·米切尔唯一的作品，是举世闻名的爱情小说，也是描写美国南北战争的代表性作品。1937年获普利策奖。克拉克·盖博和费雯·丽主演的电影《乱世佳人》成功之后，更是在全世界广为传播。如今，八十多年过去了，这部作品依然鲜活地在读者中流传。尤其是女主人公郝思嘉那敢爱敢恨、自强不息的形象，非常惹人注目。小说虚写战争，实写战争对人心灵的影响，对人物命运的改变。同时，有关那一时期美国的种族问题、南北矛盾问题等，都有不同程度的体现。

中国社会科学院外国文学研究所所长　陈众议

WANG JI

王姬 朗读者

我们的生活中，有许许多多值得被铭记的"那一天"，可能是惊喜降临，也可能是噩耗来袭，更有可能，是命运就此转折的信号。王姬成名是因为在《北京人在纽约》里塑造了"新时代女性"阿春，她漂亮、能干、独立、坚强，是众人艳羡的对象。但生活中，命运却给了她太多始料未及的"那一天"。

王姬生于1962年，1976年参军进入文工团，1981年考入北京人艺。二十世纪八十年代末出国潮的时候，王姬身揣六十美元远赴美国闯荡，经历也如所有第一代中国移民一样，打工度日。她摆地摊，当编导，做广告销售、小旅馆的值班经理等等。1994年，她本色出演《北京人在纽约》，迅速扬名海内外，并荣获第十二届中国电视金鹰奖最佳女主角。

然而现实生活不可能尽如人意，拍摄《北京人在纽约》时王姬发现自己有孕在身，孩子出生后没多久竟被诊断患有癫痫症。她以泪洗面，从此拒绝所有的戏约，抱着儿子到处寻医问药。后来，孩子不再抽搐了，却又被诊断患有自闭症。1997年，为了继续给儿子看病，王姬重返演艺圈，期盼着儿子能创造奇迹。她是一个生活的勇者，是一个坚强的母亲，更是一个不轻易向命运妥协的战士。

朗读者 ❋ 访谈

董　卿：其实说到"那一天",我觉得在王姬的生命历程中,可能有太多难忘的一天了,比如第一次登台演出、第一次获奖等等。你自己最想和我们分享的,或者说你觉得最特殊的"那一天"是哪一天?

王　姬：那就是2010年的4月28日,我记得我报警的时间是中午12点18分。我的儿子走丢了。他是一个患自闭症的孩子,那是很恐怖的。我的脑子里一片空白,我真觉得时间凝固了。后来夜里一点多钟找到的。这十几个小时的经历,我都不用细描述,每一个人都能想象到。我觉得这一天幸好是朝好的方向发展了,否则不堪设想。我妈说,王姬,你记住了,我只要还有一口气,我只要还活着,我就不会让这孩子再离开我身边。我当时……(哽咽)

董　卿：他应该是在1993还是1994年出生的?

王　姬：1993年。

董　卿：1993年,那段时间随着《北京人在纽约》的火爆,是不是你的片约特别多?

王　姬：我现在有时候见着郑晓龙还开玩笑说:还我儿子!就是那时候拍戏怀的他,可能天生的胚胎有点不是太好。我自己也没有经验,又当了那么多年的兵,很多东西都不会太在意。孩子生出来还不错,结果,一岁半的时候发现是自闭症。

董　卿：从孩子出生一直到现在,二十多年,都是姥姥照顾。姥姥就因为他,几乎没有自己的生活了吧?

王　姬：不是几乎没有，是根本没有。这个没有的程度，别人没法想象。照顾一个病孩子，需要付出的精力是完全不一样的。

　　　　我妈其实是一个活得特别多姿多彩，有很多追求、很多爱好的女性，但是由于我儿子的降生，把我妈的生活全部打乱了。我妈五十岁提前退休，各种福利待遇都没有。我觉得我这辈子欠我妈的我都还不清。这么多年，我妈就是一个上了闹钟的机器人，到点儿该干什么立马就干。而且这个机器人还得有思想，还得为外孙设计将来他怎么生活。

王丽珍：我想总要面对现实。照顾这个孩子的确要比照顾正常孩子付出更多的耐心、更多的爱心，因为他不懂社会的规矩。可是他毕竟要生活在社会里边，将来没人照顾了也还要生活。如果能够给孩子一个比较有品质的生活，我心里会感到非常安慰。

董　卿：他的有品质的生活是以牺牲您的有品质的生活为代价换来的。

　　　　　因为我也听王姬说过，您的妈妈去世的时候，您也没能够赶上。

王丽珍：是，我当时在美国。可是孩子每时每刻都需要人，我也离不开。

王　姬：这是我心里永远的痛。我们已经给妈妈买机票了，妈妈马上要上飞机了，国内来电话说姥姥已经走了。很多人都问：王姬，你现在演戏，你怎么说哭就能哭出来。我说，我一想我妈，我一想到这段儿，我就心里特别难过，就能哭出来。

董　卿：我以前了解的王姬姐，其实生活里挺大女人的，说话、待人接物都是。今天感觉她突然变得像小女孩儿一样，我心里很感动。无论长到多大，只要妈在身边一坐，我们就会回到那个比较像孩子的状态，是不是有这样的感觉？

王　姬：是。2016年年底的时候，我们部队战友聚会，当年介绍我去部队考文工团的姐姐说：王姬，你知道谁让你考的部队吗？我说你啊。她说，你以为你年轻漂亮，在学校宣传队跳跳舞，我就对你那么感兴趣啊？告诉你吧，是你妈！你妈找了我起码三次。

　　　　　那时候不管一家几个孩子，身边只能留一个，要么上山下乡，要么当兵。我妈可能觉得，我要是去当兵，姐姐就不用插队了。回来我问我妈，我妈说，妈妈为女儿安排，很正常啊，为什么要告诉你呢？我就希望你们都能够好好的。所以我觉得，我妈特别牛，真的。

董　卿：你平时是不是也不太跟妈妈说妈妈谢谢你，或者妈妈我爱你这样的话？

王　姬：可能是受家庭环境影响，我们家人不太直接表达情感，而且不太喜欢让别人看到我们做这些。董卿，也是你的节目做得太好，我妈妈才答应来，这在她是第一次。

董　卿：谢谢！我觉得确实是难得的相互袒露心声，表达自己内心最真实感受的机会。而且，王姬决定要上这个节目之后，还给妈妈写了一封信。

王　姬：对，我写了差不多两页纸。我读一点儿吧。题目是《妈妈，下辈子请您做我的女儿》。

　　　　妈，我眼看着您从一个风韵犹存的中年妇女变成一个人见人称"姥姥"的老太太。我看到了您从一个走路带风到现在拄着拐杖的过程；我见证了您的视力一天天下降，脸上爬满了皱纹和老人斑；我和您说话有意无意地加大音量，您的听力也大不如从前了。但是我知道，我家里的大小事情，您还是试图像以往一样拼命地为我这个做女儿的照应着。

　　　　您这匹老马啊！已经拼不动了！您就像风中的蜡烛，大风一来……妈，我不敢往下想。

　　　　是女儿不孝，让您当了两代人的妈。是女儿不孝，都这个岁数了，还有那么多我的事情让您放心不下。

　　　　妈，我跟您商量个事儿呗，下辈子您能当我的女儿吗？让我照顾您，我要把这辈子欠您的加倍补偿给您。我知道我无论怎么做都赶不上您对我的付出，但如果有可能，请给我这个机会吧！

董　卿：我觉得王姬姐说的全是心里话。您有什么想对闺女说的？

王丽珍：出于母亲对儿女的爱，才能做出这样的事情。女儿能够理解母亲的心，我也感到很安慰。我就是希望我们的下一代越过越好。

董　卿：那你还打算要读点什么？

王　姬：我选了史铁生的《秋天的怀念》，我觉得他的文章有很多是关于跟母亲的情感的。因为他二十一岁就残疾了，所以他把很多痛苦用一种最糟糕的态度发泄在母亲身上。当他母亲走了以后，他慢慢地醒悟、理解，他觉得母亲比他承担得更多。尤其是当孩子绝望的时候，母亲是燃尽了自己的生命，点燃了孩子的希望。所以我觉得，这个我有很多的共鸣，因为我也有这么一个母亲。但是我跟史铁生不一样的是，我妈妈还健在，所以我还有机会，还有时间，可以去尽孝，可以去补偿。

董　卿：我们就把这个朗读献给所有的母亲吧。

朗读者 ❦ 读本

秋天的怀念

史铁生

　　双腿瘫痪后,我的脾气变得暴怒无常。望着望着天上北归的雁阵,我会突然把面前的玻璃砸碎;听着听着李谷一甜美的歌声,我会猛地把手边的东西摔向四周的墙壁。母亲就悄悄地躲出去,在我看不见的地方偷偷地听着我的动静。当一切恢复沉寂,她又悄悄地进来,眼边红红的,看着我。"听说北海的花儿都开了,我推着你去走走。"她总是这么说。母亲喜欢花,可自从我的腿瘫痪后,她侍弄的那些花都死了。"不,我不去!"我狠命地捶打这两条可恨的腿,喊着:"我可活什么劲!"母亲扑过来抓住我的手,忍住哭声说:"咱娘儿俩在一块儿,好好儿活,好好儿活……"

　　可我却一直都不知道,她的病已经到了那步田地。后来妹妹告诉我,她常常肝疼得整宿整宿翻来覆去地睡不了觉。

　　那天我又独自坐在屋里,看着窗外的树叶"唰唰啦啦"地飘落。母亲进来了,挡在窗前:"北海的菊花开了,我推着你去看看吧。"她憔悴的脸上现出央求般的神色。"什么时候?""你要是愿意,就明天?"她说。我的回答已经让她喜出望外了。"好吧,就明天。"我说。她高兴得一会儿坐下,一会儿站起:"那就赶紧准备准备。""唉呀,烦不烦?几步路,有什么好准备的!"她也笑了,坐在我身边,絮絮叨叨地说着:"看完菊花,咱们就去'仿膳',你小时候最爱吃那儿的豌豆黄儿。还记得那回我带你去北海吗?你偏说那杨树花是毛毛虫,跑着,一脚踩扁一个……"她忽然不说了。对于"跑"和"踩"一类的字眼儿,她比我还敏感。她又悄悄地出去了。

她出去了,就再也没回来。

邻居们把她抬上车时,她还在大口大口地吐着鲜血。我没想到她已经病成那样。看着三轮车远去,也绝没有想到那竟是永远的诀别。

邻居的小伙子背着我去看她的时候,她正艰难地呼吸着,像她那一生艰难的生活。别人告诉我,她昏迷前的最后一句话是:"我那个有病的儿子和我那个还未成年的女儿……"

又是秋天,妹妹推我去北海看了菊花。黄色的花淡雅,白色的花高洁,紫红色的花热烈而深沉,泼泼洒洒,秋风中正开得烂漫。我懂得母亲没有说完的话。妹妹也懂。我俩在一块儿,要好好儿活……

选自人民文学出版社《史铁生散文》

　　世界上写母爱的文字浩如烟海,但能浓缩凝练、平静克制地写母爱的却不多。史铁生这篇《秋天的怀念》,短短的篇幅中却浸透了最深沉的情感。突然残疾的儿子把对命运不公的愤怒发泄到母亲身上,于是她对他只能试探着关心、小心地呵护,最后又带着无尽的牵挂离去。病、花、血、懂、活,这些生活中最常见的词携带着母爱的温度走进了所有读者的心里。

GUO

KUN

郭 朗读者
琨

1984年11月20日那一天，一个由科学家、军人、建筑工人、船员、记者等五百九十一人组成的南极科考队从上海出发奔赴南极，他们将要在南极建设我国第一座南极科考站——长城站，而这支科考队的领队就是郭琨。到目前为止，我国建成的四座南极科考站中，两座都是由郭琨亲自率队指挥建设而成的。他经历过暴虐的环境，他经历过与死神的擦肩，更经历过一个个扬眉吐气的时刻。

1981年5月，酝酿三年的国家南极考察委员会成立，在国家海洋局科技部工作的郭琨成为其中一员，中国走向南极的道路正常地推进着。1983年9月的一次国际会议极大地刺激了中国人走向南极的步伐。1984年10月，中国首支南极洲考察队成立。1985年2月，中国南极长城站正式落成，郭琨亲手将一面鲜艳的五星红旗升起在长城站的上空。1985年10月，中国终于成为《南极条约》的协商国，对国际南极事务有了表决权。

三十年走过，中国已在南极建设了四个科考站。郭琨也已是八十二岁高龄，年轻时候在极寒之地长期工作的经历让他落下一身病，但谈起他为南极科考所经历的一个个"那一天"，他无怨无悔。

朗读者 ❈ 访谈

董　卿：郭老，您的腿脚是完全不能走路了吗？
郭　琨：对。
董　卿：这跟您年轻的时候七赴南极、长期在极寒的地方工作有关系吗？
郭　琨：跟工作有关系。两次建站都非常艰苦。南极是地球上最冷的极，所以叫寒极，最低温度是零下88度。建站的时候没有器材设备，完全是用帐篷。帐篷里面平时是一尺厚的雪，我们每天早上起来都是雪人。
董　卿：我听说您当时接到国家给您到南极建科考站任务的时候，您说这件事情有关民族的荣誉、国家的尊严，我就是拼了老命也要把这件事情做好了。您当时为什么有这么大的决心？
郭　琨：因为回想起1983年9月，我心痛难忍。我们是以缔约国的身份，派代表参加南极第十二次协商国会议的，从会议的座次、文件的发放都受到了不平等的待遇。特别是当大会表决决议的时候，主席一敲大槌，请缔约国到外面喝咖啡！这时我们含着眼泪离开了会场。
董　卿：只有在南极建站的国家是协商国；我们当时没有建站，叫缔约国，所以我们没有任何权利去参加表决，甚至在表决的时候，以郭老为代表的中国代表团被请出了会议现场。
郭　琨：后来，我跟我们团长说："不在南极建成自己的考察站，我绝不再参加这样的会议！"
董　卿：1984年11月20日，五百九十一人的科考队从上海出发了，

几乎是斜穿了太平洋，而后到达了世界上最南端的一个城市——阿根廷的乌斯怀亚。稍做补给之后，再开往南极的乔治王岛。

郭　琨：横穿太平洋，一开始的时候还能看到海鸥、船；后来，天连海，海连天，什么都看不见了。大家晕船、呕吐，有的呕吐十三四次，把胃里的黄水都吐出来了，最后四肢抽搐，几个同志摁着他，给他打点滴。晚上睡觉的时候，都要把自己捆在床上，不然一翻身就掉到地上了。

董　卿：这一路要穿越五个风带，四个季节，十三个时区，整个人的生物钟都是紊乱的，身体也在经受着极端的考验。

郭　琨：所以当时大家编了一个顺口溜：一言不发，二目无光，三餐不食，四肢无力，五脏翻腾，六神无主，七上八下，九（久）卧不起，十分难受。

董　卿：南极的暖季也就只有三个多月的时间，咱们到达那儿的时候已经12月了，留给大家建设的时间也就只有两个月多点儿了。

郭　琨：我们用了一百二十多个小时，把五百多吨物资全部运到了建站的地方。每天早上我起来一看，天气挺好，没有暴风雪，我就一个帐篷一个帐篷地吹哨把大家叫起来。

董　卿：您一般都是早上几点把大家叫起来干活？

郭　琨：一般是早上四五点叫起来。有时候我们就是连轴转，所以队员有的受伤，有的留下了后遗症。

董　卿：最终我们花了多长时间把长城站建成了？

郭　琨：四十天。

董　卿：四十天！像奇迹一样，波兰建他们的考察站用了三年的时间，咱们用了四十天。

郭　琨：智利站站长告诉前苏联站站长说，中国的考察站建出来了！前苏联站站长不相信，说，不可能。然后他就亲自来看，一看，特别惊讶，就跟我们的队员说，他们一天给你们多少钱？（笑）

董　卿：队员怎么说的？

郭　琨：我们不要钱也干，你一天给一万我也不给你干。（笑）后来，前苏联站邀请我们的队员到他们的站里面去洗澡、去疗养。

董　卿：咱们长城站那时候没有洗澡的地方？

郭　琨：没有。登上乔治王岛以后，没有人用热水洗过脸、刷过牙，都是用雪融化的水。有的队员就用雪擦擦牙、擦擦脸。

董　卿：那后来你们去洗热水澡了吗？

郭　琨：没去。咱们长城站有了，洗自家的热水澡。（掌声）

董　卿：长城站建成是在1985年2月14日，2月20日举行了一个落成典礼。那一天是什么情形？

郭　琨：大家喜极而泣！我们敲锣打鼓，把锣都打了一个洞。（流泪）

可以看看那锣。

董　卿：那个锣，我们也找来了，给大家看一看。让郭老特别扬眉吐气的是，长城站建成之后八个月，您又参加《南极条约》协商国会议了，那个时候咱们国家的待遇就不一样了。

郭　琨：世界第十三次《南极条约》协商国会议，二十六个协商国一致同意——中国加入《南极条约》协商国，自此中国在南极国际会议上有了表决权，有了发言权，有了一票否决权！（掌声）

董　卿：对于郭老来讲，长城站有着重要的意义，但这还不是他的全部。1988 年，也就是在长城站建成之后四年，我们国家又决定要在南极圈内建一个科考站——中山站。这个任务又落在了您的身上。

郭　琨：为什么要建中山站？因为在下一次南极国际会议上，只有长城站在南极圈以外，而且在一个岛的南部，中国在国际会议上发言没有力量，所以必须在南极圈之内建一个考察站。那时候，我问阿根廷和澳大利亚，他们说你们要在南极圈之内建站，可不是容易的，要付出血的代价。我当时不理解这句话的意思，我说，我建长城站有经验，什么血的代价？真正进入南极圈以后，才明白人家这话的分量。

董　卿：1989 年 1 月 14 日，郭老率领着科考队进入南极圈内，在建造中山站的时候遇到了特大的冰崩。大家可能只听说过雪崩，冰崩和雪崩还不太一样，它是因为气候发生了变化造成冰川的移动的断裂，排山倒海，非常危险。（插播视频）当时翻下来的冰川最近的距离船大概有多远？

郭　琨：两到三米。我们都进入了紧急战备。好多队员西服也穿上了，胡子也刮了，小皮鞋也擦得亮亮的，以为要船毁人亡，完了。当时也有写遗书的：在南极遇到困难和牺牲也是正常的，为了国家献出自己的生命也是光荣的。很快，大冰山、小冰山、冰块就把船给围住了，根本动不了了。船毁人亡，历史上有记录，法国的船就是船毁人亡。

董　卿：大概多长时间以后，你们发现了一线生机？

郭　琨：七天。七天之后，在船的前头，开了一个大约三十米宽的口子。大家伙儿下决心往外冲，冲出来两个小时以后，我一看口子，合上了。一直到我们中山站建成，往回撤的时候，那个口子还没有张开。

董　卿：无异于死里逃生。上天还是很眷顾咱们中国的科学考察船队的。今天我们也特意邀请了当年和郭老一起参与南极科学考察站长城站和中山站建设的几位老队友来到现场；也特意安排了一段特殊的朗读，由奋战在一线的新一代南极科考队员，在南极为所有的前辈们朗读。

　　从1984年中国人第一次登上南极乔治王岛到现在，南极科考队经历了三十多年的艰苦奋斗，长城站、中山站、昆仑站、泰山站，一代又一代南极科考人员把足迹留在了那样一个充满科学之谜、冰封雪埋的世界里。虽然那一天已经成为过去，但是那几代人愿意为了科学、为了国家、为了人类献出青春乃至生命的精神值得永远铭记。

朗读者 ❋ 读本

献给我的同代人

舒婷

他们在天上
愿为一颗星
他们在地上
愿为一盏灯
不怕显得多么渺小
只要尽其可能

唯因不被承认
才格外勇敢真诚
即使像眼泪一样跌碎
敏感的大地
处处仍有
持久而悠远的回声

为开拓心灵的处女地
走入禁区,也许——
就在那里牺牲
留下歪歪斜斜的脚印
给后来者

签署通行证

选自人民文学出版社《舒婷的诗》

（这首诗的朗读者为：中国第三十三次南极科学考察队长城站站长陈波、机械师王荣辉、气象预报员陈剑桥和柴晓峰、站长助理兼管理员于津洲、临时党支部书记兼哺乳动物观察员戴宇飞，以及越冬考察队成员。）

　　舒婷写于1980年的《献给我的同代人》是一首朦胧诗，旨在歌咏精神拓荒者、心灵启蒙者。多年之后，南极的"拓荒者"们来朗读这首诗，又产生了不同的意味，所有新时代的到来、历史新篇章的开启，都有一批先行者为后来者签署"通行证"，而这种历史使命又从来都是时代选择和个人责任感的完美结合。同一代人共同完成同一种使命，这本身就是值得历史记住的"那一天"。

船

白桦

我有过多次这样的奇遇，
从天堂到地狱只在瞬息之间；

每一朵可爱、温柔的浪花,
都成了突然崛起、随即倾倒的高山。

每一滴海水都变脸变色,
刚刚还是那样美丽、蔚蓝;
漩涡纠缠着漩涡,
我被抛向高空又投进深渊……

当时我甚至想到过轻生,
眼前一片苦海无边;
放弃了希望就像放弃了舵柄,
在暴力之下只能沉默和哀叹。

今天我才有资格嘲笑昨天的自己,
为昨天落叶似的惶恐感到羞惭;
虚度了多少年华,
船身多次被礁石撞穿……

千万次在大洋里撒网,
才捕获到一点点生活的经验,
才恍然大悟,
啊!道理原是如此浅显:

你要航行吗?
必然会有千妖百怪出来阻拦;

暴虐的欺凌是它们的游戏,
制造灭亡是它们唯一的才干。

命中注定我要常常和它们相逢,
因为我的名字叫作船;
面对强大于自身千万倍的对手,
能援救自己的只有清醒和勇敢。

恐惧只能使自己盲目,
盲目只能夸大魔鬼的狰狞嘴脸;
也许我的样子比它们更可怕,
当我以命相拼,一往无前!

只要我还有一根完整的龙骨,
绝不驶进避风的港湾;
把生命放在征途上,
让勇敢来决定道路的宽窄、长短。

我完完全全地自由了,
船头成为埋葬它们的铁铲;
我在波浪中有节奏地跳跃,
就像荡着一个巨大的秋千。

即使它们终于把我撕碎,
变成一些残破的木片;

我不会沉沦,决不!
我还会在浪尖上飞旋。

后来者还会在残片上认出我,
未来的诗人会喟然长叹:
"这里有一个幸福的灵魂,
它曾经是一艘前进着的航船……"

选自人民文学出版社《白桦的诗》

(本诗由和郭老一起参与南极科学考察站长城站和中山站建设的几位老队友共同朗读,他们是:刘小汉、高登义、蔡世贵、李辉、杨雨斌。)

这首诗写于1980年11月,堪称作者的人生自况。白桦1947年参加中原野战军,任宣传员。新中国成立后在昆明军区和总政治部创作室任创作员。1958年被错划为"右派",1979年才得以平反。作者借船在风浪中的前行,寓意特殊年代的遭遇;借船与风暴的搏击,寓意对恐惧、暴虐的蔑视,那一句"把生命放在征途上,让勇敢来决定道路的宽窄、长短"几乎可以看作"幸福的灵魂"的宣言。即使时过境迁,这些昂扬着理想主义的诗句触动人心的力量依然不减当年。

青　春
Youth

人生有一首诗，当我们拥有它的时候，往往并没有读懂它；而当我们能读懂它的时候，它却早已远去。这首诗的名字就叫"青春"。

青春是那么美好，在这段不可复制的旅途当中，我们拥有独一无二的记忆。不管它是迷茫的、孤独的、不安的，还是欢腾的、炽热的、理想的，它都是最闪亮的日子。

青春仿佛是一种宣言，它昭示着"自古英雄出少年"的激情；青春也是一种姿态，"心有猛虎，细嗅蔷薇"；青春更是一种勇气，带着加速度在奔跑，渴望找到未来的答案。

雨果曾经说过："谁虚度了年华，青春就将褪色。"是的，青春是用来奋斗的，不是用来挥霍的。只有这样，当有一天我们回首来时路，和那个站在最绚烂的骄阳下、曾经青春的自己告别的时候，我们才可能说:谢谢你，再见!

青　春
Youth

Readers

L A O

L A N G

老狼 朗读者

我们每个人的心底都会有那么一首歌，唱起它，就会想起自己的青春。对于父辈来说，那首歌可能是《我的祖国》《红梅赞》《莫斯科郊外的晚上》，而对于很多成长在二十世纪八十年代的人来说，那首歌就是《同桌的你》《睡在我上铺的兄弟》《青春无悔》。当年唱这些歌的，是一个叫老狼的歌手。

尽管老狼认为，对于他来说，"校园民谣"更多的时候只是一个标签，但他无疑已经永远和这个标签联系在一起了。1994 年，《同桌的你》因为一场大学生毕业晚会而红遍全国。老狼也迅速走红，俘获了当时年轻一代的心。1995 年，他发行了首张个人专辑《恋恋风尘》。

多年来，老狼一直保持着并不频繁的发片频率。目前为止，他只发行了三张个人专辑。他的作品虽然不多，但每首都被广为传唱，每张专辑的品质都受到业界的一致肯定。他一直在自己的音乐道路上稳步发展，坚持自己的风格，也从未走出人们的视线。高晓松这样评价他："老狼是没有被时代改变的人。他是一个不管在多么喧嚣的时代里都能安静唱歌的典范。"

朗读者 ❋ 访谈

董　卿：你在自己二十出头的年纪，开始了特别愉快的一段音乐的旅程——你和高晓松，还有蒋涛，你们几个人组成了一个青铜器乐队。

老　狼：乐队最早是高晓松跟蒋涛他们组的，只是缺一个主唱。高晓松就跑到我们家听我唱歌，我给他唱了一首《天天想你》，张雨生的；还唱了一个马兆骏的《我要的不多》。刚唱完，高晓松说：行，就你了！特别干脆。

董　卿：但是你们当时组的可是一个摇滚乐队啊，而且还是一个重金属摇滚乐队。跟你现在给我们呈现出来的很温文尔雅的样子是有反差的。

老　狼：看来我掩饰得挺成功的。（笑）我觉得人年轻的时候，一般都比较自命不凡，比较喜欢出风头。那时候搞摇滚乐是特别出风头的，要留长发，要在舞台上甩这个长发。而且，那时候在学校里面，诗人啊流浪歌手啊什么的最受欢迎，所以我就给自己打造了一个流浪歌手的形象——背着一个电吉他，留着长头发，走在校园里回头率特别高。

那时候摇滚乐还没有浮出水面，都是地下演出。像我们这种学生乐队，基本上就是给人暖场的。我记得当时比较火的是唐朝、黑豹、呼吸乐队，还有老崔他们。有一年跨年晚会，我们演完了，我跟我女朋友在底下看演出，扭头一看，"崔健"，我忍不住大声喊了出来。老崔就回过头冲我点头一笑。

董　卿：是不是因为唱歌好听，就特别容易讨女孩儿的欢心？

老　狼：我高三的时候，喜欢一个高一的女孩儿。下了晚自习，我会在学校门口等着她，然后我们会骑过长长的胡同。那时候也不觉得累，可以整天骑着自行车，在北京城里面转来转去，去了好多好多地方。现在让我骑十五分钟，估计已经累得不行了。

董　卿：说到音乐事业的发展，1994年对你来说是非常重要的一年，是你青春历程当中里程碑式的一年。

老　狼：绝对的。1994年我参与了大地唱片《校园民谣1》的录制，我唱了高晓松的三首歌——《同桌的你》《睡在我上铺的兄弟》，还有一首《流浪歌手的情人》，一夜之间我变成了歌星。我以前最崇拜齐秦、李宗盛、罗大佑，突然发现我跟他们是一类人了。然后很多人都知道有一个唱歌的叫老狼，还说怎么会叫这么一个奇怪的名字。1995年我上春节晚会的时候，当时还比较保守吧，节目组还特意把"狼"给改成了郎君的

"郎",老郎。(观众笑)实际上唱得简直是一塌糊涂,但是我觉得那段经历也挺好。

董　卿：你现在再回过头来想,你觉得有哪些那个时候做的事情现在不会再去做了?

老　狼：我觉得现在绝对不会再谈恋爱了。前一阵我们收拾房间的时候,还找着了一盒子情书。我现在都不太敢看,太肉麻了。(笑)现在绝对写不出来。

董　卿：意味着什么呢?

老　狼：意味着青春不再。(笑)

董　卿：可能更多的感情,只是没有那么直白地表达出来了,它还会在心底。年龄是回不去了,但是我相信,情感变得更丰厚,更深远了。这是我们用青春换来的。你让我们很意外的是,在中学追到的女生一直是你的太太,你们有二十多年了吧?

老　狼：可能得有三十年。其实中间我们也分手过,她又喜欢上另外一个男孩儿。我现在回想起来有一个场景就跟大片儿一样,就是最后一次我送她到公车站,她上了车,但是还有点依依不舍。她坐在最后一排回头看着我,眼泪在"哗哗"地流,公共汽车的后窗特别脏,特别像一个老电影的感觉。

董　卿：你没有拔腿追啊?

老　狼：我好像没有。我如果追是不是就太像电影了。但是后来她还是回到我身边了,我觉得挺好的。

董　卿：分分合合,也是青春的一个过程。现在呢?现在你的日常是什么样的?

老　狼：现在的日常就是奶爸的日常。最近有人采访,说你最近听什么音乐?我说我最近听的"我是一个粉刷匠,粉刷本领强",

全是这种儿童歌曲，什么正经音乐也没听过。我完全被一个小孩儿给俘获了，一点自我都没有。

董　卿：这难道不是一种幸福吗？

老　狼：谁知道呢。我在算，我六十的时候他才十六，到时候我会不会被他气死。我觉得男孩儿十四五岁、十六岁的时候最讨厌，就是荷尔蒙嘛，要叛逆，要脱离家庭，怎么看父母怎么不顺眼。我那时候也这样。

董　卿：可能也就是因为经历过那一段日子，你才会更好地去爱你的父母。

老　狼：我是一直到大概三十岁的时候，才体会到那种跟父母在一块儿的特别温暖的东西。他年轻的时候老揍你，你觉得他特别有劲儿。到他老的时候，你就觉得他的肌肉已经松软了，你搂着他，现在想起来特别温暖。

董　卿：那你现在会怎么来定义青春呢？

老　狼：我不太敢定义，只觉得青春是荷尔蒙，是不计后果的、冲动的、亢奋的，是闪亮的日子。

董　卿：那你今天要为我们读什么呢？

老　狼：今天我想给大家读的是我大学时候最好的朋友石康创作的《晃晃悠悠》，献给我们的八十年代。

董　卿：我看他曾经写过一篇文字说，他在大学的时候，唱得比你还好呢。

老　狼：是。

董　卿：他叫你王胖子是吗？

老　狼：对。啊，这个你都知道？（笑）

董　卿：他说老康我起步很早，比王胖子唱得还好，但是他后来火了，我就不唱了。

老　狼：其实我觉得这就是作家讨厌的地方，他们总在文章里美化自己，贬低别人。

董　卿：事实不是这样的吗？

老　狼：当然不是了。（笑）

董　卿：那你今天还选了他的作品。

老　狼：其实现在回看当年他写的这些东西，有很多特别肉麻、特别稚嫩的地方，但那就是我们的青春。

朗读者 ❋ 读本

晃晃悠悠（节选）

石康

250

后来又跟阿莱见过几次面，都是些无关痛痒的见面，每一次见过之后都让我觉得还是不见更好。最后一次是 1995 年 4 月 8 日晚 11 点 48 分，我偶然碰见她，她告诉我第二天要去马来西亚了，并说，以后很难再见面了，记得她有点紧张，还有点激动，最后终于告诉我，从此以后，也许我们再也见不着了，她这回是移民，本来不想跟我说的。

后来，她真的走了。

这就是关于阿莱的一切。

251

阿莱，我承认我爱你，尽管我们在一起时我很少提及它。

阿莱，并不是我爱你这件事本身叫我痛苦，而是另外一件事，即你仍旧存在着这件事，想到你我共同生活在世间我就如坐针毡——真讨厌，你有自己单独的心，单独的呼吸，单独的行动，这一切叫我痛苦，叫我为你叹气，叫我伤感。

甜蜜的名字，痛苦的名字，我叫你离去。美丽的眼睛，忧伤的眼睛，我叫你过来——你神奇地出现，带着你全部的矛盾和叹息。你为我带来狂喜和战栗，你叫我充满无法言喻的柔情，也为我带来无可解脱的绝望。

你是我黄缎子一样抖动的阳光，你是我的清凉泉水，你是我无法捕捉的影子，你是花的碎片，你是云的碎片，你是天空的碎片，你是旷野里消散的烟雾，你是最美丽的白色泡沫，你叫我狂喜，同时，也叫我悲恸欲绝。

我的冰凉牛奶，我的寂寞夜晚，我的纤细琴弦，你在哪里？你是否像我想你一样在想我？你是否像我一样，满怀激情地迎接尖锐的分离？你是否在深夜默念着我的名字入睡？当你想到我时，你是否感到欣喜和甜蜜？你是否日日夜夜地惦记着和我见面？当你做爱的时候，心里会不会叫喊着我的名字？你驾车穿过街道时，会不会为一个像是我的背影而惊悸，而泪流满面？在我们分离的时候，你会不会为记忆中的柔情而望眼欲穿？当你吃饭的时候，会不会想起我们在一起吃的盛在小碗里的可怜的汤面？当你聊天的时候，是否以为我就坐在床角聆听？你梦见过我吗？在梦中，我是一副什么模样？你的柔声细语会换来像我一样的热情和温存？你的漂亮的花床单上，还留着我们融合在一起的体温，你能感觉到吗？你有一双漂亮的缎子鞋吗？那天放过的磁带还插在录音机的带仓里，你还记得是哪首歌吗？我漂亮的长睫毛，你现在能够知道我是多么爱你吗？你知道我是多么无尽无休地需要你而永不厌倦？我的黑眼睛，你离开我后笑了几次？在你笑的时候，你真的感到快乐吗？我可爱的小嘴巴，当你再次想起那些由接吻而引起的柔软的接触时，你还会再去寻求别的温存吗？还记得我们最后一次做爱吗？还记得雷声吗？我告诉你，天上打雷了，你问我，是真的吗？你后来注意到窗外的疾风暴雨了吗？每次接到我的电话时，你抓话机的手是不是在颤抖？听到我的声音后，你的心是不是像听到的声音一样疯狂？我亲爱的眼泪，我亲爱的夜晚，我亲爱的寂静，我亲爱的秋天，我亲爱的小乳房，我亲爱的嗓音，我亲爱的脚踝，我亲爱的手指，我亲爱的腰肢，我亲爱的短头发的阿莱，你听到我的声音了吗？透过夜色，你能否看到我的疯狂的眼睛，在黑暗里焦灼地张望着你无处不在的身影？在梦里，你能否感到我干裂的嘴唇，饥渴地吸吮着你散发出来的绝望的爱情？你的面颊能否在我破烂的翅膀扇动的火焰中感到温暖？你还能爱吗？你是有灵魂的夜风还是没灵魂的欲望的肉体？你听得懂我只为你讲出的语言吗？

　　我黑色的长头发，我细细的长头发，我会哭的长头发，我的粗辫子，我的细辫子，我忧郁的短头发，我颤动的短头发，我随风披拂的无数的短头发，我的橘黄色，我的青绿色，我的天蓝色，我的黄金色，我的银白色，我的呻吟，我的小船，我的波浪，我的枯萎菊花，我的凋零菊花，我的折断的藤萝，我的冷漠的蝴蝶，我的伤心的露水，我的苦涩的海水，我的不会说话的鱼，我的明媚的秋光，我咬在嘴里的长头发，我唯一的长头发……阿莱，我将叫着你的名字游荡在北京大街小巷，我将叫你跟我一起走，我将带着你穿过漫长的时间，我将叫你闭上眼睛，叫你忘记害怕，叫你得到平静，叫你感到幸福。

252

　　在我难过的时候，不管那是什么时候，我都不喜欢被别人察觉到，其实也没有什么特别的原因，只是不喜欢而已。

　　我知道，一切都是过眼云烟。

我很喜欢阿莱，阿莱就老对我这么说，别告诉别人你今天难受过，什么也别对别人说，因为说了也没有用。

我相信阿莱说的一切。

《晃晃悠悠》是石康的"青春三部曲"之一，书名也体现了某种青春的状态。改革开放后，曾出现过一批描写北京式青春的作品。最典型的就是王朔的《动物凶猛》《玩的就是心跳》（后来被叶京改编为电视剧《与青春有关的日子》），写的是部队大院里的青春。石康更年轻些，写的是胡同里的青春、大学里的青春，又纯情又迷茫，又忧伤又洒脱。青春总是"在路上"，而一些作品有时候只是一段路途的风景而已。

YU XIU HUA

朗读者

余秀华

很多人都觉得，诗歌是一件极其雅致的事情，甚至离我们的生活有点远。但是，就有这样一位农村女性，长期生活在乡间，身体带有残疾，却把那泥土中的生长、门墩上的期望化作了最有力量的诗句。很多人把她比作中国的艾米莉·狄金森，但她却说：不，我就是我，我是余秀华。

余秀华因出生时缺氧而导致脑瘫，行动不便，说起话来口齿不清，但疾病并没有影响她的智力。2009 年，三十三岁的余秀华正式开始写诗。2014 年，一首《穿过大半个中国去睡你》让她成为网络热议的人物，但是她自己并不认为这是一首好诗。同年 11 月，《诗刊》发表其诗作。2015 年，她的诗集《月亮落在左手上》《摇摇晃晃的人间》相继出版，她也正式成为二十世纪九十年代以来唯一一个诗集销量超过十万册的现象级女诗人。

一切都来得太突然，但一切又似乎都在情理之中。对余秀华来说，诗歌"充当了一根拐杖"，让她在摇摇晃晃的人间行走，散发自己灵魂的光芒。

朗读者 ❦ **访谈**

董　卿：你怎么评价自己的青春呢？
余秀华：我觉得我的青春是一个非常晦涩的青春。从我读书到结婚，都是很晦涩的。
董　卿：那你在读书时代是一个什么样的学生？
余秀华：我是本能地很努力，非常努力地在学习。也许仅仅是为了好胜心，我不能比别的人差。我的性格非常倔强。当年读高中的时候，我爸妈是不愿意我再上学的，他们知道我的身体，不可能真正地去上大学。大学对残疾人的录取标准也是非常严的。但是我就一个人跑到学校去，直接跑到校长办公室，我要求上学。校长看我求学心切，就同意了。
董　卿：读高中就要住宿了吧？你能完全自己照顾自己吗？
余秀华：我真的是不愿意去食堂，我觉得我排在同学中间，周围的人会看着我。我吃饭的样子也不好看。别人老是看着，我心里就不太舒服，我害怕他们看我，我特别紧张。我一紧张，就会想我会不会又把饭搞到地上去了。
董　卿：你从什么时候开始不那么紧张了，不再害怕别人看你吃饭的样子了？
余秀华：我到现在都挺害怕的。我觉得一个人的自卑心理，真的不是一时半会儿能够解除的。
董　卿：可是你现在已经出版了诗集，证明了你的才华，还会自卑吗？
余秀华：就算这些事情能够证明我的才华，但它证明的仅仅是我的才华而已。它并不能改变我生命、生活里的许多琐碎的事情，

还是得靠你一点一点地去做。在这个过程里产生的自卑，产生的绝望，它还是存在。假如说才华是上天给我的一个补偿，那么还一定有它不会给你的东西，永远也不会给。从这一方面讲，它又是生命的平衡性。

董　卿：你愿意交换吗？如果上天可以让你交换，你愿意用你的才华，这些诗，交换一个正常的身体吗？

余秀华：我觉得也不好。放眼望去，大街上全都是好看的面孔，但是这些面孔后面有没有一个美丽的灵魂？这是主要的。

董　卿：你有一个独特的灵魂。

余秀华：我觉得每一个人都是独特的。但很多人在生活的过程里，自己掩盖了自己的独特。我是生活在最底层的人，这样的人天然地具有一种毫无顾忌的心理，所以我不需要掩盖自己本身的独特。这反而成就了我。

董　卿：我们来感受一下这种平衡和未加掩盖的独特吧。当很多人觉

得听余秀华说话都有点累的时候，我们不妨来听听她心里的声音，那种声音很美。（董卿朗读）

我以疼痛取悦这个人世

当我注意到我身体的时候，它已经老了，无力回天了／许多部位交换着疼：胃、胳膊、腿、手指／我怀疑我在这个世界作恶多端／对开过的花朵恶语相向。我怀疑我钟情于黑夜／轻视了清晨／还好，一些疼痛是可以忽略的：被遗弃，被孤独／被长久的荒凉所收留／这些，我羞于启齿：我真的对他们／爱得不够

董　卿：在你的诗里，有那么多的篇章都在写爱情。
余秀华：缺什么补什么。（笑）十九岁的时候我就结婚了。我记得上半年我还在学校，下半年我就结婚了。我真的不知道结婚意味着什么，我甚至不知道结婚以后还要生孩子，还要两个人在一起怎么样。我真的一无所知。所以一结婚马上就觉得不适应。因为自己的无知，最后吃亏的还是自己。这可能是上天从我生命里拿走的、不会归还的一部分。
董　卿：2015年你离婚了，这段婚姻维持了整整二十年的时间。
余秀华：对，整整二十年。所谓的"贫贱夫妻百事哀"，哀的不仅仅是你在婚姻里面的柴米油盐酱醋茶的困难，还哀的是两个不对等的灵魂在里面的煎熬。所谓的"贫贱"，"贫"是可以好转的；但是"贱"，我觉得更是一种心理的落差，有落差才有"贱"的产生。但我从来不觉得我的灵魂比我前夫的高贵，我只是觉得在两个人相处的过程里，观点的不一致，心灵的煎熬是一种"贱"。

　　　　　到了 2015 年的时候，我有钱了，也不是很多钱，就是我的钱可以给他买一个房子，然后我就给他买了一个房子，婚就离了。就这么简单。

董　卿：那你现在一个人，是不是觉得自由了呢？

余秀华：不一定离了婚就很自由，我现在也很不自由啊。

董　卿：为什么这么说呢？

余秀华：我觉得最好的自由是你的生活状态是你最喜欢的。但是我这个身体，这个外貌，很不符合男人的审美标准。不过我也有恐惧的时候，当有一个人真正爱我的时候，我又会马上退缩。我真的是害怕。我也不知道自己怕什么，我觉得自己越来越搞不清楚自己想要什么。

董　卿：所以你很矛盾。其实一方面你很勇敢，你可以去主动追求你所爱的人，你喜欢的人；可是一方面你又在逃避。

余秀华：我又很自卑。所以我是一个很纠结的个体，纠结的灵魂吧。

董　卿：也许就是这样的灵魂可以让你写出诗。我也很喜欢你写的这一首，叫《五月之末》："一朵花开够了就凋谢，但是我不能／衰老是多么残酷的一件事，我竟如重刑犯／保持缄默"。那你还相信未来吗？

余秀华：从我年轻的时候到现在，我从来没有相信过未来。我是一个没有未来的人。

董　卿：你还相信有一天，可以找到一个相爱的人吗？

余秀华：我真的希望有一个人来疼我，来爱我，来关心我，来照顾我。但是谁会这么无私地来爱你一个残疾人呢？大街上有漂亮的、好看的，随便抓一个都比我强。想到这些事情，我觉得自己很可悲。

董　　卿：但你还是把很多的美好留在了你的诗歌里面。

余秀华：我得活着，所以我得依靠幻想来活着。

董　　卿：你把在现实生活中所体会到的疼痛、残缺，甚至撕裂，作为了你创作灵感的源泉，所以我们也看到了，余秀华用最摇晃的步伐写出了最坚定的诗句。那些诗句就像阳光透过了水晶般闪耀出光芒，也折射出了你的灵魂。我期待着有一天，你告诉我："我对某一个人说出了我爱你。"

余秀华：会的。如果下辈子还能相遇，我会告诉你。

董　　卿：那你要为大家读什么？

余秀华：我为大家读一首诗，叫《给你》。

董　　卿：你想献给谁？

余秀华：献给曾经我喜欢过的那些人。

朗读者 ❦ 读本

给 你

余秀华

一家朴素的茶馆,面前目光朴素的你皆为我喜欢
你的胡子,昨夜辗转的面色让我忧伤
我想带给你的,一路已经丢失得差不多
除了窗外凋谢的春色

遇见你以后,你不停地爱别人,一个接一个
我没有资格吃醋,只能一次次逃亡
所以一直活着,是为等你年暮
等人群散尽,等你灵魂的火焰变为灰烬

我爱你。我想抱着你
抱你在人世里被销蚀的肉体
我原谅你为了她们一次次伤害我
因为我爱你
我也有过欲望的盛年,有过身心俱裂的许多夜晚
但是我从未放逐过自己
我要我的身体和心一样干净
尽管这样,并不是为了见到你

选自新星出版社《我们爱过又忘记》

余秀华说:"诗歌是什么呢？我不知道，也说不出来，不过是情绪在跳跃，或沉潜；不过是当心灵发出呼唤的时候，它以赤子的姿势到来；不过是一个人摇摇晃晃地在摇摇晃晃的人间走动的时候，它充当了一根拐杖。"当余秀华的"拐杖"猛然散发出耀眼之光，变身为敲击人心灵的"魔杖"的时候，她灵魂的质地也随之显现——蓬勃，质朴，充满了爱的生命力。或许，她带给诗歌和世界的，恰恰是"从未放逐自己"的爱的能力。

FENG
XIAO
GANG

朗读者

冯小刚

"记忆就好像是一块被虫子蛀了很多洞的木头，这块木头上刻满了我的青春往事。有蹉跎岁月，也有鲤鱼跳龙门；有对生活的坦白，更有对朋友的怀念。"写下这番话的人是冯小刚。年轻时他是美工、编剧；中年时他是著名导演、"贺岁片之父"；如今他是中国商业电影的一面旗帜。

1984年，冯小刚担任剧情片《生死树》的美术助理，从此进入电影圈。1991年，担任《编辑部的故事》的编剧，凭借此剧在行业内占据一席之地。1997年，执导中国内地首部贺岁电影《甲方乙方》，奠定了他黑色幽默的电影风格。后来，又先后推出《不见不散》《没完没了》《非诚勿扰》《私人订制》，冯小刚的名字和"贺岁片"紧密联系在一起，也与中国电影的商业意识联系在一起。而《集结号》《唐山大地震》《一九四二》《我不是潘金莲》这个序列，则让冯小刚与中国电影的问题意识和社会格局变成了话题。

近年来，在导演的身份之外，冯小刚还多了"演技派"的称号。2015年，他凭借《老炮儿》中的本色演出夺得了金马奖最佳男主角，出乎很多人的意料。无论是导演还是演戏，冯小刚始终瞩目于小人物命运的喜剧化表现，冯氏幽默也成了现代中国电影的重要标签。

朗读者 ❖ 访谈

董　卿：我先做个调查吧，现场没有看过冯小刚导演电影的请举手，我看看。（观众笑，无人举手）您是不是应该谢谢大家。

冯小刚：谢谢。（鞠躬）

董　卿：我们都为您的票房做出过贡献，也都被您的电影感动过，影响过。那冯导今天就好好给我们讲讲您的青春岁月，好不好？按年龄来算，您的青春期应该在六七十年代吧。您也就是在那个时候进了部队文工团了。

冯小刚：对。1977年。那个时代，当兵是最光荣的。我当的是文艺兵——我这模样当文艺兵，大家别误会，我不是唱歌跳舞的，我是画画的，做舞台美术的。一个工作是画舞台的布景，包括设计。另外一个呢，就是装台、卸台。一幕结束，下一幕开始，会有一个幕间曲。在这个幕间曲里头，大幕关上之后，所有的人都冲到台上来，你看到幕布在往上升，下一幕的幕布在往下降。七八年的时间，我都在剧院的礼堂上面拉吊杆。

董　卿：演出是在礼堂里边，那您应该对这个礼堂会有很深刻的印象。

冯小刚：礼堂是从小伴随我长大的、一个非常有仪式感的地方。你听这俩字，"礼堂"，我现在想起来，还能想到礼堂上爬满了爬山虎。礼堂有穹顶，有那种大的罗马柱，每个礼拜有一场电影。电影票是机关食堂每个周六的中午卖，五分钱一张。那个时候拿五分钱挺当钱的。要是家里头有五个孩子，这就变成了两毛五。这在支出上是一件大事。

　　我从小就爱画画。比如说月票都是我自己画的。电影票

也可以画。那时候给我留下最好印象的一个电影叫《半夜鸡叫》，是一个动画片。

董　卿：那不是周扒皮的故事嘛。

冯小刚：我觉得特别有意思。日后我成为导演，后来也拍了一些喜剧，跟我从小看《半夜鸡叫》这个动画片有关系。

董　卿：现在想想，那种快乐挺美好的。好多人跟我说，如果你是在部队文工团当过兵的，特别是男同志，都会有一个青涩而美好的情结，就是女兵。

冯小刚：每个战士的心里头都住着一个文工团的女兵。（观众笑，鼓掌）我那时候在美术组。我们美术组的楼上是舞蹈队的学员队。学员每天中午练完功了就去洗澡。洗完澡她们就露着修长的脖子，带着那种洗发水的香味，湿着头发，每人拿一个脸盆，从院子里经过。所以我会成心算计在她们经过的那个时间，拿着饭盆去食堂，希望能和她们打一个照面。但是有

的时候走过去了，她们也没过来。我不甘心，就再走回到我的宿舍楼。有时候可能走三趟才能赶上。（笑）

董　卿：有您特别喜欢的吗？

冯小刚：有，而且不止一个。

董　卿：一般暗恋对象都是一个。

冯小刚：因为自卑感太强了，觉得她不可能喜欢你，所以就索性对整个群体产生了一种向往。我把这些情节都改编到了《芳华》这部电影里。我觉得那个时候确实它是既有革命的浪漫主义，又有革命的英雄主义。

董　卿：部队生活1984年就结束了。您对部队有这么深厚的感情，在离开前，会不会有一段很难受的日子？

冯小刚：我很留恋部队。我觉得脱了军装之后，你就，怎么说呢，特别像一个拆了框子的油画了。我后来在《我把青春献给你》里也写了，离开部队给我留下了很深的印象，非常不舍。

董　卿：我能为大家读一段吗？

冯小刚：好。

（董卿朗读：我记得去城建开发总公司报到的前一天晚上，本来我已经躺下了，忽然意识到明天我就沦为一名平头百姓了，一种对军队的留恋，让我心如刀绞。我起来重新穿上军装，站在大衣柜前，望着镜子里的军人依依不舍。我转过身对母亲说："您坐好了，我给您敬个礼吧。您好好看看，明天儿子就不能穿军装了。"母亲也很动情，露出了不胜惋惜的神情。她说："你穿什么，也不如穿军装好看。"那一夜，我一直穿着军装，抽了很多烟。天亮了，才摘下领章和帽子上的五角星，郑重地交给母亲代为保存。）

冯小刚：因为对部队的这种感情，所以我拍了《集结号》；又因为对部队这段生活的留恋，这次又拍了《芳华》。我算没有辜负部队对我的培养吧。

董　卿：现在再看，其实所有的青春年华都仿佛在为今天做着一些准备。您怎么样来定义"青春"？

冯小刚：我觉得应该是"单纯"这俩字。我觉得我现在还是在青春里。我成为不了特别成熟的人。像陈道明、张国立，他们有时候会说：哎呀，小刚你六十了，有时候还是很幼稚。我把这当成对我莫大的一个表扬。我为什么要按着一个年龄的标准去做，好像什么年龄的人就该说什么话，做什么事。我现在依然是不着调的，依然是有点随心所欲的。

董　卿：我特别喜欢阿瑟·克拉克墓志铭上的那句话："我从未长大，但我从来没有停止过成长。"

冯小刚：说得太好了！"我从未长大，但我从来没有停止过成长。"

董　卿：那您今天要为大家读点儿什么呢？

冯小刚：读一首诗，叫《当我真正开始爱自己》。

董　卿：您把它献给谁呢？

冯小刚：献给你们和我们的芳华。

朗读者 ❈ 读本

当我真正开始爱自己

佚名

当我真正开始爱自己,
我才认识到,
所有的痛苦和情感的折磨,
都只是提醒我:
活着,不要违背自己的本心。
今天我明白了,这叫作
"真实"。

当我真正开始爱自己,
我才懂得,
把自己的愿望强加于人,
是多么的无礼,
就算我知道,时机并不成熟,
那人也还没有做好准备,
就算那个人就是我自己。
今天我明白了,这叫作
"尊重"。

当我开始爱自己,

我不再渴求不同的人生,
我知道任何发生在我身边的事情,
都是对我成长的邀请。
如今,我称之为
"成熟"。

当我开始真正爱自己,
我才明白,我其实一直都在正确的时间,
正确的地方,发生的一切都恰如其分。
由此我得以平静。
今天我明白了,这叫作
"自信"。

当我真正开始爱自己,
我不再牺牲自己的自由时间,
不再去勾画什么宏伟的明天。
今天我只做有趣和快乐的事,
做自己热爱,让心欢喜的事,
用我的方式,以我的韵律。
今天我明白了,这叫作
"单纯"。

当我开始真正爱自己,
我开始远离一切不健康的东西。
不论是饮食和人物,还是事情和环境,

我远离一切让我远离本真的东西。
从前我把这叫作"追求健康的自私自利",
但今天我明白了,这是
"自爱"。

当我开始真正爱自己,
我不再总想着要永远正确,不犯错误。
我今天明白了,这叫作
"谦逊"。

当我开始真正爱自己,
我不再继续沉溺于过去,
也不再为明天而忧虑,
现在我只活在一切正在发生的当下,
今天,我活在此时此地,
如此日复一日。这就叫
"完美"。

当我开始真正爱自己,
我明白,我的思虑让我变得贫乏和病态,
但当我唤起了心灵的力量,
理智就变成了一个重要的伙伴,
这种组合我称之为,
"心的智慧"。

我们无须再害怕自己和他人的分歧，
矛盾和问题，
因为即使星星有时也会碰在一起，
形成新的世界，
今天我明白，
这就是"生命"！

(佚名 译)

    一般认为，《当我真正开始爱自己》是卓别林在自己七十岁生日当天写的。但是对这首诗的作者还有一定的争议。较为有说服力的说法是，这首诗出自一个美国女作家之手。这首诗用几个关键词浓缩了人生的感慨和自我认知的过程，描画心灵的日益成熟和灵魂的日渐丰盈。时间无情，生活坚硬，但它们也会给人最丰富的馈赠，让人获得智慧，体会爱。每个人真正开始爱自己的时候，其实正是认清了生活的真相，却依然热爱生活的时候。

XUEHEYI

朗读者

徐和谊

2017年3月25日,《朗读者》节目迎来了一对夫妻——赖敏和丁一舟,给观众留下了很深的印象。虽说赖敏患有罕见的遗传病,这种病让她走路走不稳,站立站不稳,很难控制自己的面部肌肉,甚至最后失去生命,但她和丈夫丁一舟依然那么乐观,依然那么相爱,依然行走在路上。

在那期节目中,他们幸福地透露,赖敏已怀有身孕,他们期待着为人父母。节目播出之后,很多观众关心他们,一直在反复询问他们俩的情况怎么样了,他们的孩子能否来到这个世界,赖敏能否如她所愿做一个母亲,他们未来的生活又会发生什么样的变化。

北汽集团董事长徐和谊的心也被他们的故事牵动着。他愿意代表北汽集团为赖敏和丁一舟提供一些实际的帮助。借此机会,赖敏和丁一舟再次被邀请上舞台,讲述他们的故事。

朗读者 ✿ 访谈

董　卿：你把头发剪了，你是做好当妈妈的准备了是吗？
赖　敏：对啊。丁一舟最近在研究怎么教育小孩儿，在看相关的视频。
董　卿：参加完我们的节目，赖敏需要在北京做一个更长时间的检查，丁一舟好像就自己先回喀什了。这是你们俩第一次分开是吗？
丁一舟：是的。
赖　敏：第一次分开这么长、这么久。其实我很牵挂他的。
董　卿：赖敏在北京要做产前的羊水穿刺，你是不是不在她身边也很担心？
丁一舟：我很焦急，也挺担心的。
赖　敏：当时他跟我说，他失眠了一个晚上。他告诉我，他往前多赶了一百多公里，我说既然你身体都这么累了，你就最好别往前赶了。
董　卿：其实他希望多赶点路，就能早一点见到你。
赖　敏：是。我跟他说了，这应该是我们最后一次分开了。我们分开了以后，才感觉到原来对方在自己心中那么重要。
丁一舟：其实我们两个早就把两个人过成一个人了，突然就分开的话，很不习惯。
赖　敏：他那天忽然发微信给我，叫我"宝贝"。以前，这些话他都说不出口的。
董　卿：分开了才知道，无论如何，只要在一起就好了。
赖　敏：对。我说我是蜡烛，他是我的蜡烛芯。

董　卿：现在大家可能最关心的就是检查的结果怎么样了。
赖　敏：其实我也很想知道。
董　卿：那我赶紧请出你去做检查的北京大学人民医院的妇产科产前诊断专家张璘医生。
张　璘：我们在对赖敏进行遗传学分析的时候，发现赖敏这个基因突变是一个非常罕见的突变类型。目前有关这个基因突变，国内外还没有相关的文献报道。通过家系图的绘制，我发现她的家族里男性、女性都有发病，并且代代都有遗传。按照这样诊断的逻辑和遗传的模式，赖敏宫内的胎儿有50%的概率患病，我们预计会在一到两周的时间内完成对胎儿的产前诊断工作。
董　卿：还有两个星期的时间。
丁一舟：挺煎熬的。
赖　敏：但是不要紧。因为我跟他商量过，如果孩子健康的话，我会跟他说："恭喜你，丁一舟，你要当丁路遥的老爹了。你人生中又多了一份责任哦。"

董　　卿：可是万一是不好的消息呢？

赖　　敏：万一不好的话，我只能跟他说对不起了。

丁一舟：这个没有关系。

董　　卿：没有什么对不起。这是两个人都会觉得很遗憾的事情。我真的希望你们的爱可以感动上天。我记得上一次赖敏跟我说，哪怕有一天我不在了，起码我生命的一部分在延续，在继续爱着丁一舟。一切都会好起来的。

你们的故事不仅牵动着很多观众的心，也牵动着我们《朗读者》的独家冠名商北汽集团的十三万名员工的心。今天北汽集团的董事长徐和谊先生也来到了现场。而且徐董今天不仅是带着关心来的，更是带着一些实际的帮助来的。

徐和谊：看了上一期节目，被赖敏和一舟两个人的爱和坚持深深地打动了。我们北汽华夏出行，想为赖敏和一舟打造一个专属的、特殊的服务。比如说提供在他们的旅行的过程中所需要的车辆支持。比如说，每到一站，要做检查，我们帮着她联系当地的医院；小宝宝生出来之后，我们提供车辆把他们送回家。

董　　卿：太好了。你们接下去所有的行程都有了安全的保障。我们还有一个现场捐赠的仪式。

徐和谊：今天我把华夏出行的第一张VIP卡赠送给你们夫妇二人。华夏出行倡导的理念是绿色出行、智慧出行和快乐出行。

董　　卿：我觉得徐董今天难得来到我们《朗读者》的现场。我们节目组常说，《朗读者》遇到北汽集团，就仿佛是小草遇到了阳光雨露，使得它有了蓬勃生长的可能，让更多的人去享受这样一片绿色。所有来到我们现场的嘉宾，最终都要还原成一个朗读者的面貌，所以徐董您是不是也在这里为我们朗读一段您所喜爱的文字？

徐和谊：好。今天的主题是"青春"，青春就好比百米赛跑的起跑，所以我想把艾青的《时代》献给那些把自己的青春献给自己所热爱的事业的人们。

（编者补记：2017年5月2日，羊水穿刺的结果显示，丁路遥还是遗传了赖敏的带病基因，奇迹没有发生。5月14日，母亲节那一天，医生给赖敏打了催产针。当针尖刺破肚皮时，赖敏知道，是时候和宝宝告别了。5月15日凌晨三点半，赖敏接受了引产手术。丁路遥是个女孩，长得像赖敏。赖敏说："她是天使，我很开心做了她仅有一瞬的妈妈。"）

朗读者 ❦ 读本

时　代

艾青

我站立在低矮的屋檐下
出神地望着蛮野的山岗
和高远空阔的天空，
很久很久心里像感受了什么奇迹，
我看见一个闪光的东西
它像太阳一样鼓舞我的心，
在天边带着沉重的轰响，
带着暴风雨似的狂啸，
隆隆滚碾而来……

我向它神往而又欢呼！
当我听见从阴云压着的雪山的那面
传来了不平的道路上巨轮颠簸的轧响
我的心追赶着它，激烈地跳动着
像那些奔赴婚礼的新郎
——纵然我知道由它所带给我的
并不是节日的狂欢
和什么杂耍场上的哄笑，
却是比一千个屠场更残酷的景象，

而我却依然奔向它
带着一个生命所能发挥的热情。

我不是弱者——我不会沾沾自喜,
我不是自己能安慰或欺骗自己的人
我不满足那世界曾经给过我的
——无论是荣誉,无论是耻辱
也无论是阴沉的注视和黑夜似的仇恨
以及人们的目光因它而闪耀的幸福
我在你们不知道的地方感到空虚
我要求更多些,更多些呵
给我生活的世界
我永远伸张着两臂
我要求攀登高山
我要求横跨大海
我要迎接更高的赞扬,更大的毁谤
更不可解的怨恨,和更致命的打击——
都为了我想从时间的深沟里升腾起来……

没有一个人的痛苦会比我更甚的——
我忠实于时代,献身于时代,而我却沉默着
不甘心地,像一个被俘虏的囚徒
在押送到刑场之前沉默着
我沉默着,为了没有足够响亮的语言
像初夏的雷霆滚过阴云密布的天空

抒发我的激情于我的狂暴的呼喊
奉献给那使我如此兴奋，如此惊喜的东西
我爱它胜过我曾经爱过的一切
为了它的到来，我愿意交付出我的生命
交付给它从我的肉体直到我的灵魂
我在它的前面显得如此卑微
甚至想仰卧在地面上
让它的脚像马蹄一样踩过我的胸膛

选自人民文学出版社《艾青诗全编》

  著名诗人艾青有很多诗句都是中国人耳熟能详的，最让人难忘的莫过于"为什么我的眼里常含泪水，因为我对这土地爱得深沉"。在这首《时代》里，一如既往地昂扬着艾青式的理想主义风格，对太阳所象征的未来的热烈期待，对广阔大地的深沉的情感，都化作了讴歌时代的兴奋和克服现实焦虑和黑暗笼罩的勇气。"忠实于时代，献身于时代"，是英雄主义的情怀；而"我不是弱者"却是生命的个性宣言，这宣言拥有穿透永恒的力量。

LANG

PING

郎平 朗读者

2016 年 8 月 21 日，在巴西里约，中国女排姑娘们时隔十二年又一次站上了奥运会的最高领奖台。这也是最年轻的一届中国女排姑娘，平均年龄不到二十四岁，她们开拓了中国女排的第三个黄金时代。而在这样一个让举国振奋喜悦的好成绩背后，有一个中国人都熟悉的名字——郎平。

三十多年前，从 1981 年到 1986 年，以郎平为代表的中国女排创下了世界排球史上的第一个五连冠，让中国人感受到了民族崛起的信心和能力，也让那个时代留下了一个深刻的记忆。她们的青春，是奋斗的青春，是拼搏的青春，是荣誉和汗水交织的青春。如今，当年五连冠的功臣们大都离开了体育一线，只有郎平一个人，不与世界妥协，仍然从事着自己最热爱的排球事业。

1985 年，郎平宣布退役。2013 年，在国际排联公布的排名中，中国队仅列第五位，危难关头郎平出任中国女排主教练。虽然重新出山的路并不好走，但她没有令大家失望。2015 年 5 月，她带领中国女排重夺亚锦赛冠军；同年 8 月，又夺得世界杯冠军。2016 年，中国女排战胜塞尔维亚队，赢得里约奥运会冠军。站在最高领奖台上的中国女排，再一次唤起了国人对于女排精神的集体共鸣，郎平也成为中国体育界唯一跨越时代，能够让年轻人和中老年人找到共同话题的偶像。

朗读者 ❦ 访谈

董　卿：一直就很期待您能够来我们的节目。我记得一月份节目开录的时候，我就给您发信，后来您回信说：我正在美国做手术呢。

郎　平：我身上多年的老伤，反应比较厉害；特别是奥运会完了以后，终于有时间去好好地修理修理了。

董　卿：相比这次出任总教练，更让您难以做决定的是2013年要出任女排主教练那个时候，好像您用了很长时间才下了这个决心。

郎　平：当时我看到女排的情况不是太好，我就想我能把她们带到哪里？因为这一批运动员对我来讲已经很生疏了。所以--时间，理不出头绪来。另外一个考虑的问题就是身体。因为我知道我这人干活儿习惯十全十美，要干就干到最好。

董　卿：豁了命。

郎　平：对，玩命。要说体能不行，您就别揽这活，所以我就是来回来去地在考虑吧。

董　卿：下定决心，好像已经是某一天的凌晨三点钟了。

郎　平：对的。我当时算了一下，离我退休还有一个四年，还能做点事。哪怕就是为中国女排留下一些经验和一些训练的方法，同时带带年轻的教练，也是值得的。

董　卿：在2016年8月21日那一天，所有的付出都得到了最好的回报，我们来重温一下当时激动人心的场面吧。（大屏幕播放中国女排奥运会夺冠场面）

董　卿：夺冠那一刻您会流泪吗？

郎　平：最后我已经欲哭无泪了。我就觉得，哎哟，终于完了，心里

这块石头放下了，好像也没有眼泪了。

董　卿：您真的很有经验。因为您自己有当队员的经验，有常年执教的经验，您可以很好地和这些姑娘们融合在一起。就像朱婷在里约打四分之一决赛的时候，压力特别大，可您就特别能够理解她。

郎　平：对，因为我也是做主攻手。大家都说，哎呀，铁榔头，铁榔头，但其实作为主攻手，一个主要得分手，压力是很大的。那个时候，只能更多地给她鼓舞。不光是对她，我对我们所有的队员都说，上去以后别怕输，你也别想输的事，我来干吗？我是来赢的！

董　卿：我听他们说，总局的食堂，女排的姑娘是每天中午吃饭去得最晚的，为了等你们队的姑娘们，往往大师傅都趴在桌上快睡着了。

郎　平：我们平时训练是很艰苦、很枯燥的。扣球，练一个斜线，那斜线还分很多种呢。练其中一种，可能就得扣两三个小时。这还不是一天，是每一天都这样。常态一般是在早上八点半开始训练，一直到一点或者是一点半。

董　卿：运动员的作息是这样，教练员其实会比她们有更长的工作时间。

郎　平：像老师要备课一样的，要写出作战方案。你不能说你看比赛的过程，让队员也去看，因为时间太长了。作为教练，一定要提炼精华，然后给她们一个最简短的、最明确的方案，指导怎么去打。

董　卿：去年在奥运期间，您有一段吃方便面的视频在网上传得特别火。

郎　平：因为没办法，我们要打的对手，很可能是最后一场球。我们的录像师回来以后，马上给我做录像，然后我就要等到十二点到一点。我要看，看完以后我要出方案。人用脑子的时候是很饿的。

董　卿：那您是吃胖了，还是吃瘦了呀？

郎　平：瘦了。回来一看，怎么一照相我的脸都尖了。我说尖了好，挺上相的。当时一称，减了十四斤，七公斤。因为这根弦老绷着，包括睡觉，所有的梦全是比赛。

董　卿：在最后夺冠的那一刻，姑娘们站上领奖台，你有想到自己，三十二年前的自己吗？

郎　平：我现在基本上给我自己以前的历史做一个屏蔽，我现在是教练员。当时颁奖还不让我们教练在场，让我们在观众席上。我觉得特失落。而且我们都没有奖牌，教练是没有奖牌的。但我看我们队员一个个的特漂亮，在那唱歌，我们也跟着唱国歌。

董　卿：真的是一个时代的记忆，多么骄傲和自豪的事情！我手上拿的是郎指导的日记和书信，是1986年出版的。这里边有一篇写的就是1984年奥运会夺冠的那一天。"1984年8月8日，胜利了，胜利了！是梦，这是梦吗？我只感到我们场上的六个人是那样的和谐、默契，那只球是那样的听话，任我们随心所欲。站在球场上的中国队，告诉人们，她们无所畏惧。"

其实那个时候夺冠，我觉得更艰难。因为无论从国力来看，还是从整个女排的身体素质来看，比美国、比巴西要差一大截。

郎　平：我是一米八四，现在在中国女排都找不到位置了。那会儿确实身高都挺矮的。但是那会儿美国、古巴，包括苏联——我们那会还叫苏联呢——那些欧洲队，都是那种又壮又高的。所以我们就请了一些男陪练。他们打球力量大、速度快。我记得有一次，我们有个陪练站在高台上打，我们前排拦网判断错了，一下子给闪开了，这球"啪"就糊我脸上了。我当时就觉得，不是疼啊，是觉得脸都爆了。后来她们看，连瞳孔都放大了，脑震荡。我说现在我记忆不好，可能就跟那个球有关系。（全场笑）

董　卿：当时每天有没有一个量化的训练？

郎　平：有。我现在想起来都出汗。我们每天大概防守就要练两个小时。更可怕的是，除了防守还有扣球一系列的。完了以后，我每天加班。加班就是所有队员给你捡球，教练一对一开始防守。每天除了这么高强度的训练之外，我要单独拎出来"吃小灶"就是极限防守。有一次早上八点开始练的，一直扣到下午三点，七个小时。第二天腿全肿了。我觉得教练就是折磨你，就是让你在特别困难、特别不顺的时候，还得平复情绪，还要保持斗志。

董　卿：现在再回忆这样的一段青春岁月，您最大的感受是什么呀？

郎　平：我最大的感受是还好我打排球，不然就不能这么幸运，能够在女排这个集体，遇到这么好的教练，这么好的队友；在女排最辉煌的时候，我参与了，而且我还是一个主力队员。我觉得我特别幸运。

董　卿：那您今天到我们现场来，是要为大家读点什么呢？

郎　平：我希望能给大家读勃兰兑斯的《人生》。

董　卿：是要把它献给谁呢？

郎　平：把它献给一直支持我们中国女排的人。

董　卿：说起关心、爱护中国女排的观众，我们今天现场还真有一些中国女排的老观众，铁杆球迷。你们好，自我介绍一下吧。

张庆坤：我叫张庆坤，今年七十五岁，来自北京。我原来是医务工作者，从1981年就开始追随中国女排，一直到现在。当时咱们国家刚刚改革开放，电视还没普及，我老伴特别支持我看球，就把他积攒多年的纪念邮票、特种邮票，还有六十年代发行的邮票，一共十几本，都卖了，买了一个12寸的黑白电视，支持我看女排。当时我们家住在单位的筒子楼，每到晚上，男女老少都来看女排比赛。当时那个场面，我到现在还记忆犹新。（观众鼓掌）

李忠仙：我叫李忠仙，来自陕西西安，今年五十四岁。1981年女排夺冠那天晚上，中国沸腾了，我们西安市也沸腾了，走在大街上，满大街的人拿着洗脸盆敲，拿着扫把点着了当火炬。

我们喊的口号是"向女排学习,向女排致敬,振兴中华"。(观众鼓掌)回去睡不着觉,我就连夜写了篇作文叫《向女排致敬》。第二天早上就给了语文老师张自生,结果张老师激动地在操场主席台上用大喇叭读了。然后老师说:李忠仙,你不要学理科了,改文科吧。从此一个理科生变成文科生了。(全场笑)郎导永远是我心中的标杆,一个灯塔,让我追随着。

董　卿:谢谢你们!你们说出了很多人共同的感受,共同的心声。今天还有一位很特殊的资深球迷也来到了现场。掌声欢迎宋世雄老师!宋老师跟女排的渊源就久远了,您解说过得有好几百场女排的比赛了吧?

郎　平:宋老师不但球解说得好,而且是我们的福星,我们说重大比赛一定要宋老师解说我们才能拿冠军。

宋世雄:我和郎导是深交,相识三十九年。对她的功绩,对她的人品,对她的性格,可以说了如指掌。1979年,中国女排参加第二届亚洲女排锦标赛。之前我们从来没有赢过日本,但在这次比赛里,中国队赢了。我采访了郎平,那个时候郎指导谈到她的理想就是为国争光。她那时候讲了几个字:敢打、敢拼,还得敢赢。过了三十九年了,这句话我记忆犹新。中国女排就得有不怕牺牲的精神,这就是一种传承。(观众鼓掌)

董　卿:您也是永远激情澎湃,永远青春。

宋世雄:大家在球场上看到的是铁榔头,但实际上郎指导是一个非常温和的人,好女子啊!(全场笑)

董　卿:在生活里是一个很温和的女性,这个只有她丈夫知道啊。(全场笑)

宋世雄:她丈夫才跟她多少年,我跟她三十九年呢。当然,感情是不

一样的。（全场笑）

董　　卿：在家里，您是一个什么样的太太呢？

郎　　平：惭愧啊！这做饭也不会，就是蹭饭呗。（全场笑）我这人只会给人精神食粮。我们俩都是他让着我，他是倾听者。我无聊的时候……

董　　卿：郎指导的爱人是考古专家。（观众鼓掌）

郎　　平：我说你当我的历史老师，给我恶补一下，元代是从什么时候开始的。（笑）反正挺有意思的，是一种精神上的调剂，也是一种享受吧。

董　　卿：美好的家庭关系也是能够让我们保持青春状态的一剂良药啊。今天不仅是宋老师来了，我们新一代的女排队员也来到了现场，掌声欢迎姑娘们。（女排姑娘上场，全场笑）我第一次有了矮人一截的感觉。这几位大家都不陌生，袁心玥、惠若琪、魏秋月、徐云丽，欢迎你们。先每人一句话，说说你们心中的郎指导。

郎　　平：小心点儿哦。（全场笑）

惠若琪：郎导在我们心目中就是场上的战士，场下的女神。

魏秋月：我觉得郎指导还有非常小女人的一面，比如我们奥运戴的驱蚊手表，郎导戴的是HELLO KITTY。（全场笑）

袁心玥：郎导对我们来说，不仅是一个偶像，也是一个很好的榜样。

徐云丽：我觉得郎导是一个能够带给我们希望，带给我们光明和力量的人。

董　　卿：今天女排姑娘们也都做了准备，她们要先把一小段朗读献给郎指导，然后再请郎指导朗读。有请！

理　想

流沙河

理想是石，敲出星星之火；
理想是火，点燃熄灭的灯；
理想是灯，照亮夜行的路；
理想是路，引你走到黎明。

饥寒的年代里，理想是温饱；
温饱的年代里，理想是文明。
离乱的年代里，理想是安定；
安定的年代里，理想是繁荣。

理想如珍珠，一颗缀连着一颗，
贯古今，串未来，莹莹光无尽。
美丽的珍珠链，历史的脊梁骨，
古照今，今照来，先辈照子孙。

理想是罗盘，给船舶导引方向；
理想是船舶，载着你出海远行。
但理想有时候又是海天相吻的弧线，
可望不可即，折磨着你那进取的心。

理想使你微笑地观察着生活；
理想使你倔强地反抗着命运。
理想使你忘记鬓发早白；
理想使你头白仍然天真。

理想是闹钟，敲碎你的黄金梦；
理想是肥皂，洗濯你的自私心。
理想既是一种获得，
理想又是一种牺牲。

理想如果给你带来荣誉，
那只不过是它的副产品，
而更多的是带来被误解的寂寥，
寂寥里的欢笑，欢笑里的酸辛。

理想使忠厚者常遭不幸；
理想使不幸者绝处逢生。
平凡的人因有理想而伟大；
有理想者就是一个"大写的人"。

世界上总有人抛弃了理想，
理想却从来不抛弃任何人。
给罪人新生，理想是还魂的仙草；
唤浪子回头，理想是慈爱的母亲。

理想被玷污了，不必怨恨，
那是妖魔在考验你的坚贞；
理想被扒窃了，不必哭泣，
快去找回来，以后要当心！

英雄失去理想，蜕作庸人，
可厌地夸耀着当年的功勋；
庸人失去理想，碌碌终生，
可笑地诅咒着眼前的环境。

理想开花，桃李要结甜果；
理想抽芽，榆杨会有浓荫。
请乘理想之马，挥鞭从此起程，
路上春色正好，天上太阳正晴。

（本篇由女排队员袁心玥、惠若琪、魏秋月、徐云丽共同朗读。）

读过流沙河《理想》的人总会被这首诗的哲理所吸引，陷入遐想与沉思。然而今天的年轻人大约很少有人知道，诗人为自己的理想曾经付出了怎样的代价。1957年，流沙河因为参加《星星》诗刊的编辑工作和发表散文诗《草

木篇》，遭到了铺天盖地的批判。他被打成"右派"，开除团籍和公职，被监督劳动。"四人帮"倒台，他才被平反。《理想》就是在这种背景下写出来的。但好的诗歌总是忧愤或者曲折命运的产物，唯其如此，人的生命才会更加焕发出精神的力量。

北京大学中文系教授　赵祖谟

人　生

[丹麦] 勃兰兑斯

这里有一座高塔，是所有的人都必须去攀登的。它至多不过有一百级。这座高塔是中空的。如果一个人一旦达到它的顶端，就会掉下来摔得粉身碎骨。但是任何人都很难从那样的高度摔下来。这是每一个人的命运：如果他达到注定的某一级，预先他并不知道是哪一级，阶梯就从他的脚下消失，好像它是陷阱的盖板，而他也就消失了。只是他并不知道那是第二十级或是第六十三级，或是哪一级；他所确实知道的是，阶梯中的某一级一定会从他的脚下消失。

最初的攀登是容易的，不过很慢。攀登本身没有任何困难，而在每一级上从塔上的瞭望孔望见的景致都足够赏心悦目的。每一件事物都是新的。无论近处或远处的事物都会使你目光依恋流连，而且瞻望前景还有那么多的事物。越往上走，攀登越困难了，目光不大能区别事物，它们看起来都是相同的。同时，在每一级上似乎难以有任何值得留恋的东西。也许应该走得更快一些，或者一次连续登上几级，然而这是不可能做到的。

通常是一个人一年登上一级，他的旅伴祝愿他快乐，因为他还没有摔下去。当他走完十级登上一个新的平台后，对他的祝贺也就更热烈些。每一次人们都希望他能长久地攀登下去，这希望也就显露出更多的矛盾。这个攀登的人一般是深受感动，但却忘记了留在他身后的很少有值得自满的东西，并且忘记了什么样的灾难正隐藏在前面。

这样，大多数被称作正常的人的一生就如此过去了，从精神上来说，他们是停留在同一个地方。

然而这里还有一个地洞，那些走进去的人都渴望自己挖掘坑道，以便深入到地下。而且，还有一些人的渴望是去探索许多世纪以来前人所挖掘的坑道。年复一年，这些人越来越深入地下，走到那些埋藏金属和矿物的地方。他们使自己熟悉那地下的世界，在迷宫般的坑道中探索道路，指导或是了解或是参与到达地下深处的工作，并乐此不疲，甚至忘记了岁月是怎样逝去的。

这就是他们的一生，他们从事向思想深处发掘的劳动和探索，忘记了现时的各种事件。他们为他们所选择的安静的职业而忙碌，经受着岁月带来的损失和忧伤，和岁月悄悄带走欢愉。当死神临近时，他们会像阿基米德在临死前那样提出请求："不要弄乱我画的圆圈。"

在人们眼前，还有一个无穷无尽地延伸开去的广阔领域，就像撒旦在高山上向救世主显示的所有那些世上的王国。对于那些在一生中永远感到饥渴的人，渴望着征服的人，人生就是这样：专注于攫取更多的领地，得到更宽阔的视野、更充分的经验，更多地控制人和事物。军事远征诱惑着他们，而权力就是他们的乐趣。他们永恒的愿望就是使他们能更多地占据男人的头脑和女人的心。他们是不知足的，不可测的，强有力的。他们利用岁月，因而岁月并不使他们厌倦。他们保持着青年的全部特征：爱冒险，爱生活，爱争斗，精力充沛，头脑活跃，无论他们多么年老，到死也是年轻的。好像鲑鱼迎着激流，他们天赋的本性就是迎向岁月之激流。

然而还有这样一种工场——劳动者在这个工场中是如此自在，终其一生，他们就在那里工作，每天都能得到增益。在不知不觉中他们变得年老了。的确，对于他们，只需要不多的知识和经验就够了。然而还是有许多他们做得最好的事情，是他们了解最深，见得最多的。在这个工场里生活变了形，变得美好，过得舒适。因而那开始工作的人知道他们是否能成为熟练的大师只能依靠自己。一个大师知道，经过若干年之后，在钻研和精通技艺上停滞不前是最愚蠢的。他们告诉自己：一种经验（无论那可能是多么痛苦的经验），一个微不足道的观察，一次彻底的调查，欢乐和忧伤，失败和胜利，以及梦想、臆测、幻想、人类的兴致，无不以这种或另一种方式给他们的工作带来益处。因而随着年事渐长，他们的工作也更必须更丰富。他们依靠天赋的才能，用冷静的头脑信任自己的才能，相信它会使他们走上正路，因为天赋的才能是属于他们自己的。他们相信在工场中，他们能够做出有益的事情。在岁月的流逝中，他们不希望获得幸福，因为幸福可能不会到来。他们不害怕邪恶，而邪恶可能就潜伏在他们自身之内。他们也不害怕失去力量。

也许他们的工场不大，但对他们来说已够大了。它的空间已足以使他们在其中创造形象和表达思想。他们是够忙碌的，因而没有时间去察看放在角落里的计时沙漏,沙子总是在那儿漏着。当一些亲切的思想给他以馈赠,他是知道的,那像是一只可爱的手在转动沙漏,从而延缓了它的停止。

(罗洛 译)

选自江苏文艺出版社《世界散文精华·欧洲卷》

勃兰兑斯是丹麦的文学史家,他的文学史名著《十九世纪文学主潮》已是举世公认的权威教本。同时,他也著有一系列的名人传记,《莎士比亚》《歌德》《伏尔泰》等等。他的文字层次清晰、意象鲜明、视野开阔、美学格调高雅。入选课本的《人生》这一篇,他用高塔、地洞、工场等来寓意人生的不同阶段,书写每一个阶段可能遇到的问题,可能获得的收获。尤其是他对青年作为一种人生状态,而不仅仅是年龄特征的概括——爱冒险,爱生活,爱争斗,精力充沛,头脑活跃……赢得了无数的共鸣。

WANG

YUAN

王源 朗读者

梁启超先生曾经在《少年中国说》当中，慷慨激昂地赞许年轻人对一个国家，乃至一个时代的伟大意义。今天我们这个时代，九五后、〇〇后都已成为青年。出生于二〇〇〇年的王源，就是这一群体的代表之一。

王源是少年偶像组合TFBOYS的成员之一，十三岁出道，在此之前就通过翻唱经典歌曲和主持综艺节目积攒了一定的人气。四年后，他被媒体称为"最受瞩目的〇〇后明星"。

2017年，王源作为中国青年代表，受邀赴纽约联合国总部出席联合国经济及社会理事会2017年青年论坛。会上，王源做了两分钟英文发言，呼吁关注贫困地区孩子的教育问题，并号召更多中国年轻人热心世界公益事务。

朗读者 ❦ 访谈

董　卿：你们这个TFBOYS组合的成名曲正好叫《青春修炼手册》。你觉得青春需要修炼吗？

王　源：当时唱这首歌的时候，我只有十二三岁，也完全没有理解歌曲的意思。到现在我十六岁了，我觉得这几年来，就是我们青春的修炼。

董　卿：怎么样来修炼自己呢？

王　源：比如说我之前会特别关注网上对我的评论，哪里做得好，哪里做得不好。但是慢慢地我就发现，不管是和别人比较，还是通过外界的反馈带给我的一些虚荣吧，我觉得都不重要，重要的可能是要丰富自己。不可能让所有人都喜欢你，这是很正常的事情。

董　卿：就是不以不理智去回应不理智。其实我觉得步入青春期，有一个很重要的标志，就是自我意识变得格外强烈——我是谁，我要怎么样。你也会吗？

王　源：会啊，我觉得如果让我去换别人的青春，我不愿意；我就是我，我就是要活出我自己的样子来。

董　卿：在过去这几年当中，演出会影响到你的学业吗？

王　源：会。有一次模拟考试，750分满分，我考了200分，那时候离中考还有一个多月。后来，经过最后一个月的准备，我还是通过自己的努力考上了心仪的高中。

董　卿：你很厉害啊，就一个月的突击，就把整个考试都应付下来了。是不吃、不喝、不睡吗？

王　源：没有。不论多累，都得吃好、喝好、睡好。不过，我当时确实挺紧张的，觉得所有人都看着我，不能考太差，于是就一直补课。那段时间虽然课业比较繁重，但还挺快乐的，因为我和同学待在一起。我们在做一样的事情，在为同一个目标奋斗。

董　卿：你觉得哪一种状态你更喜欢呢？单纯做一个学生和同时做学生和明星？

王　源：我觉得都有点喜欢吧。其实在学校，我喜欢的是和同学在一起，一起学习、一起成长的过程；当明星，我觉得我追寻的是自己的梦想。

董　卿：前一段时间，你受到联合国经济及社会理事会2017年青年论坛的邀请，去做了一个全英文的演讲？

王　源：那个活动叫"畅想2030"，我探讨的话题是关于优质教育的。其实被通知是全英文发言的时候，我心还挺虚的，因为没有怎么进行口语训练。在进联合国的会堂之前，我心里特别紧张。但是进去了之后，我坐到座位上才发现，面前摆的牌子是CHINA，不是王源——我代表的是中国，我就觉得特别自豪。

董　卿：你代表的是整个中国的年轻人的群体。所以今天，我们也特意邀请了另外一些年轻人，我觉得他们都有各自的代表性：

施则威，来自北京四中，今年十七岁，热爱科技发明，曾获得两项专利，同时还获得了2017年北京市青少年科技创新市长奖，"明天小小科学家"称号。

杨心怡，十八岁，来自海淀实验中学。2015年作为中国唯一一位高中生观察员受邀参加了菲律宾APEC峰会。

单伯瑄，十七岁，发明了一款智能的汽车指纹锁，获得了国家专利局颁发的实用新型专利。

你们认为青春是什么？

施则威：我觉得青春是应该勇敢一些，应该大胆去尝试。因为在这样的一个年纪里，你永远都不知道会发生什么，永远都不知道自己还会学到哪些本领，所以我们还有大好的青春和大好的时光。

杨心怡：青春应该是人生立志的阶段，就是一定要立下一个人生的信念。它是唯一的。就是说，我对于青春的态度是，不断地汲取，包容地吸收。

董　卿：单伯瑄你想过没有，自己在2030年的时候会是什么样子？你愿意也和王源一样，畅想一下吗？

单伯瑄：我想加入一个富有创造性的团队，然后和他们一起进行一些创造，为我们的生活带来更多的便利，来让我们的生活变得更加美好。

董　卿：我想青春之所以值得羡慕，是因为你们还有很长的一条路可走，可以努力去实现自己的梦想。但是也要做好充分的思想准备，没有一条青春的道路是平坦的，没有一条道路是只有鲜花而没有荆棘的，没有一条道路是只有阳光而没有阴雨的。所以我也希望你们变得更勇敢、坚定、自信！

朗读者 ❧ 读本

牧羊少年奇幻之旅（节选）

[巴西] 保罗·科尔贺

男孩不免觉得很失望；他决定再也不要相信梦了。他想起来还有一大堆事该做呢：去市场吃点东西、换一本比较厚的书。做完这些事以后他在广场的一张板凳上坐下来，试饮新买的酒。这天天气很热，而酒让人精神振奋。他把羊群寄放在城门口一位朋友的牛舍里。他在这城里认识不少朋友。这是旅行吸引他的一点，既可以认识很多新朋友，又不需要花太多时间在这些人身上。当你每天和同一群人打交道时，他们也会变成你生命当中的一部分了，就像当年他在神学院的情形一样。他们会要求你改变自己来迁就他们，如果你不是他们所期望的样子，他们就会不高兴。绝大多数人似乎都很清楚别人该怎么过活，却对自己的一无所知。

他决定等太阳落山后，再赶牲口上路，穿过草原。三天后，他就能和那个商人的女儿见面了。

他开始读起那本新换来的书。第一页是描述一场丧礼，书中角色的名字都非常难念。如果有一天他写一本书，一定每次只介绍一个角色出场，这样读者才不会忙着记名字，他想道。

等他好不容易专注心神的时候，开始觉得这本书还不错；那场丧礼是在一个下雪的日子，嗯，他喜欢因下雪而带来的冰冷氛围。他继续读着，一个老人在他身旁坐下来，和他搭讪。

"那些人在做什么？"老人指指广场上的一群人。

"工作。"男孩冷淡地回答，极力表现出他正专心看书。

事实上，他脑中正幻想着在商人女儿面前剃羊毛的情形，这样她就会认为他很有本事，能完成一些困难的事。他已经想像这一幕想了好多遍了，每一次那个女孩都用着迷的眼神，听他解释羊毛必须从背后往前剃。他同时还想好了，在解释剃羊毛技术的同时，还要不经意地提起几家有趣的商店。这些商店都是他从书里读来的，不过，他会把它们说得像是他的亲身经历。她绝不会发觉真相的，因为她不识字。

耳际，老人还在努力和他攀谈。老人说自己又累又渴，不知道可不可以喝一口男孩的酒。男孩把酒瓶递过去，暗自希望老人别再打扰他了。

可是老人依旧聒噪个不停，他问男孩正读着什么书。男孩真想用粗鲁的行动来吓走他，好比说移到另一张凳子去坐。不过，男孩的父亲一向教导他要尊敬长辈。所以他就拿起书让老人自己看。他这么做有两个用意，一来他自己也不太确定书名该怎么念；二来，如果老人不会念，说不定就会因此羞愧得自行移到别张凳子去坐了。

"嗯……"老人把书拿过去，左看右看，好像那是个奇怪的东西，然后说："这本书很重要，不过读起来会令人厌烦。"

男孩吓了一跳。没想到老人识字，而且他早就读过这本书了。如果这本书真像老人说的令人厌烦，也许他该趁还来得及的时候，赶快去换另一本书。

"这本书了无新意，就跟世界上其他大多数的书一样，"老人继续说着，"光只会描述人们对自己命运的不由自主，甚至还以世界上最大的谎话来作结尾。"

"什么是世界上最大的谎言？"在全然的惊讶下，男孩脱口问。

"在生命的重要时刻，我们却对发生在自己身上的事物无能为力，只能听天由命——这就是世界上最大的谎言。"

"我就不会这样。"男孩说,"别人希望我当一个神父,我却决定做个牧羊人。"

"那好多了!"老人说,"因为你真的很喜欢旅行。"

"他知道我在想什么!"男孩忖道。在这同时,老人翻阅着书页,似乎无意把书还给他。男孩注意到老人的衣服很奇怪,有点像阿拉伯人。在这一带地方来说,穿着阿拉伯服装的人并不稀奇。非洲距离台里发很近,只要乘船渡过窄窄的海峡,几个小时就到了非洲。这座城里常可以看见阿拉伯人,或者正在做买卖、或者正在进行一天数次的奇怪礼拜。"你打哪儿来的?"男孩问。

"从好几个地方来的。"

"没有人会从好几个地方来。"男孩说。"就以我来说,我是个牧羊人,去过许多地方,但我只来自一个地方——一个靠近某个古老城堡的城市,那是我出生的地方。"

"好吧,那我们不妨说我出生在撒冷。"

男孩不清楚撒冷在哪里,不过他也不想追问,以免显得自己太无知。他盯着广场上的人群看了好一会儿,那些人来来去去的,每个人看起来都很忙。"撒冷最近还好吗?"他问,试图找到一些线索。

"还不就是那样。"

仍无线索。不过他知道撒冷不是位于安达鲁西亚地区,否则他一定会听过这个地方。

"你在撒冷是做什么的?"他继续。

"我在撒冷是做什么的?"老人大笑。"我是撒冷之王。"

人类就爱说些奇怪的事,男孩心想。有时候羊群远比人类好相处,因为它们不会说话。更好的是与书独处。书只会在你愿意听的时候,才会说些奇幻的故事。可是，当你和人交谈的时候，他们就会说些让你不知道该怎么接下去的话题。"我叫麦基洗德。"老人说，"你有几只羊？"

"够多了。"男孩说，看得出老人想了解他的背景。

"喔，那我就没办法帮你忙，如果你觉得你已经有了够多的羊。"

男孩心头升起一股怒火。他可没要人帮忙！是那个老人自己跑来讨一口酒喝，也是老人先开口聊起来的。

"把书还给我。"男孩说。"我必须走了，去带我的羊上路。"

"给我十分之一的羊，"老人说，"我就告诉你该怎么找到宝藏。"

男孩想起他的梦，霎时这一切再明白不过了。那个女人虽然没跟他收钱，可是这个老人——大概是她丈夫吧——却用另一种方式想叫他拿出更多钱来交换情报，去找一处根本不存在的宝藏。这老人大概也是个吉卜赛人吧！

但男孩还来不及说什么，老人就靠过来，拿起一根木条，在广场的沙地上开始写字。有个东西从他的胸部射出来，带着强烈炫目的光芒，使得男孩有一瞬间看不见任何东西。然后，老人迅速用斗篷盖住了他刚刚写的东西，动作敏捷得不像他那年纪该有的。当视觉恢复正常时，男孩却能清楚地读出老人刚才在沙地上写下的字。

就在这个小城市的广场沙地上，男孩看见了他父母的名字、那间他就读了一段时日的神学院名称。他还看见了那个商人女儿的名字——他本来根本不知道的；他甚至还看见了他从未告诉过别人的事。

"我是撒冷之王。"那老人曾这么说。

"为什么一位国王会来跟一个牧羊人说话？"男孩问，带着敬畏和羞惭。

"有几个原因。不过，最重要的是因为你已经发现了你的天命。"

男孩不懂什么是"天命"。

"那就是你一直想去做的事。每个人，在他们年轻的时候，都知道自己的天命。

"在那时候，每件事都清晰不昧，每件事都有可能。他们不会害怕做梦，也不畏惧去渴望生命中任何会发生的事物。然而，随着岁月流逝，一股神秘的力量将会说服人们，让他们相信，根本就不可能完成自己的天命。"

男孩受到强烈的震撼。不过他还是想知道那股"神秘的力量"是什么。当他告诉商人女儿这件事时，她将会多么感兴趣呵！

"这股力量看似负面，实则引导你去完成你的天命。它能淬炼你的精神、砥砺你的愿力，因为这是这个星球上最伟大的真理：不管你是谁，也不论那是什么，只要你真心渴望一样东西，就放手去做，因为渴望是源自天地之心；因为那就是你来到这世间的任务。"

"即使你所渴望的只不过是去旅行？或者是和一位布料商人的女儿结婚？"

"甚至是去寻宝。天地之心依赖着人们的幸福，或者不幸、嫉妒、猜忌而滋长。完成自己的天命，是每个人一生唯一的职责。万物都为一。"

"而当你真心渴望某样东西时，整个宇宙都会联合起来帮助你完成。"

两人接着沉默了好一会儿，观看着广场上的人群移动。最后老人先开口。

"你为什么会想要当个牧羊人？"

"因为我想要旅行。"

老人指着广场一角，那里有一位面包师傅正站在自家商店橱窗边，老人说:"在他年幼时,他也渴望去旅行,但他决定先买间面包店,攒些钱在身边。这样,等到他年老时,就有能力到埃及去生活一个月。他从来不明白,人类在生命的任何一个阶段其实都有能力去完成他们的梦想。"

"他实在应该去当牧羊人的。"男孩说。

"他曾经想过,"老人说,"不过,面包师傅的地位比牧羊人要来得高。面包师傅有自己的房屋,而牧羊人却只能睡在野外。每个父母都比较希望看到自己的孩子嫁给面包师傅,而不是牧羊人。"

男孩感觉心咚地跳了一下,想起商人的女儿。在她镇上也一定有个面包师傅。

老人继续说道:"到头来,别人怎么想就会变得比自己的天命重要。"

老人再度翻着书页,并似乎打算要从翻到的那一页读起。过了好半响后,男孩突然问老人:"你为什么要告诉我这些?"

"因为你想要完成自己的天命,也因为你正好处在一个想要放弃它的时刻。"

"而你总是会在这个时刻出现吗?"

"不一定是像这种方式,但我总是会出现,也许是以这种面貌,也许是另一种。有时我甚至是以解答或者灵感的形式,出现在人们面前;而在另外一些重要时刻,我则扮演着促使事情更顺利进行的触媒。我还做过许多其他的事,不过多半人们并不知道那些事情是我做的。"

(周惠玲 译)

选自台北时报出版公司《牧羊少年奇幻之旅》

巴西当代著名作家保罗·科尔贺被誉为在读者数量上"唯一能与马尔克斯比肩的拉美作家"。他发表于1988年的《牧羊少年奇幻之旅》，不仅在国内反响热烈，也是全球级的畅销书。小说从西班牙牧羊少年梦到金字塔的宝藏写起，写他为寻梦跨海到非洲，穿越撒哈拉大沙漠，最终虽然没有找到财富，却悟出了人生真正的财富之所在。小说更像一部寓言，也带有些许的宗教色彩。西方评论家把本书誉为影响读者心灵的现代经典，其中的很多句子都被奉为人生箴言。

当一切入睡

[法] 雨果

当一切入睡，我常兴奋地独醒，
仰望繁星密布熠熠燃烧的穹顶，
 我静坐着倾听夜声的和谐；
时辰的鼓翼没打断我的凝思，
我激动地注视这永恒的节日——
 光辉灿烂的天空把夜赠给世界。

我总相信，在沉睡的世界中，

只有我的心为这千万颗太阳激动,
　　命中注定,只有我能对它们理解;
我,这个空幻、幽暗、无言的影像,
在夜之盛典中充当神秘之王,
　　天空专为我一人而张灯结彩!

(飞白 译)

(朗读者为施则威)

维克多·雨果被称为"法兰西的莎士比亚",他一生的创作时间长达六十年,是多产的作家,作品包括小说、诗歌、政论等等。《当一切入睡》是他的一首短诗,描绘的是独自仰望星空时候的心绪。迷人的星空,大写的人,共同构成一个优雅、精美的画面,彰显的是享受天空为"神秘之王"张灯结彩的豪放和自信,很符合青春的气质。

成为你自己

周国平

童年和少年是充满理想的美好时期。如果我问你们,你们将来想成为怎样的人，你们一定会给我许多漂亮的回答。譬如说，想成为拿破仑那样的伟人，爱因斯坦那样的大科学家，曹雪芹那样的文豪，等等。这些回答都不坏，不过，我认为比这一切都更重要的是：首先要成为你自己。

姑且假定你特别崇拜拿破仑，成为像他那样的盖世英雄是你最大的愿望。好吧，我问你：就让你成为拿破仑，生长在他那个时代，有他那些经历，你愿意吗？你很可能会激动得喊起来：太愿意啦！我再问你：让你从身体到灵魂整个儿都变成他，你也愿意吗？这下你或许有些犹豫了，会这么想：整个儿变成了他，不就是没有我自己了吗？对了，我的朋友，正是这样。那么，你不愿意了？当然喽，因为这意味着世界上曾经有过拿破仑，这个事实没有改变，唯一的变化是你压根儿不存在了。

由此可见，对于每一个人来说，最宝贵的还是他自己。无论他多么羡慕别的什么人，如果让他彻头彻尾成为这个别人而不再是自己，谁都不肯了。

也许你会反驳我：你说的真是废话，每个人都已经是他自己了，怎么会彻头彻尾成为别人呢？不错，我只是在假设一种情形，这种情形不可能完全按照我所说的方式发生。不过，在实际生活中，类似情形却常常在以稍微不同的方式发生着。世上有许多人，你可以说他是随便什么东西，一种职业、一种身份、一个角色，或别的什么，唯独不是他自己。如果一个人总是按照别人的意见生活，没有自己的独立思考，总是为外在的事务忙碌，没有自己的内在生活，那么，说他不是他自己就一点没有冤枉他。因为确确实实，从他的头脑到他的心灵，你在其中已经找不到丝毫真正属于他自己的东西了，他只是别人的一个影子或事务的一架机器罢了。

那么，怎样才能成为自己呢？这是真正的难题，我承认我给不出答案。我还相信，不存在一个适用于一切人的答案。我只能说，最重要的是每个人都要真切地意识到他的"自我的宝贵"，有了这个觉悟，他就会自己去寻找属于他的答案。在茫茫宇宙间，每个人都只有一次生存的机会，都是一个独一无二、不可重复的存在。正像卢梭所说的，上帝把你造出来后，就把那个属于你的特定的模子打碎了。名声、财产、知识等等都是身外之物，人人都可求而得之，但你对人生的独特感受是别人的感受不能够替代的。你死之后，没有人能够代替你再活一次。如果你真正意识到这一点，你就会明白，活在世上，最重要的就是活出你自己的特色和滋味来。你的人生是否有意义，衡量的标准不是外在的成功，而是你对积极人生的独特领悟和坚守。坚持这一标准，你的自我才能闪放出个性的光华。

在历史上，每当世风腐败之时，人们就会盼望救世主出现。其实，救世主就在每个人的心中。

（朗读者为杨心怡）

周国平是中国当代非常有名的哲学家、散文家。他的散文常能从日常生活或习惯心理切入，生发出别开生面的人生哲理和情感内涵。《成为你自己》很像一堂短小的人生课，让人拨开纷繁复杂的表象，找到真正成为自己的心理根基。青春，需要阅读这样的篇什，也需要这一番四两拨千斤的智慧点拨。

我所知道的康桥（节选）

徐志摩

伺候着河上的风光，这春来一天有一天的消息。关心石上的苔痕，关心败草里的花鲜，关心这水流的缓急，关心水草的滋长，关心天上的云霞，关心新来的鸟语。怯怜怜的小雪球是探春信的小使。铃兰与香草是欢喜的初声。窈窕的莲馨，玲珑的石水仙，爱热闹的克罗克斯，耐辛苦的蒲公英与雏菊——这时候春光已是缦烂在人间，更不须殷勤问讯。

瑰丽的春放。这是你野游的时期。可爱的路政，这里不比中国，那一处不是坦荡荡的大道？徒步是一个愉快，但骑自转车是一个更大的愉快。在康桥骑车是普遍的技术；妇人，稚子，老翁，一致享受这双轮舞的快乐。（在康桥听说自转车是不怕人偷的，就为人人都自己有车，没人要偷。）任你选一个方向，任你上一条通道，顺着这带草味的和风，放轮远去，保管你这半天的逍遥是你性灵的补剂。这道上有的是清荫与美草，随地都可以供你休憩。你如爱花，这里多的是锦绣似的草原。你如爱鸟，这里多的是巧啭的鸣禽。你如爱儿童，这乡间到处是可亲的稚子。你如爱人情，这里多的是不嫌远客的乡人，你到处可以"挂单"借宿，有酪浆与嫩薯供你饱餐，有夺目的果鲜恣你尝新。你如爱酒，这乡间每"望"都为你储有上好的新酿，黑啤如太浓，苹果酒姜酒都是供你解渴润肺的。……带一卷书，走十里路，选一块清静地，看天，听鸟，读书，倦了时，和身在草绵绵处寻梦去——你能想象更适情更适性的消遣吗？

陆放翁有一联诗句："传呼快马迎新月，却上轻舆趁晚凉。"这是做地方官的风流。我在康桥时虽没马骑，没轿子坐，却也有我的风流：我常常在夕阳西晒时骑了车迎着天边扁大的日头直追。日头是追不到的，我没有夸父的荒诞，但晚景的温存却被我这样偷尝了不少。有三两幅画图似的经验至今还是栩栩的留着。只说看夕阳，我们平常只知道登山或是临海，但实际只须辽阔的天际，平地上的晚霞有时也是一样的神奇。有一次我赶到一个地方，手把着一家村庄的篱笆，隔着一大田的麦浪，看西天的变幻。有一次是正冲着一条宽广的大道，过来一大群羊，放草归来的，偌大的太阳在它们后背放射着万缕的金辉，天上却是乌青青的，只剩这不可逼视的威光中的一条大路，一群生物！我心头顿时感着神异性的压迫，我真的跪下了，对着这冉冉渐翳的金光。再有一次是更不可忘的奇景，那是临着一大片望不到头的草原，满开着艳红的罂粟，在青草里亭亭的像是万盏的金灯，阳光从褐色云里斜着过来，幻成一种异样的紫色，透明似的不可逼视，刹那间在我迷眩了的视觉中，这草田变成了……不说也罢，说来你们也是不信的！

一别二年多了，康桥，谁知我这思乡的隐忧？也不想别的，我只要那晚钟撼动的黄昏，没遮拦的田野，独自斜倚在软草里，看第一个大星在天边出现！

选自人民文学出版社《徐志摩散文》

（朗读者为单伯瑄）

徐志摩先生《我所知道的康桥》是记叙景物的文章。

记叙景物，手法不止一种。有的作者自己不露脸，只用文字代替风景画片,一张一张揭示出来给读者看。有的作者自己担任篇中的主人公,他东奔西跑,左顾右盼,一切由他出发,把看见的感到的告诉读者。一望而知,本篇所用的是后一种手法。他告诉读者的不单是呆板的景物,而是景物怎样招邀他,引诱他,他怎样为景物所颠倒,所陶醉。换一句说,他告诉读者的是他和康桥的一番永不能忘的交情。这就规定了他所采用的笔调。他不得不采用一种热情的活泼的笔调,像对着一个极熟的朋友,无所不谈,没有一点儿拘束,谈到眉飞色舞的时候,无妨指手画脚,来几声传神的愉快的叫唤。

著名作家、教育家　叶圣陶

《青春万岁》序诗

王蒙

所有的日子,所有的日子都来吧,
让我编织你们,用青春的金线,
和幸福的璎珞,编织你们。

有那小船上的歌笑,月下校园的欢舞,
细雨蒙蒙里踏青,初雪的早晨行军,

还有热烈的争论，跃动的、温暖的心……

是转眼过去了的日子，也是充满遐想的日子，
纷纷的心愿迷离，像春天的雨，
我们有时间，有力量，有燃烧的信念，
我们渴望生活，渴望在天上飞。

是单纯的日子，也是多变的日子，
浩大的世界，样样叫我们好惊奇，
从来都兴高采烈，从来不淡漠，
眼泪，欢笑，深思，全是第一次。

所有的日子都去吧，都去吧，
在生活中我快乐地向前，
多沉重的担子，我不会发软，
多严峻的战斗，我不会丢脸；
有一天，擦完了枪，擦完了机器，擦完了汗，
我想念你们，招呼你们，
并且怀着骄傲，注视你们。

选自人民文学出版社《青春万岁》

（由王源、施则威、杨心怡、单伯瑄四人共同朗读。）

长篇小说《青春万岁》是著名作家王蒙的代表作。通过一个带有自叙传性质的故事，王蒙讲述了一个少年布尔什维克的青春故事。而小说的这首序诗，曾经让很多经历过那个时代的人口耳相传。序诗就像整部作品的"眼"，昂扬着青春的激情，镌刻着时代的印记。直到现在，仍然散发着青春的热力和理想主义的光芒。